香君

西から来た少女

上

上橋菜穗子——著
王華懋——譯

來自西方的少女

台灣版獨家作者序

台灣的讀者大家好。

這次《香君》能在台灣出版，送到各位台灣讀者的手中，讓我感到萬分榮幸。《香君》這部作品，描寫了透過「氣味」這種「看不見但確實存在的事物」所看到的世界。

長久以來，我一直對「看不見但確實存在的事物」抱持強烈的興趣。

比方說病毒。病毒同樣是「看不見但確實存在的事物」，舉足輕重，不光關乎我們的生死，甚至會左右我們的經濟和生活等各方面。

我在《鹿王》這部作品描寫了在病毒和細菌中發現的世界，沒想到在它二〇一四年出版的六年之後，爆發了新冠肺炎疫情，令我大為震驚。

我們很難去察覺看不見的事物，但實際上，微生物和生物等散發出來的氣味這些「看不見但確實存在的事物」，如網目般覆蓋了整個世界，對生態及人類社會都造成莫大的影響。

《香君》正是描寫植物與昆蟲大幅扭轉人類命運的過程，而植物與昆蟲實際上就是透過氣味這種我們難以察覺的方法在進行溝通。

我從許多書籍中得知這個事實，驚奇不已，而這份驚奇與興奮，便轉化成催生出這部作品的重大助力。

據說遭到昆蟲啃食的植物，會製造出抵禦該種昆蟲的化學物質，防止更進一步受到傷害，並透過這種化學物質的氣味，來通知周邊的植物：「這種蟲正在吃我！」其他植物感知到這股氣味，就會發現：「啊，有蟲來了。」接著搶在遭到侵害之前展開防禦——據說植物之間，隨時都在進行這樣的活動。

這當中呈現的，是惠人惠己、助人即是自助這種複雜的生存系統樣貌。在這個世界，不光只有恃強凌弱、擴大生存圈的競爭而已，也有生物互助共榮這樣的一面。

得知這件事時，我彷彿稍稍獲得了救贖。

如果《香君》能促使讀者對「生物間看不見但確實存在的關係」湧出各種反思，便是我無上的歡喜。

請盡情享受這部圍繞著生物和氣味展開的奇妙故事！

上橋菜穗子

香君·上　來自西方的少女　目次

香君・下　漫漫長路　目次

Map by SAITO Yukiko

辰傑國
天爐山脈
大崩溪谷
藩都
西坎塔爾藩國
屈達河
伊阿馬河
長嶺山脈
馬扎力亞王國
大崩溪谷圖
阿札勒
祈禱之岸
席達拉種植地
青香草泉
愛夏的家
森林

《香君》主要角色一覽

愛夏・喀蘭　主角少女，擁有獨特的嗅覺。西坎塔爾藩王之孫女。

馬修・喀敘葛　藩國視察官。父親為新喀敘葛家前當家之弟悠馬・喀敘葛。

歐莉耶　香君。里格達爾藩國小貴族之女。

拉歐・喀敘葛　舊喀敘葛家當家。統領眾香使的大香使。

米季瑪・奧爾喀敘葛　服侍香君宮的上級香使。拉歐之女。

伊爾・喀敘葛　新喀敘葛家當家，富國大臣。

尤吉爾・喀敘葛　伊爾・喀敘葛之子。

悠馬・喀敘葛　馬修之父。在馬修十七歲時下落不明。

阿彌爾・喀敘葛　與皇祖共同從神鄉歐阿勒馬孜拉帶回初代香君。喀敘葛家始祖。

喀蘭王　愛夏的祖父。原本是西坎塔爾的藩王，後來被逐下王位。

彌洽・喀蘭　愛夏的弟弟。

烏洽伊　喀蘭王的忠臣。扶養愛夏和彌洽長大，兩人稱他為「老爺子」。

塔庫　拉歐的堂哥，住在尤吉山莊與妻子萊娜有一對雙胞胎兒子。

烏來利　藩國視察官。馬修的同僚。

歐拉姆　新喀敘葛家親戚的上級香使。

歐洛奇・穆阿　馬修的部下。犬師。

阿莉姬　前任蟲害長。深受拉歐信賴，現在仍在「蟲倉」工作。

歐伊拉　蟲害長。阿莉姬的徒弟。

彌莉亞　歐戈達藩王母。歐戈達藩王阿哥亞的母親。

鳩庫奇　西坎塔爾藩國的藩王。

歐德森　烏瑪帝國皇太子。繼承歐爾蘭成為皇帝。

香君・上　來自西方的少女

序章　青花

強風在耳邊呼嘯，拉扯著髮絲。

午後陣雨為大地帶來的濕意仍未消散，她手腳並用、緊緊攀住的岩石冷得像冰塊一樣。

「……姊！」

隨著一道尖銳的喊叫，碎泥塊從天而降。

愛夏反射性地從岩石放開一手，撐住弟弟在暮色中朦朧泛白的鞋後跟。

撐住的剎那，身體猛地傾斜，抓住岩石的另一手幾乎就要滑脫。愛夏拚命抓好岩石，勉強讓身體不再傾斜下去，才剛吁了一口氣，膝蓋便開始哆嗦。

掉下去就沒命了。

愛夏咬緊牙關，拚命撐住弟弟的腳，直到弟弟確實把腳踩進石縫中，穩住身體。

弟弟站穩腳步後，愛夏仍好半晌維持著相同的姿勢，動彈不得。

她劇烈地喘著氣，等待暈眩過去。

即便成功爬上這條岩石崖道，八成也沒有活路。稍早前她就悟出這件事了。因為岩山上飄來濃重的皮革味和金屬味，還有汗味，近乎刺鼻。

聽說這條崖道幾乎無人知曉，卻有士兵在上方埋伏，這意味著老臣烏洽伊兩三下就被抓了。他自願擔任誘餌引開敵人，讓他們逃命。

雖然她不認為老爺子會招出兩人的下落，但士兵們確實察覺愛夏和弟弟逃向何方，並搶先攔截了。

（要不要乾脆放手算了？）

弟弟沾滿泥汙的鞋子模糊地映入眼中。回想起弟弟收到這雙新買的鞋子，臉上的笑容，愛夏的表情扭曲了。

忽然間，四下明亮起來。

雲朵被風吹散了。即將隱沒至山後的夕陽灑下無數道金光，照亮了岩山。

這意外的燦光，讓愛夏注意到她抓住的岩石上方，有株小草扎根在裂縫裡，正綻放著玲瓏的青花。在強風吹拂下，花兒劇烈擺動，幾乎要被扯斷，卻仍堅毅地佇立在原處。

愛夏聽見了花香的聲音。儘管幽微，芬芳卻不容錯辨，如細絲般乘風而來。很快就會有昆蟲聞香從風中穿梭而來吧。

「……姊。」

頭頂再次傳來聲音。乘著冰冷的風，如畏縮小狗般害怕的氣味飄了過來。

「振作一點，彌洽！」

愛夏揚聲說道：

「抓好岩石往上爬！快掉下來的話，姊會撐住你的！」

只差一點就可以爬上岩山了。

愛夏感覺到弟弟開始往上爬，自己也慢慢地繼續攀爬。

第一章　邂逅

一、利塔蘭

直到上一刻都沒個影的篝火，不知不覺間已被靛藍的暮色襯得一清二楚。
把帳篷吹得劈啪作響的強風也緩和了幾分。
野營地搭起無數頂帳篷，白煙裊裊升起，融入向晚天際。炊煮晚餉的香氣依稀飄來。
「小卒會比我們早開飯吶。」
大鬍子男沉聲嘀咕。他與數名相貌精悍的男子大馬金刀地坐在摺疊椅上。
馬修俯視大鬍子同僚烏來利，輕笑道：
「你不必奉陪啊，我一個人列席就夠了。」
烏來利原想打趣個幾句，又打消念頭，視線轉向大草原低喃：
「……如果可以，我也想啊。」
天爐山脈坐落在一片暮色當中，威儀堂堂。山麓下的大草原上火光閃爍，十幾騎騎兵正高舉火炬，朝這裡前進。
「歐洛奇。」
烏來利扭頭轉向後方，回望守在那裡聽候差遣的男子。男子腳邊的獵犬聞聲抬頭，彷佛被叫到的是牠。歐洛奇把手搭在狗頭上，應道：「在。」

「你說嫡子八歲左右，姊姊也才十五六歲？」

「嫡子九歲，姊姊十五歲。」

烏來利點點頭，嘆了口氣。

「何必勞師動眾去抓人，任他們自生自滅就好啦。」

烏來利仰望馬修，又說：「你不覺得嗎？要是哪一方勢力想拱他們出來，自然另當別論，但搞到人民離心離德，被逐下王位的君王後裔，又能成什麼氣候？

事實上鳩庫奇也這麼想，才會一直放任他們，怎麼會事到如今，而且還是在征戰期間，忽然想到要把他們抓起來？」

馬修沒有回答這個問題，眼睛盯著騎兵，喃喃道：「果然是從那邊過來。」

烏來利蹙眉。「什麼？」

「我說騎兵。抓到人的士兵從那裡回來，表示兩名後裔原本打算逃到天爐山脈的『大崩溪谷』。」

「……」

烏來利起身來到馬修旁邊。

「『果然』？……你早就料到他們會往那兒逃？」

馬修瞥了烏來利一眼。

「要逃的話，也只有那條路了。」

「怎麼會？他們原本躲在森林地區過日子吧？與其涉險翻山越嶺，從森林逃往東邊容易多了。」

「即便要涉險，他們也認為逃到天爐才有生機吧。」

「為什麼？」

「你剛才說人民憎恨喀蘭王，但天爐有人不這麼想。」

烏來利的表情轉為嚴肅。

「……我可沒聽過這種事。你說天爐的山民嗎？哪一支山民？」

馬修目不轉睛地盯著身形已清晰可辨的騎兵們。

「不只你不知道而已，知道的人才是少數。」

烏來利瞇起眼睛。「你又是什麼時候知道的？」

馬修望向烏來利，沉靜地回答：「我嗎？我從小就知道了。」

藩王鳩庫奇辦公的大帳篷走出一名藩王的侍從。侍從在薄暮中凝目四望，發現馬修和烏來利便快步走近。

「兩位視察官大人。」

侍從雙手在胸前交叉，深深行禮。

「鳩庫奇大人要小的傳話，俘虜即將抵達，請兩位大人移步帳篷。」

馬修點點頭，簡短地回應：「知道了。」

侍從再次深深一禮，領著兩人前往大帳篷。

烏瑪帝國統治著四藩國，藩國視察官就是皇帝的耳目。

藩國的「藩」源自烏瑪語「拉奇」一詞，意為「劃分領地並圍守」。

藩國在過去是各自獨立的國家，現在雖然納入烏瑪帝國的疆域，但仍擁有一定的自治權。藩王負起帝國版圖邊境（藩）的守護之責，換取對過去統治地域一定程度的支配權，但並非獨立的一國之王。鳩庫奇僅是西坎塔爾藩國的藩王，不容許對馬修和烏來利有任何隱瞞。

馬修和烏來利留下護衛，緩步走向大帳篷入口。靛藍的暮色中，只有那裡大放光明，彷彿從天空中被切割出一塊。

大帳篷內部比外觀看上去要來得寬敞許多。

帳篷內有個排煙用的大天窗，中央爐火升起熾烈的火焰。眾氏族長坐在窗邊，各處擺放著燈具，藉此可以約略看清他們的表情。

正對大帳篷入口的深處，有一座塗有紅、藍、金漆的華美祭壇。藩王鳩庫奇背對祭壇，坐在一把大椅子上，正小聲和一旁的侍從交談，但馬修和烏來利一進去，他立刻從椅子上起身頷首，以手勢示意兩人坐到旁邊的椅子。

外頭風冷，大帳篷裡卻十分悶熱。每個人面前的小几上，擺著潤喉用的果汁、解饞的果實和果乾等。

馬修和烏來利剛坐下不久，便響起鐘聲，通知俘虜帶到了。喧譁聲止息，大帳篷裡安靜下來。

鳩庫奇再次坐下，從侍從手中接過布巾，抹去額頭和脖頸的汗水。

鳩庫奇身形魁梧，體格精實，皮膚曬得黝黑。全身每個部位都碩大無朋，手腳也大，但眉眼格外引人注目。被那雙銅鈴大眼一瞪，任何人都要心慌膽戰。

鳩庫奇似乎是王家血統的偏遠旁系，對戰事有獨特的稟賦。喀蘭王倒台後，前王登上王位，卻無能鎮壓氏族間的小規模衝突。鳩庫奇便以緊急時為帝國禦敵作為交換條件，向皇帝借兵，擊敗前王，成為西坎塔爾藩國的藩王。

儘管仍有一支氏族不承認鳩庫奇，因此還稱不上已徹底掌握西坎塔爾，但馬修認為若是依現狀持續推移，平定全境指日可待。

皇帝希望鳩庫奇迅速平定西坎塔爾，馬修也這麼期待。

門簾從兩側整個掀開，冰冷的夜風立刻吹了進來。

兩名勇壯的士兵各別帶著一名男孩和纖弱的姑娘進來了。

兩人都沒有被綁住，但慣用手被士兵扼住。一名士兵將一手橫在胸前，朗聲報告：

「奉大人之命，小的將喀蘭的末裔帶來了。」

鳩庫奇點點頭，慰勞士兵後，以手勢示意可以退下了。然而一眾士兵表情猶豫。

「怎麼了？可以下去了。」
鳩庫奇出聲，一名士兵開口：
「稟報大人，姊姊不肯恭順，若是放手，不知會如何反抗。」
聽到這話，鳩庫奇揚起一雙粗眉。
「這樣啊。好，我會小心，放手吧。」
兩名士兵行了個禮，各自放手，退後一步，但仍警覺十足地瞪著姑娘，準備隨時壓制。
然而姑娘一動不動，甚至面不改色，她只是以頑石般堅定的一雙黑眼，筆直注視著鳩庫奇。鳩庫奇回視那雙眼睛，開口：
「你們是喀蘭的孫子和孫女，彌洽和愛夏，對吧？」
姑娘開口：「篡位者不配知道我們的名字。」
聲音沙啞，但剛毅十足。
鳩庫奇嘆了口氣。「確實是不肯恭順。」
他緩緩起身，俯視姊弟，接著從一旁的劍架抓起長劍，以鞘尾重擊地板一下。
重臣們驚愕地神情緊繃，姊弟也哆嗦了一下。弟弟表情扭曲，抽抽搭搭地哭了起來。
「妳弟弟哭囉。」鳩庫奇盯著姑娘說，「開口前先搞清楚自己的狀況和立場。妳的態度，可能會讓妳弟弟當場身首異處。」
姑娘面無人色地仰望著鳩庫奇，不久後聲若游絲地說：「……你說謊。」
鳩庫奇粗眉一挑。「我說謊？」

姑娘點點頭。「我們的生死，是憑我的態度就能決定的嗎？」

鳩庫奇微微瞠目。

他定定地注視著姊姊，片刻後，唇角微微扭曲。

「如果你們的命運不是以妳的態度決定，那是以什麼決定？」

本以為姑娘會陷入思索，沒想到她旋即回答：

「以你的得失利弊。」

重臣們略顯不安地扭動身軀。

馬修將目光從姑娘移向鳩庫奇。

（這下，你要如何接招？）

鳩庫奇注視著姑娘，沉默良久，一會兒後嘆了口氣。

「我的得失利弊嗎？……確實，不能算錯。」說完他便一屁股坐了下來。

他從小几端起鑲金的方碗，將碗中的乳酒咕嚕嚕一飲而盡，用侍從遞過來的布巾抹了抹嘴，順帶揩去臉龐與脖子的汗水。

接著他再次轉向姊姊。「不能算錯，但也不對。你們兩個與其說會造成我的損害，不如說會對整個帝國造成危害。」

弟弟仰望姊姊，一臉疑惑。姊姊沒有看向弟弟，只是直勾勾地望著鳩庫奇。

「你們本來想逃到天爐山脈是吧？正確地說，是大崩溪谷。」

鳩庫奇確認姊姊的表情，又說：

「別誤會了，不是那個老貨出賣你們。他的忠義令人肅然起敬，儘管年事已高，卻奮不顧身地反抗。就是因為察覺他可能是誘餌，士兵才會打一開始就兵分二路。」

姑娘僵著臉，鳩庫奇觀察她的反應，說：

「指點你們可能會逃往何處的，是烏瑪帝國的視察官大人。」

烏來利動了動。雖然沒有冒失地轉頭看過來，但從他的全身動作，可以感受到他的驚訝。馬修不動聲色，專心看著鳩庫奇和小姑娘。

鳩庫奇語氣淡泊地說：「你們活在這世上，不光是對西坎塔爾沒有好處，甚至會給帝國帶來禍害。妳明白為什麼嗎？」

姑娘的臉色逐漸蒼白，她應該了解已經窮途末路了吧。

大帳篷裡只有鳩庫奇的聲音迴響著：「妳的祖父喀蘭是個愚昧之徒。因為他，眾多百姓被活活餓死。這個藩國絕大多數的百姓都對喀蘭恨之入骨，我也是其中之一。」

姑娘的眼神動搖了，蒼白的臉色變得更加慘白。

鳩庫奇要侍從在碗裡斟入乳酒，再次一飲而盡。

「不過，聽說在這一帶的邊境，仍有一些人依然崇敬你們。

也就是所謂的『幽谷之民』。這些邊境山民數量不足為道，對這個國家的霸權也不存野心，所以一直以來我都對他們置之不理，但如今他們的存在成了燙手山芋——他們占領的地方，位置太糟糕了。」

馬修聽見一旁的烏來利喃喃自語：「原來是這麼回事。」

這次遠征，預定要討伐的氏族領有天爐山脈西域，但支配權並不涉及山中。

面對鳩庫奇的遠征軍，他們沒有長期抗戰的實力，但仍有扭轉形勢的唯一一個可能，那就是獲得天爐山脈另一頭辰傑國的支援。

天爐山脈屏障西坎塔爾的北側及西側，山勢險峻，辰傑國能大舉入侵的地點有限，因此帝國軍與西坎塔爾在這些險要之地築起了要塞，聯合守護。天爐山脈西域的大崩溪谷也是如此。若是由精通山勢的士兵組成少數精銳部隊，也是能夠沿著山徑自辰傑國翻越而來，但這樣的地方沒有要塞。

大崩溪谷一帶，許多地方的地底下都有著意想不到的空洞，如果不慎踩空，可能喪命，無人嚮導是不可能順利通過山徑的。

若非拉攏支配大崩溪谷及那一帶的山民「幽谷之民」，辰傑國士兵不可能進入西坎塔爾；而相對地，若無法投入大軍，也不可能掌控對大崩溪谷瞭若指掌的「幽谷之民」。因此一直以來，不管是西坎塔爾的藩王還是帝國，對此地都不甚重視。但倘若「幽谷之民」如今仍將喀蘭的末裔視為正統王孫，那麼敵對氏族便有可能擁戴這兩人，情勢將為之不變。

坐在大帳篷牆邊的氏族長之中，有些人露出瞭然於胸的神情，彷彿終於明白現狀背後的涵義。而有些氏族長是從藩國南部及東部來參加這次遠征，他們並不熟悉天爐山脈西域一帶的情勢。鳩庫奇應該是刻意不詳細說明內情，免得歸順時日尚淺的他們萌生多餘的心思吧。

「你們就像在堤防上鑽洞的螞蟻，平時可以置之不理，但暴風雨一來，堤防就會從那裡潰堤，殃及全國。

我不是冷血無情的人，也不忍心只因為你們是喀蘭的子孫，就取你們的命，但這也是無可奈何。雖然也可以留在我身邊看管，但這個做法不無風險。」

鳩庫奇說到這裡，突然滿臉疲憊。

「我言盡於此……要恨就恨自己的血統和命運吧。」

鳩庫奇努努下巴，方才那兩名士兵上前，欲伸手抓住姊弟的手臂。

弟弟驚懼地伸手想抓住姊姊，姊姊牢牢握住弟弟的手，仰望鳩庫奇。

那張蒼白的臉龐浮現某種躊躇的神色。她張唇欲語，又轉念抿住。

鳩庫奇訝異地蹙眉。「妳有什麼話要說嗎？」

姊姊尋思片刻，很快下定決心說：「你被下毒了。」

鳩庫奇擰緊眉心看著姊姊，又拿布抹去面龐和脖頸的汗水。然而光用布擦拭實在無濟於事，眾人都能看見異常如瀑的汗水浸濕了他的皮膚。

「妳說什麼？」

姊姊以看不出情緒的眼神，盯著鳩庫奇。

「你身上有冥草的氣味……有人對你下毒。」

重臣一陣譁然，甚至有人作勢起身。

鳩庫奇抹去流入眼中的汗水，露出無畏的笑。

「這是臨死前的詛咒嗎？妳的膽量令人敬佩，但既然要撒謊，也要編得真一點。」

「我沒有撒謊。」

「不是撒謊是什麼？用冥草根熬出來的毒，聞起來或嘗起來都沒有味道。」

姑娘露出恍然的表情。「……那麼，你就繼續這麼想吧。」

姑娘嘆了口氣，摟住弟弟的肩膀，轉身背對鳩庫奇。士兵連忙抓住兩人的手，帶往大帳篷的出口。

馬修倏地起身，喊住兩人：「慢著。」

姊弟停步，轉頭看過來。鳩庫奇和重臣都不明所以地看著他。

馬修問姑娘：「愛夏．喀蘭……那我身上有什麼味道嗎？」

姊姊定定地看著馬修。她漆黑的眼睛讓人聯想到黑曜石。

不回答嗎？正當馬修這麼想，姑娘眉心微蹙，開口問：

「……你是利塔蘭嗎？」

馬修瞠目結舌。

一股寒氣從眉間擴散到整顆腦袋，他的心臟開始猛跳，幾乎讓人喘不過氣來。他的嘴唇都麻掉了。馬修撐開麻痺的雙唇，啞聲問：「為什麼妳會這麼想？」

姊姊依然鎖著眉心，說：「你身上有青香草的香氣。」

馬修怔怔地看著姑娘。

「……喂，你怎麼了？」

烏來利問，馬修沒有回答，大步走向鳩庫奇。

在近處一望可知，鳩庫奇的狀況極不尋常，眼睛的焦距都渙散了。

馬修轉向侍從。

「叫醫術師拿喀夫爾過來！別搞錯了，是喀夫爾！還有拿大量的水過來，快！」

接著他對拘束姊弟的兩名士兵說：「把兩人帶走，牢牢監禁起來！」

這時，一聲悶重的聲響傳來，有如麵粉袋落地。轉頭一看，鳩庫奇從椅子滑落，倒在地上。

重臣紛紛起身，七嘴八舌地嚷嚷。一片兵荒馬亂中，馬修跑近烏來利，以他人聽不見的音量匆匆交代：「你跟著那對姊弟，把護衛們也帶上，別讓任何人碰他們一根寒毛。留意食物和驅蟲的煙，免得他們被毒殺。還有，回頭叫歐洛奇過來找我。」

烏來利默默點頭，走向姊弟，隨著士兵一同離開大帳篷。

二、無味之毒

隔日凌晨，鳩庫奇的病況脫離了險境。

漫漫長夜裡，重臣輪番拜訪帳篷，但馬修只讓他們在門口探望，不許任何人入內。雖然也有人憤懣不平，但既然不曉得下毒的人是誰，馬修這番處置極為合理，因此也沒有人硬要闖入。唯一被允許進入帳篷的，只有馬修的部下歐洛奇。馬修細細囑咐了他一番，將他和如影隨形的狗兒送進宿營地。

和醫術師在藩王的枕畔守了一整晚，馬修見藩王的病況穩定下來，便在同一座帳篷的角落鋪上被褥，小睡了一會。

他在近午時分醒來，藩王一如先前，發出深沉寧靜的鼾睡聲。

馬修起身走出帳篷，大大地吸了一口氣。

有被雨沾濕後的草腥味。這麼說來，睡夢中似乎有聽見驟雨擊打在帳篷的聲響。這時節，這一帶常有這樣的驟雨。天空烏雲密布，一片陰沉，但風勢強勁。每當沉重的雲層被風推開，陽光便從雲縫間灑下，以意想不到的燦爛照亮天爐山脈。

這時間應該開始準備午餉了，煙燻味裡摻雜著烙烤薄米餅的香氣。

聽見踏草而來的腳步聲，他回頭，歐洛奇正帶著狗兒過來。

「如何？」馬修問。

歐洛奇低聲回答：「大人猜得不錯。」

「找到了嗎？」

「找到了。」

聽完報告細節，馬修微笑。

歐洛奇行了個禮，踩出腳步聲背對馬修離去。馬修對著他的背影說：

「辛苦了，去休息吧。」

「也賞你的夥伴一頓大餐吧。」

歐洛奇回頭，臉頰微泛笑意，點了點頭。可能知道說的是自己，狗兒徐緩地搖起尾巴。

馬修做了個深呼吸，背對他倆。

（……好了。）

馬修在內心喃喃自語。

（接下來得再費把工夫。）

從明亮的戶外進入帳篷，一時間眼前一片漆黑。

視力逐漸熟悉陰暗後，他看見躺在爐邊床鋪的鳩庫奇，以及守在一旁的醫術師。煙味裡摻雜著湯藥的氣味。

馬修走近鳩庫奇枕邊，可能是聽到聲音轉醒過來，鳩庫奇微微睜眼，做出要水的動作。

醫術師扶起鳩庫奇的頭撐好，把裝水的容器湊到唇邊，鳩庫奇發出聲音啜起水來。

見他平順地喝水，沒有嗆到，醫術師的神情放緩下來。

鳩庫奇咳了兩三下，像是要清去喉間的痰，接著抬頭望向馬修。他的眼睛恢復了神采。

「……我被下的毒，」他聲音沙啞地說，「真的是冥草嗎？」

馬修轉向醫術師，壯年醫術師開口：「雖然並無確證，但看似如此。因大人呈現的症狀與冥草毒極為相似，用於解冥草毒的湯藥也療效顯著。」

鳩庫奇板著臉說：「但冥草應該沒有氣味，也沒有味道。」

醫術師點頭。「確實如此。」

鳩庫奇的目光回到馬修身上。「那麼，為何那姑娘會說我的汗有冥草的氣味？」

被這麼問時，該如何回答？——昨晚徹夜看顧期間，馬修一直在琢磨這個問題，但浮現腦海的每一個答案，都令他有所遲疑。

然而實際被問到，他卻能毫不猶豫地說出心中的答案。

馬修望向醫術師。「鳩庫奇大人的病況看似穩定了，你暫時離開也無妨嗎？」

醫術師膝行靠近鳩庫奇，把脈之後點了點頭。

「我離開一會兒也不礙事。」

「那你去休息一下吧。大人如果有任何狀況，我會立刻通知。」

醫術師行禮，離開帳篷。

等到他的腳步聲完全消失，馬修重新轉向鳩庫奇。

「大人剛才的問題……」

「……」

「我想那姑娘應該是真的聞到了冥草的氣味。她的鼻子應該比常人更靈敏。」

鳩庫奇一雙大眼凌厲一瞪。

「都屏退旁人了，你居然說得出這種胡言亂語？我要問的是，那姑娘為何要多此一舉？她早就知道我被下毒了，也就是說她和下毒者勾結──」

馬修緩緩地搖頭。鳩庫奇不耐地皺眉。「不是？怎麼不是？」

「那姑娘和下毒者無關。」

「你怎麼敢如此斷定？」

「因為就如同大人的疑問一樣，她把大人遭人下毒一事說了出來。」

「……」

「那才真的是多此一舉。倘若她與下毒者勾結，並相信大人一死，她和弟弟都能活命，就絕對不會說出口。」

馬修輕嘆一口氣。

「雖然她裝出堅毅的模樣，但也就是個十五歲的小丫頭。一想到如果自己知情不報，會害死一個人，忍不住就說出口了吧。」

「我可是想殺了他們姊弟。」

「即便如此，有些人就是無法坐視別人死。」

「可是冥草……」

鳩庫奇說到一半，馬修打斷他說：

「大人糾結在冥草沒有氣味這件事上頭，但你身上已經出現各種中毒的徵兆了。你汗流如瀑，也讓我覺得很不對勁。那姑娘當時就站在大人正面，一定看得一清二楚吧。」

「……」

「君王總是暴露在遭人謀殺的危險當中，自然也精通各種暗殺之法。那姑娘是喀蘭王的孫女，應該自小就被灌輸暗殺的各種路數吧。所以她看到大人異常出汗、目光渙散，便看出是中了冥草毒。」

鳩庫奇似乎快被說服了，但好像仍有疑問，正欲開口，還沒出聲，馬修又繼續說下去：「而且，試圖毒殺大人的人，應該不知道喀蘭末裔有什麼價值。」

鳩庫奇驚覺，睜大雙眼。

「你查出是誰幹的了？」

馬修點點頭。「是里馬氏族的族長。」

鳩庫奇的眼神僵住了。「拉利哈嗎？……有證據嗎？」

「他的僕役持有擦拭器皿的布。聽說該名僕役昨晚負責擦拭大帳篷裡的器皿。」

鳩庫奇嘆了口氣，搖頭說：「如果這是他蒙上嫌疑的理由，你搞錯了。我的器皿向來自己親手清洗和擦拭，收在我看得到的地方。他沒有機會在我的器皿下毒。」

馬修微笑。「他抹在器皿上的不是毒液。」

「……？」

「他在每個人的器皿抹上了喀夫爾的樹液。」

馬修平靜地說明毒殺的手法：「大人為了防範毒殺，只喝同樣也倒給其他人容器裡的乳酒。只要在乳酒裡下毒，拉利哈也非喝不可。雖然也可以毒死大帳篷裡所有的人，自己獨活，但這樣做，即使成功除掉大人，也會跟其他氏族結仇。」

鳩庫奇的臉上泛起驚愕的神色。

「原來還有這一招！我另外擦拭自己的器皿這件事被反過來利用了。」

馬修點點頭。「沒錯。喀夫爾的樹液是冥草毒的剋星，兩者相觸，冥草就會失去毒性。醫術師讓大人服下的，也是喀夫爾的樹液做成的解毒劑。」

「……他事先在自己和其他人的器皿塗上了喀夫爾的樹液。」

「沒錯，我的部下花上一晚，找到有人持有散發喀夫爾樹液氣味的布。」

馬修微微一笑。

「不過他不是靠自己的鼻子，而是靠狗鼻子找到的。」

鳩庫奇低吟，好半晌低頭思考著什麼。

馬修撫著下巴說：

「照當前情勢來看，要處罰拉利哈相當困難，得先謹慎地擬定善後的計策才能行動。」

「……這也是個問題。」

鳩庫奇低語，抬頭看馬修。

「另一個問題是，該如何處置那姑娘。」

「因為她救了大人一命？」

鳩庫奇點點頭。「就算只有那姑娘，饒她一命……」

馬修搖頭。

「這行不通。如果殺了弟弟，那姑娘會記恨一輩子，只會徒留禍根。」

鳩庫奇神情陰鬱，馬修對他說：

「若是憐憫那對姊弟，不如不要斬首，改以毒殺處刑就是了。」

鳩庫奇的眉心揪成一團。「那樣更痛苦吧。」

「不，看挑的是哪一種毒，也有毒物能讓人平平靜靜、宛如沉睡般死去。」

鳩庫奇表情複雜地注視著馬修，馬修只是默默承受他的視線。

三、凍草

愛夏和弟弟彌洽被監禁在宿營地邊緣的帳篷裡。

這頂帳篷遠離其他帳篷，孤伶伶地坐落在草原上，因此只要有人接近，立刻就會被發現。帳篷內外有馬修帶來的護衛嚴密駐守，食物和衣物等也都必須經過檢查，才會交給姊弟。

鳩庫奇康復當天，中午過後歐洛奇來過帳篷一次，把烏來利叫出帳篷，附耳說了些什麼，接著帶走三名護衛不知去了哪裡。除此之外，幾乎沒有任何人員移動。

這頂帳篷除了充當煙囪的天窗外，另有兩道通風小窗。每當宿營地傳來教練的吆喝聲或動靜，弟弟就會跑到小窗旁邊看外面，但姊姊完全不靠近窗戶，只是坐在帳篷裡，在布上刺繡打發時間。

太陽西下，士兵用完晚餉後，晚飯晚了許多才送來給姊弟。

送食物來的僕役後方，跟著馬修和兩名藩王的侍從。

護衛們掀起帳篷入口的布，朝內細語了幾句，烏來利便從裡面出來。他發現送晚飯的人背後跟著馬修等人，神情變得僵硬。

馬修在脣前豎起一指，烏來利以眼神示意明白。

僕役以大托盆端著晚飯，略略屈身進入帳篷內，馬修和藩王的侍從各別靠近窗戶。

天色已是一片墨黑，宿營地的火光也很遙遠，因此只要稍微站遠一點，從明亮的帳篷裡便看不見窗外人的臉。即使看到人影，護衛本來就守在窗外，姊弟倆應該不會發現有何異狀。

兩人的晚飯比士兵吃的要更豪華，除了烤羊肉以外，還有燉蔬菜湯和水果等。薄餅上抹了乳酪，上面還灑了貴重的砂糖，當然還附上乳酒。

弟弟可能是餓了，看見擺在眼前的晚飯，立刻開心得笑容滿面，但姊姊從僕役進來之前，就一直低垂著頭。

看到她那姿勢，馬修瞇起了眼睛。

肩膀緊繃，是在緊張吧。

（她發現了嗎？）

弟弟首先伸手拿薄餅，將吸滿融化砂糖和乳酪的餅塞進口中，吃得津津有味。

姊姊也靜靜地用起晚飯。她和弟弟一樣，從薄餅開始吃，接著慢慢品嘗羊肉和菜湯，水果也沒有剩下。

飽餐一頓的弟弟伸手拿乳酒的時候，姊姊停止進食，看向弟弟。

（……她會制止嗎？）

馬修情不自禁地往前探，緊盯著姊姊的側臉。

姊姊的手微微顫抖著，纖細的脖子發僵，都繃出筋來了。

弟弟雙手執起把手，將乳酒的容器湊到嘴邊。

姊姊沒有阻止，只是默默地看著弟弟。

弟弟津津有味地一口氣喝光乳酒，把容器放回地上，伸手要拿剩下的水果。
接著他就這樣腦袋一晃，整個人即將往前栽倒。
姊姊迅速伸手扶住弟弟，讓他躺下來，頭枕在自己膝上。
臉頰上是兩行淚光。
她上身前屈，就像要緊緊摟住全身脫力的弟弟的頭，但很快便直起身體，拿起弟弟空掉的乳酒壺。只見姊姊抓住乳酒壺的把手，惡狠狠地擲了出去。
酒壺發出笨重的聲響，砸中帳篷窗下，馬修忍不住縮回了臉。
帳篷裡的烏來利等人驚訝地站了起來，但姊姊看也不看他們，抓起自己的乳酒壺，臉對著馬修所在的窗子，湊到嘴邊，喝了下去。
她漆黑的眼瞳湛著淒厲的燦光，瞪著這裡。
馬修在丹田使勁，迎視著姑娘的眼睛。
（沒錯，就是我對妳下的毒。）
一股灼熱自心底滾滾湧出，他全身開始顫抖。
（妳是聞到我捏著毒藥灑進去的指頭氣味吧——妳也知道那氣味的主人就在這裡。）
不知不覺間，馬修的臉漾起笑意，全身灼熱有如烈火熊熊燃燒。
姑娘的眼神失去力量，往前撲倒。馬修靜靜看著這一幕。

在侍從的陪伴下，鳩庫奇走出帳篷。

帳篷前的草地鋪了一大塊毛毯。士兵們手中的火炬，幽幽照亮橫臥在毯上的姑娘和男童的遺體。即使在夜裡，兩人的臉也顯得白皙，看上去比生前更小了一圈。

鳩庫奇俯視遺體半晌，接著蹲下，把手放到弟弟嘴邊，確定已經沒有呼吸。同樣把手伸向姊姊，確定之後，他輕觸臉頰，驚訝地縮回了手。

「好冰。明明才剛死沒多久吧？」

站在遺體另一頭的馬修沉靜地說：「我用了凍草。」

鳩庫奇點點頭，起身嘆了口氣，接著望向士兵。

「用布包起來埋了吧。」他只交代這麼一句，便轉身背對遺體，進入帳篷。

在西坎塔爾，孩童的遺體會葬在尤吉樹下。

根據傳說，一位喪子的母親哀痛過度而投河自盡，她漂流至岸邊，從身體長出來的就是尤吉樹，因此只要將孩童的遺體埋葬在樹下，尤吉樹的精靈就會將年幼夭折的靈魂慈愛地引導至天界。

士兵們奉鳩庫奇之命，傍晚就去尋找尤吉樹，已經物色好合適的埋葬地點回來了。兩人的遺體立刻被放上馬車貨台，穿過草原，運至小河邊的森林中，埋葬在尤吉樹下挖好的坑洞裡。

士兵既為人子，也是為人父母，他們沒有將遺體直接拋入洞穴裡，而是用毛毯裹好，免得兩人受寒，再放入洞底，覆上泥土以免野獸挖掘，最後深深行了個禮，返回野營地。

士兵的馬蹄聲剛遠離，黑暗的樹林間隨即跳出三條人影，專心地挖開埋葬兩人的地面。一行人將兩人的遺體從洞裡抱出來，一放到洞旁的草地上，便火速掀開覆蓋全身的毯子。接著用另一條布小心裹好遺體後，兩名男子分別抱著姊弟，消失在森林深處。

餘下的一人，將原來包裹遺體的布再次放回洞底，稍微理好形狀後，再次覆上泥土，讓墓地恢復原狀。

月光緩慢西沉，在林木的枝椏間灑下微光。

四、氣味之聲

是食物的香氣。

（……是老爺子在烤薄餅。）

差不多該起床了，也得叫醒彌洽才行——剛想到這裡，轟雷掣電般可怕的記憶重回心頭，胸口一陣劇痛。痛楚就像一汪苦水，從胸口擴散至喉嚨，再蔓延到腦袋。

愛夏張口，猛烈地吸氣。

她的喉嚨像笛子般發出尖嘯，烤薄餅的氣味、煙味，以及兩名男子和狗的氣味同時撲鼻而來。

這股氣味的洪水中，有彌洽的味道。兩人的手似乎貼在一起，她感覺得到他的體溫。

（彌洽……彌洽還活著！）

愛夏睜眼想看看弟弟，但眼前劇烈旋轉，她再次閉上眼睛，等待眩暈過去。

「好像醒了。」

聽到男子說話的聲音，愛夏滿頭混亂，拚命思考究竟發生了什麼事。

（我喝了摻了凍草的乳酒……）

看到彌洽喝下摻入劇毒凍草的乳酒後，自己應該也喝了酒。

（那我怎麼沒死？）

愛夏閉著眼，感覺到一名男子起身走了過來。就算閉著眼睛，她也知道過來的人是誰。

「妳醒了吧？愛夏・喀蘭。」

愛夏緩緩睜開眼，看向男子。雖然還有點暈，但可以清楚看見男子的臉。曬得黝黑的精悍面龐與一雙黑眼正筆直地看著她。

「……為什麼？」愛夏低語。

可能是發現她的聲音沙啞，男子轉向背後，吩咐道：「拿水壺來。」

水壺送來後，男子輕輕把手伸到愛夏的後腦杓撐住，慢慢扶她坐起來。男子的手厚實碩大且溫暖。

愛夏含了口倒進木碗裡的水，有老杉木的氣味。應該是裝在木桶裡送來的，但乾渴的喉嚨依然覺得有如甘露。

喝完水，她把木碗還給男子，男子默默接下。

愛夏直盯著他。

男子一動，青香草的氣味就變得更濃郁，應該是一直收在懷裡吧。雖然跟男子的體味混合在一起而變質了，但那確實是青香草的氣味。

「為什麼……？」

愛夏再次尋問，男子卻搖了搖頭。

「現在沒工夫解釋。今晚會跟妳說明，在那之前，你們先在這裡休息吧。」

愛夏想轉頭看弟弟，男子起身說：

「妳弟弟也沒事。剛才醒來一下，又睡著了。我替他裹了毯子，不會著涼。妳最好也暖和一下身子。我留下部下護衛，有任何狀況，都聽他指示。」

說完，男子大步折回火堆處，把木碗還給坐在火堆旁的男子，再從盤子捏起一片薄餅塞進嘴裡，就走向樹林裡離開了。

男子正用火烹煮著，旁邊有一隻狗。狗趴著看愛夏。

「可以起身的話，要不要過來這裡烤火，吃個薄餅？」

男子出聲。他的面龐細長，但有種獵人的銳利。

愛夏伸手撐著草地，慢慢站起來。還有點頭昏腦脹，但一下子就過去了。

她在火堆旁坐下來，火焰的暖意沁入肌膚，讓她發現自己的身體有多寒冷。

（凍草會凍結身體。）

不慎誤食凍草的人，身體會迅速失溫，還來不及感到痛苦就沉睡般失去性命……應當如此才對。

（我怎麼還活著？）

男子靈巧地用手指捏住貼在小鍋上的薄餅，撕下來放到木盤上，薄餅散發誘人香氣。接著他抹上滿滿的乳酪，淋上蜂蜜，遞給愛夏。

掌心感覺到木盤的溫暖，彷彿覆蓋著心房的某種硬殼應聲破裂，「我還活著」的真實感擴散到全身。

她以為已經窮途末路了，自己的人生就要結束在這裡。

她想像他們會被斬首，因此當得知會用凍草來處刑，她想：至少可以死得比斬首舒服些。等待處刑的期間，她害怕得心神戰慄，然而真正面臨那一刻，看著弟弟喝下有毒的乳酒時，恐懼已消失無蹤，整個世界變成一片漆黑。自己和弟弟，所有的一切，都被封閉在漆黑的無明之中。

然而在乳酒中嗅到那名男子的手指氣味的瞬間，強烈的憤怒貫穿眉心。

因為血統，自己和弟弟非死不可——這樣的荒誕，以及無法匡正這種荒誕、只能受死的不甘，化成了難以言喻的憤怒爆發出來，灼燒全身。

她從溫潤的木盤慢慢捏起薄餅，折成容易入口的大小，放入口中，乳酪濃郁的鹹與蜂蜜的甜融合在一起，在唇齒間瀰漫開來。

是熟悉的滋味。

被囚之後，每餐附上的薄餅都散發出從未嘗過的食材香氣，但這個薄餅卻是她熟悉的味道。香氣在鼻腔深處瀰漫開來，淚水也隨之湧了上來。

愛夏低頭不讓男子看見自己的淚水，大啖起溫熱芳香的薄餅。

狗狗緩慢起身，走到旁邊，以冰涼的鼻頭輕頂愛夏的手肘。

「嘿，坐下！晚點再餵你。」

男子斥喝，狗有些不滿地看了看他，在愛夏旁邊坐下來。

「……這裡是……」愛夏問男子，「哪裡？」

「綠水溪谷旁。」

愛夏驚訝地左右四顧。綠水溪谷的話，就在家附近——雖然那個家早已人去樓空。一想到這裡，尖利的哀痛扎進胸口。

「為什麼我們會在這裡？」

愛夏問，但男子在小鍋抹油，再次烙起薄餅，搖了搖頭。

「我只是奉命行事，什麼都不知道。等馬修大人回來再問他吧。」

愛夏眨了眨眼。

「……馬修，那個人叫馬修嗎？」

男子點點頭。「沒錯。馬修・喀敘葛大人。」

那個叫馬修的人遲遲沒有回來。

弟弟彌洽醒來一次，吃了一大堆帶狗的男人準備的晚餐，問了「我們怎麼了」這類愛夏也答不出來的問題，但沒多久就在火堆旁蜷成一團睡著了。愛夏自己也渾身倦怠得幾乎要脫了形，吃完晚飯後，天還沒黑，就偎在弟弟旁邊躺下了。

她昏昏沉沉，睡睡醒醒，確定弟弟和自己都還活著，又再次入睡。偶爾也會被拂過森林草地的風捎來的氣味給吵醒。

天一黑，草木氣味就會安靜下來，但如果遭到蟲子等攻擊，就會開始發出「氣味的聲音」。

（……艾那拉樹，一下子就好，安靜一點吧，拜託。）

應該是被蟲子啃食葉子吧，艾那拉樹似乎遭到相當多蟲子圍攻，已經發出「悲鳴的氣味」老半天了。

樹木發出的「氣味之聲」總會徐緩地開始，然後持續個老半天。

聽到悲鳴的其他樹木也紛紛發出警戒的「聲音」，這些聲音朝四面八方擴散，因此一旦注意到，對愛夏來說就是件相當難熬的事。而且「氣味的聲音」會緩緩沉降至地面，黏稠地流動、擴散開來，因此像這樣躺在地上，感受就更強烈了。

如果是白天，聽到「聲音」的鳥類等天敵便會歡天喜地地飛來，可一旦日落，就成了夜行性昆蟲的天下。也有些幼蟲白天躲在泥土裡，等到夜晚天敵入睡，便放肆地吃起葉子來。

一旦注意到就令人難熬的，不光只有草木的氣味之聲而已。動物散發的氣味之聲有時格外濃烈，若是在睡夢中感覺到，甚至會被吵醒。因此在家的時候，她總是在二樓的房間，關緊窗戶入睡。

清醒的時候，對氣味的噪音就不會怎麼在意。

難得離開森林、上市場的時候，起初人們的說話聲和腳步聲巨大得令她害怕，但不知不覺便習以為常了。氣味的噪音也是如此，若在平時，一定能自然地當成耳邊風。

但昏昏沉沉地正要睡著時，如果強烈的恐懼和血腥味突然伴隨著老鼠的慘叫聲傳來，她便會驚醒過來，好一陣子心跳如擂鼓，無法入眠。

靠近地面的氣味，入夜後會變得非常吵鬧。因為一些動物會在入夜後醒轉，腥騷味就會變得濃重。即使在二樓，夜風也會將氣味傳送過來，但相較於更靠近地面的一樓濃密的吵鬧聲，還是好上一些。

愛夏曾經向老爺子抱怨這件事，老爺子卻只是困窘地笑道：

「氣味很吵？」

看到那表情，愛夏深陷在無人能夠理解的寂寞裡。

對愛夏而言，這是最為貼切的形容，其他說法都無法表達那種感受。

自懂事以來，愛夏便一直感受著生物散發的氣味——他們透過氣味進行各種對話。也許因為如此，聞到的氣味之於愛夏，就等同於話語一般。

當然，動物和草木不會說人話，但樹木被昆蟲啃咬時散發的氣味，在愛夏感覺起來，就像在說：「好痛，好痛！我被蟲咬了！」

那感覺有如火警望樓傳來的連串敲鐘聲，彷彿正高喊：「失火了，失火了！」或像母親帶著苦笑的嘆息，宛如在說：「真拿你這孩子沒辦法……」

各種事物發出的「氣味之聲」與人聲不同，會持續很久。這些聲音不分時地，隨時都會聽見，但比起白天，夜晚從整座森林飄來的「氣味之聲」，更令她加倍地心神不寧。

在夜間綻放的花朵，隨著日落開始散發香氣，引誘喜好在夜空飛舞的蛾。花朵們引誘的香氣雖然高亢，卻宛如情歌般悅耳。

但夜晚的森林，各處都會散發出不同於那類香氣的氣味。是因為摻雜著小動物遭到捕食的濃烈氣味嗎？夜晚森林的氣味對愛夏而言就像噪音，伴隨著胸口滯悶的緊張感。

能理解這種感覺的，只有母親。

弟弟似乎多少也能理解，但他天性無憂無慮，似乎不像愛夏這樣在意；至於父親則完全不懂，老爺子也不懂。自小開始，愛夏便多次試圖讓老爺子明白這樣的感受，但每回都只換來老爺子為難的笑。

她沉浸在回憶當中，一股悲切的寂寥在心底蔓延開來，宛如陷入深沉的夜色中。

自懂事以來，這股寂寥就一直悄悄地潛伏在她心底，即使弟弟就睡在一旁也無法撫平。

而母親也懷著這份孤獨。

她眼前浮現母親的臉。母親躺在藥味瀰漫的房間床上，一臉蒼白。有如被牽動似地，母親的聲音在她耳邊重現。

——妳也很寂寞呢。

母親低聲說著，輕柔地為她撥開落在額頭上的髮絲。熱燙的指頭因高燒不斷而變得乾燥，氣味慈愛而溫柔。

——我也一直很寂寞。那是一種不管和誰在一起，都不會消失的寂寞。

想想為什麼寂寞，雖然可以想到千百種理由，但也許其實並沒有什麼理由，就只是寂寞而已。

在高燒侵蝕下，母親半是自言自語般呢喃。她的氣味從肌膚傳來。

——我們是寂寞的生物啊，所以才會吶喊。對著虛空，空虛地不停呼喊，甚至沒有發現自己在吶喊……

（……母親大人。）

當時自己太過幼小，懵懂無知，但現在她完全聽懂了。

生物全都是寂寞的，才會無時無刻不發出「氣味的聲音」吧。即使沒有意識到，自身仍不間斷地發出「氣味的聲音」……

愛夏從小到大，一直聆聽著這些充斥世界的聲音。

是什麼時候，愛夏發現對自己而言天經地義的這些聲音，對他人來說並非理所當然？

即使老爺子對其他事情明察秋毫，也唯獨對於「氣味之聲」無法理解。

（……老爺子……）

那張臉倏忽浮現眼底，她的心口一陣抽痛。

粗獷但慈祥的老爺子。自父母相繼病逝，老爺子不只是以忠臣的身分，更是如父如母地照顧著愛夏與彌治。

（老爺子現在怎麼樣了呢？）

是被囚禁在他們先前被捕的那處野營地的某處嗎？或者已經遇害了……？

一想到這裡，難以忍受的痛楚在心中擴散。

老爺子是無可取代的人。在祖父被逐下王位後，仍保護著他們一家的家臣，就只有老爺子一人。小時候她不明白，但如今她徹底明瞭老爺子對祖父獻上的忠誠是多麼難能可貴。

祖父並非單純被逐下藩王位而已。就像鳩庫奇說的，是西坎塔爾人民對他恨之入骨，將他從藩王的寶座拉了下來。

憎恨祖父的不只有西坎塔爾人。

（……父親大人也對祖父大人心存怨懟。）

而自己的內心、平時總要自己不去正視的陰暗角落，也隱藏著對祖父的怨恨。

遠離藩都的逃亡之行，雖然記憶斷斷續續，但愛夏記得父親背部的氣味，以及身處暴風雪之中的凍寒。

最為鮮明的，莫過於飢餓的記憶。

即使哭喊肚子餓，也得不到任何食物。能夠帶上路的少許糧食一眨眼便見了底，一行人在山中徬徨；即使好不容易走到山村，也因為正值大饑荒，所有村子都沒有多餘的食物能分給外人。

現在愛夏仍偶爾會夢見餓得骨瘦如柴、只有眼睛大得嚇人的孩童臉龐。

懷著彌治的母親痛苦地咬牙往前走，她的身影也讓愛夏無法遺忘。一向溫柔堅強的母親，面容卻痛苦到扭曲，讓她打從心底害怕極了。

好不容易來到這塊土地，被「幽谷之民」所收留，啜飲一口他們端上來的熱湯時，那種銷魂般的幸福感，愛夏到現在都還記得。

然而和父母一起生活的幸福時光並不長久。

母親被迫在飢餓與凍寒中勉強行旅，生下弟弟後身體未能恢復過來，反覆發燒，經常臥病不起。她拚命撐著，慈愛地養育彌治和愛夏，但後來甚至無法坐起身來。

陰暗的房間裡，父親蜷著背坐在母親的床沿，說：

——要是妳懷孕的時候沒有發生那種事，能讓妳好好吃飽、睡好，就不會害妳變成這樣了。如果沒嫁給我，妳就不必吃這些苦了……

愛夏現在仍經常想起父親如此反覆訴說的聲音。

母親慈祥的氣味，隨著她已然遠去的面容，驀地在鼻腔深處升起。

（母親大人……）

好想再見母親一面。好想見到她，跟她緊緊相擁。

在夜晚森林潮濕空氣的圍繞下，愛夏回想起父母的氣味和面容。

（我們有過幸福的時光，儘管不長，但確實擁有過。）

母親在父親身旁刺繡，暖爐的火焰跳動，照亮她的臉龐。那搖曳的火光也隨著氣味刻畫在心裡。

而那所有的一切都不復存在，一切都成了過去。

當愛夏看到弟弟端起有毒的乳酒，浮現心頭的除了漆黑的絕望，還有一個念頭：這下就能與父母團聚了。

可當她在乳酒裡嗅到那個男人的氣味，一股烈火般的滾燙憤怒湧上心頭。

即使能夠和父母團聚，那也不是她自願的，而是因為他們的存在很礙事，才要被排除——想到這裡，長久以來累積在胸口的種種情緒一口氣爆發開來。

——你們就像在堤防上鑽洞的螞蟻，平時可以置之不理，但暴風雨一來，堤防就會從那裡潰堤，殃及全國。

——要恨就恨自己的血統和命運吧。

不是他們做了什麼壞事，而是只要他們活著，就會礙事——

我們兩人就是這樣的存在吧。

（可是，既然如此……）

為何我們還活著？

在夜晚氣味的圍繞下，愛夏懷著憤怒、空虛以及混亂的思緒，注視著眼皮底下的黑暗。

肩膀被輕輕觸碰，愛夏從睡夢中驚醒，一時半刻不明白自己身在何處。

「……抱歉把妳叫醒，不過要說話的話，現在最方便。想知道原委嗎？」

愛夏揉著眼睛點點頭，坐了起來。她想把彌洽也叫醒，但馬修觸碰她的手制止。

「讓他睡吧，晚點妳再說給他聽就行了。」

火堆只剩下餘燼。

狗和男子都不見了，只有馬修一個人跪在火堆旁，在餘燼裡添上細枝，撥旺火勢。

愛夏走到火堆旁坐下，看著馬修和火。

待火勢夠大後，馬修也在火邊坐下來，說了聲「好了」。

「該從何說起呢？……首先，妳想知道什麼？」

愛夏聲音僵硬地說：「為什麼我們還活著？我們明明喝下了凍草。」

愛夏回想起摻了凍草的乳酒散發出這名男子的氣味，定定注視著馬修。像這樣在近處一看，他比最初的印象要來得年輕許多。

「是你把凍草摻進乳酒的吧？」

馬修點點頭，接著輕輕苦笑一下。「所以妳才把酒壺砸向我吧？」

愛夏點點頭，看著馬修說：

「你對我們下了毒。我們服下毒藥，卻像這樣還活著，這表示你替我們解了毒，對吧？為什麼？還有，你是怎麼……」

馬修把手伸向火堆，說：「妳知道凍草的效力全看分量嗎？」

愛夏「啊」地輕呼一聲。

（原來……！）

他們不是被解毒了。這名男子打從一開始，就把分量調整到不會致人於死嗎？

她從老爺子那裡聽說過，曾有小孩誤食凍草，呼吸心跳都停了，父母相信孩子已死，哭哭啼啼地挖好墓穴，放入遺體，正要蓋上泥土時，孩子卻復活了。正是因為誤食的量少，才保住一命。

當時母親告訴她，凍草是相當特殊的毒草，即使吃到，只要沒有喪命，接下來便能以驚人的速度復原過來。

「……可是……」愛夏蹙眉說，「這種事有可能嗎？我和彌治的身材相差那麼多。」

「坦白說，」馬修看著火堆說，「這是個風險極高的賭注，但我也沒有其他方法可以救你們的命。」

「……」

馬修從火堆抬起目光，看著愛夏說：

「為了讓鳩庫奇相信你們已死，我只能使用凍草。」

愛夏看著馬修。火光淡淡地映照出男子曬得黝黑的臉。

「可是，為什麼你要這麼做？不就是你向鳩庫奇指點我們的行蹤嗎？害我們被抓，為什麼又要救我們的命？」

馬修默默地看著火焰片刻，很快抬眼看向愛夏。

「讓鳩庫奇抓住你們的理由，就如同他所說的那樣，但實際上……」

馬修的眼中浮現複雜的神色。

「鳩庫奇擔心的那種事，根本不會發生。大崩溪谷的『幽谷之民』和帝國為敵的可能性低到可以忽略。但鳩庫奇安插在敵對氏族的線人回報，說敵對氏族得知『幽谷之民』待你們如上賓，想要擁戴你們，拉攏『幽谷之民』。聽到這件事，鳩庫奇大為不安。別看鳩庫奇那樣，其實他非常纖細。我試圖說服他，說有方法可以避免這種狀況，但他堅持只要有任何一點疑慮，都必須斬草除根。」

馬修以平板的聲調說著。

「確實，這種事沒有絕對，最萬無一失的法子，就是除掉你們。這對帝國來說也不是一步壞棋，因此我明白就算阻止，他也會一意孤行。」

愛夏氣憤地問：「所以我才會問！既然如此，為什麼你要救我們！」

馬修的眼睛浮現出某種不同於先前的表情——他的氣味變了。可能是體溫上升了一些，宜人的汗味變重了點。

「……如果要說理由，」聲音微微沙啞，「因為我的母親也是『幽谷之民』。」

五、歐阿勒稻

打開馬車車窗，愛夏忍不住發出歡呼。

好刺眼。

眼前是一望無際的金色稻浪。每當清風拂過，稻穗隨之起伏，光波如水波般綿延至視野盡頭，隨風飄揚的稻香撲面而來。那股芳香極其強烈，不同於其他任何植物。愛夏從老早之前就感覺到這股異樣的濃香了。

一旁的老爺子說：「歐阿勒稻結實的景象果然壯觀哪。」

「什麼？什麼？我也要看！」

坐在對面的彌洽跳下座椅跑過來，擠開老爺子，硬要把頭探出車窗外。老爺子連忙制止：「不可以，人全擠在這一側，馬車會翻倒的。那邊的窗戶也能看到一樣的景色，你去那邊的車窗看吧。」

老爺子看著彌洽跪在座椅上打開窗，說：

「從這一帶開始，全都是這樣的風景，因為這一帶有許多歐阿勒稻的稻田。等不久後進入帝國本土，就能看到優伊諾平原廣大的種植地了。

優伊諾平原是烏瑪帝國最古老的歐阿勒稻大產地，分配給藩國的稻種多半是在那裡栽種的，十分壯觀。」

老爺子過去負責貿易事務，曾經去過帝國本土。他說明的語氣裡帶著點自豪。

（——歐阿勒稻……）

傳說遙遠的古代比現在更寒冷，大地乾涸，穀不結實。人們即將死絕的時候，香君大人自神鄉歐阿勒馬孜拉降臨大地，為了拯救眾生而賜下此寶稻。

同時，歐阿勒稻也是祖父喀蘭被逐下藩王寶座的原因。

香君大人不斷轉世，永生不死。現在祂仍鎮坐於帝都的香君宮，以氣味洞悉萬象，引導世人。

愛夏生長的西坎塔爾也是以歐阿勒稻為主食，因此聽說出得起旅費的村子，會在年初派遣村人到遙遠東方帝都的香君宮參拜，祈禱當年豐收。她也看過在市場上販售的歐阿勒米。但愛夏和彌洽不曾靠近過就在市場近旁的種植地，這是他們第一次看到歐阿勒稻結實的景象。

稻穗低垂，宛如在點頭般。歐阿勒稻看似可愛，然而它的「氣味之聲」卻讓愛夏的臉罩上一層陰霾。比起從市場吹來的稻穀氣息，在稻田旁感受到的氣味之聲更加單調乏味，宛如壓迫眉心一般席捲而來，無法忽視。

在森林、草地或農田，聽到的「氣味之聲」天差地遠。

不管是森林或草地，草木都活潑聒噪地對話著，近乎吵鬧；但來到太陽底下一片閒適的農田，「氣味之聲」卻頓時有一種散漫蒼白的感覺。

走在規規矩矩並排在田間的蔬菜之間，愛夏總是感到難過：為何這些孩子這麼沉默？但偶爾還是會感覺到細微的囁嚅聲，像是在說被蟲咬很痛、被陽光曬得好舒服。小時候她為了想聽到這些細微的聲音，經常在田裡蹲上老半天。

歐阿勒稻的「氣味之聲」與這些農田的作物又不相同，十分異質。它的聲音單調，非常安靜，就好像只是在呼吸一般。

儘管如此，卻又有種微妙的壓迫感。那是一種隱含著憤怒的寂靜，就好像一個人想呼喊卻喊不出來，正抑鬱得顫抖一般；如果哪天當他再也承受不住，可能就會發出驚天動地的慘叫來。

愛夏覺得有點難受，輕輕闔上百葉窗，盯著窗戶隙縫間透進來的光影。

——為濕潤的大地種上歐阿勒稻，為風拂之地也種上歐阿勒稻，

慈愛的香君大人，為每一處帶來尊貴至寶。

就如同這首〈香君神歌〉所唱的，在烏瑪帝國，包括藩國在內，即使是無法開墾水田的土地，也能種植歐阿勒稻作為旱稻，因此如今除了歐阿勒稻以外，已經鮮少看到其他稻類和過往栽種的麥子等穀類了。

每回想到歐阿勒稻，父親的氣味總是會在鼻腔裡復甦。那是父親說到祖父時的氣味。

祖父喀蘭聰穎過人，平定了氏族間征戰不斷的西坎塔爾內戰，實現了穩定的政權，是一名英雄。同時他的能力與人品受到當時烏瑪帝國皇帝的賞識，未經戰事就成功讓西坎塔爾納入帝國版圖。

此外，祖父還大規模擴張地下水道，並改善維護方式，致力於擴大耕地。然而在地力貧瘠、荒地也多的西坎塔爾，仍多次發生饑饉。儘管如此，不知為何，即使在這樣的情況下，祖父仍拒絕讓帝國的領民種植御賜的歐阿勒稻。

歐阿勒稻是奇蹟的稻子。即使在土質不合、無法栽種一般稻子的土地，或是地力貧瘠的寒冷地區，也能每年收成數回，獲得傳統穀類兩倍以上的產量，順利的話，收成三倍也不是夢。在條件良好的地方，據說甚至可以收獲多達四倍的稻米。

歐阿勒稻耐寒又耐旱，也不怕蟲害。不僅如此，不知為何，種植歐阿勒稻的土地雜草不生，因此也不需要除草這類辛苦活；即使種在旱田，也不會發生連作障礙。(註)

據說歐阿勒稻單單無法種植在海邊，但大海位在天爐山脈另一頭的辰傑國那帶，以及南邊的馬扎力亞王國，交界處更有長嶺山脈如一堵長牆般橫亙。西坎塔爾並沒有海，因此無人在乎這項缺點。

另外，歐阿勒稻滋味豐美，米粒帶有適度的黏性，食用方法也千變萬化。烏瑪人帶來了歐阿勒稻的食用方式，即使有人原本習慣吃麥子製作的薄餅，只要嘗過歐阿勒米粉製作的薄餅、炊飯、年糕等，立刻就會被它的美味俘虜。據說食用歐阿勒米能強身健體，多子多孫，在別國甚至被當成藥材，是珍貴的交易商品。

西坎塔爾各地的氏族長為了引進歐阿勒稻，皆贊成歸順烏瑪帝國。基於這些原因，堅持拒絕引進歐阿勒稻的喀蘭受到氏族長的排擠。

沒多久，嚴重的饑荒侵襲全境，民怨沸騰，喀蘭被逐下王位。

在愛夏記憶中，那場飢寒交迫的逃亡之旅，祖父沒有一道同行。祖父擔心自己會為家人帶來危險，不顧父親懇求，獨自留在藩都。聽聞他在飢苦的藩都人民接受施膳的廣場，結束了自己的生命。

愛夏到現在仍清楚記得父親說到這裡時的氣息。

「如果自己接納了歐阿勒稻，許多百姓就不會餓死，也不會飽受飢餓折磨了。父王應該是想要向千千萬萬的百姓謝罪吧。

但我認為，父王應該還是不認為自己的決定完全是錯的。」

憤怒、怨恨，以及憐愛、懷念的情緒——當時父親散發出來的氣味中，種種矛盾的情感揉雜起伏著。

「父王把歐阿勒稻稱為『歡喜與悲嘆的稻子』。」父親說，「坎塔爾很貧窮，因為山岳地區可以耕作的土地寥寥無幾，平地也是，泰半土地都是岩石，土壤也十分貧瘠。

父王統治西坎塔爾的時候，鄰國的東坎塔爾搶先歸順了烏瑪帝國，成為藩國。東坎塔爾的土地又比西邊更貧瘠，三番兩次遭遇饑荒，每次都向我國求援，就是窮到這種地步。然而成為藩國、開始栽種歐阿勒稻以後，立刻變得富裕得驚人。那富庶的光景，真的只能說是奇蹟。我國的百姓目睹這樣的事實，也開始希望自己能栽種歐阿勒稻。

然而父王卻拒絕將歐阿勒稻引進這塊土地。」

註：編按：連作障礙是指同一栽培土地或介質持續種植同一種作物，導致生長變差的現象。

父親眼中哀傷的神色變得更深了。

「歐阿勒稻確實是奇蹟的稻穀，即使在貧瘠的土地，也能成長茁壯，一年收穫好幾次；不怕病蟲害，也沒有連作障礙，而且滋味極佳……但歐阿勒稻無法取得稻種。」

奇妙的是，即使從收穫的歐阿勒稻稻穗精挑細選稻穀播種，也絕對不會萌芽。為了下次收穫而播的種子，全是依據繳交給帝國的稅額，由帝國的「富國省」送來的。

「多精巧的桎梏啊──父王這麼說。父王說，歐阿勒稻確實能讓我們逃離饑饉的恐怖，百姓能豐衣足食。但這就是隸屬的代價。」

父親微微搖頭。

「我理解父王崇高的心性，而堅定他這種想法的理由，不光是維持自治而已。父王也擔心因為栽種歐阿勒稻，會導致無法收獲其他穀物。他說一旦徹底依賴歐阿勒稻，萬一哪天無法收獲歐阿勒稻，後果將不堪設想。

但我認為無論理由是什麼，都抵不過眼前正在死去的百姓生命。」

父親哀傷地看著愛夏，說：

「妳也還記得飢餓有多苦吧？那種火燒火燎的飢餓，還有最可怕的，莫過於生命一點一滴消逝的絕望。我自小就經驗過許多次，到現在還會不時做惡夢。

如果被迫做選擇的是我，我應該不會做出和父王一樣的決定。」

父親的眼睛浮現強烈的苦惱。

「我無力勸諫父王，無法讓父王回心轉意，拯救黎民。

我身上扛著重罪啊，愛夏。我讓大量百姓走向死亡，怎麼樣都贖不清罪孽。我也想留在藩都，自裁以謝百姓。但是我做不到。」

為了保護身懷六甲的妻子和愛夏——為了保護自己的家人，父親選擇苟延殘喘，一輩子都背負著這份罪咎，從此對歐阿勒稻絕口不提。

因此愛夏和彌洽都沒有吃過歐阿勒稻。

住在大崩溪谷一帶的山民「幽谷之民」，每十天一次，會有年輕人從山裡送來蕎麥、豆子和麥子等等，愛夏一家就靠這些食物生活，從未感到任何困乏。

大崩溪谷所在的天爐山脈一帶土質不適合種稻，稻子無法生長，因此住在天爐山脈山腳的人，都是種植麥子和蕎麥為生。然而歐阿勒稻即使在一般稻子無法生長的土地，也能長得很好，因此現在天爐山脈的山邊也已經遍布歐阿勒稻了。

但不知為何，「幽谷之民」把歐阿勒稻稱為「被詛咒的稻子」，堅持只栽種自古以來的傳統作物。因此他們才會把拒絕歐阿勒稻的喀蘭王稱為「真王」，藏匿愛夏一家人，扶持他們的生活。

那裡的年輕人總是扛著有自己身高一半高的貨物，走下險峻的山路。他們那黝黑精悍的臉龐，忽然與那天晚上注視著自己的馬修的臉，重疊在一起。

當馬修說他的母親是「幽谷之民」時，愛夏忍不住苦笑。

「請不要說那種連三歲小孩都騙不了的謊話。」

「妳怎麼能認定我在撒謊？」

「因為，你是喀敘葛家的人吧？帝國首屈一指的名門之後。說自己的母親來自偏荒邊境的天爐山脈深山野地，有誰會相信？」

愛夏苦笑著回答，但這時馬修的身體散發出強烈的氣味，讓她驚訝地收住了笑。

那是憤怒的氣息。

馬修的表情絲毫沒變，但愛夏一清二楚地感受到，他正在克制強烈的憤怒。

「妳不信也無所謂。確實，聽起來很離譜吧。」

當那聲音與散發的氣味重疊在一起，愛夏感覺到他的憤怒並非針對自己。

馬修盯著火堆，兩眼似乎正看著別的地方。

「我的父親是新喀敘葛家前當家的弟弟。他人有些古怪，儘管生在喀敘葛家，卻對政治毫無興趣。他從少年時期，就跟隨香使調查帝國各地的農田，不久後就開始巡迴邊境了……然後，他在天爐山脈的深山遇到了我的母親。」

他的臉在火焰照耀下，微微扭曲。

「娶了母親以後，父親仍繼續行旅。所以我直到十四歲，都是以『幽谷之民』的身分住在大崩溪谷，由母親養育。」

接著馬修沉默片刻，注視著劈啪爆裂的柴薪和搖曳的火焰。

不知道他在想些什麼，從他身體散發出的氣味慢慢平息下來。

不一會，馬修抬頭看向愛夏。

「我表哥以前都會送糧食去妳家。」

「咦！」愛夏大吃一驚，驚呼出聲，「真的嗎？」

馬修點點頭，接著以「幽谷之民」的語言說：「他說跟舅舅們一起背著麥子和豆子送去妳家，妳母親就會泡茶招待他們，還端出甜點。」

那嘴巴裡含著東西般的說話腔調，千真萬確就是「幽谷之民」的口音。

馬修咧嘴一笑。「聽到這件事的時候，我十七歲。」

馬修就這樣以柔和的表情看了愛夏一會，但很快地收起了笑容。

「在那之前的兩年前，我十五歲的時候，父親命令我回去喀敘葛家。」

「……」

「因為伯父的兩個兒子相繼死於疫病，能繼承新喀敘葛家下一代的人，只剩下一個人了。祖父認為繼承人需要一個弟弟作為輔佐，便命令父親把我送給伯父做養子。」

馬修伸手抹了抹臉。

「總之就是這麼回事……稍微能接受了嗎？」

愛夏聽說過，「幽谷之民」排斥外地人，婚姻也必須遵從嚴格的習俗。這樣的民族之女和外地人成親，生下孩子，聽起來還是相當奇異，但愛夏對「幽谷之民」也不是那麼了解，無法斷言絕對不可能有這種事。

馬修操著一口無可挑剔的馬其希語，聽起來完全不像後天學會的。

「……所以你才會救我們嗎？」愛夏輕聲問。

「這是理由，但並不是唯一的理由。我是藩國視察官——帝國皇帝的耳目。我會思考帝國整體利益，審度情勢，和只考慮到西坎塔爾的鳩庫奇不一樣。」

馬修以細枝稍微抬高炭火，添上柴薪，繼續說下去：

「假設幾年後鳩庫奇病死，西坎塔爾的勢力發生變化，你們的存在或許會擁有重大的意義。」馬修望向愛夏，低聲說，「狀況怎麼變化都有可能，所以要努力挽救能夠挽救的性命、保全失去了可能會後悔的棋子。這就是我的工作。」

馬車悠閒地繼續搖晃著。

可能是對連綿不斷的歐阿勒稻浪看膩了，彌洽躺在座椅上睡著了。

老爺子看著彌洽的睡臉，一會兒後抬頭看愛夏。

愛夏輕嘆一口氣。「感覺好像在做夢。」

老爺子也深深嘆息。

「真的……看到兩位的臉時，我也祈禱如果這是夢，千萬不要再醒來了。」

那天夜晚，在火堆旁從馬修口中聽到老爺子被釋放的消息，愛夏因為過度開心和安心，全身不由自主地顫抖起來。

鳩庫奇釋放了老爺子，理由是人臣守護君主稱不上罪行，而且侍奉的君主也已經不在，往後沒有叛變的可能。

天一亮，老爺子就隨著那名帶狗的男子來到愛夏和彌治身邊。當老爺子從朝霧瀰漫的樹林間現身時，愛夏和彌治忍不住跑過去抱住他，嚎啕大哭起來。

大概是路面整修得很平坦，馬車的晃動變得比行經故鄉附近時更輕微，身體不覺得疲累。午後和煦的陽光柔柔地照亮馬車座位。在這平和的光中，老爺子的眼神忽然轉為緊繃。

「接下來不曉得還有沒有機會好好和兩位說話，所以我就趁現在說了。」

老爺子停頓片刻，似乎在尋思該如何開口。

「對那位馬修大人，我實在感激不盡，這是發自肺腑的感謝，但怎麼說才好？那位大人心中似乎另有謀算。」

六、帶著青香草的人

愛夏看著老爺子，靜靜等待下文，但老爺子遲遲沒有繼續說下去。

「我也……」愛夏有些急躁地開口。

那個叫馬修的男人確實不知道在想些什麼。儘管這麼想，愛夏卻不知為何，不願聽到老爺子對他有所猜忌。

「我也覺得那個人內心藏了許多事情不讓我們知道，應該也是出於某些算計和企圖才救我們的……可是……」

愛夏不知道該如何說下去，支吾起來，老爺子露出有些為難的表情，撫摸著後頸說：「不，我感覺那位大人會救助兩位，怎麼說呢，與其說是出於冷冰冰的算計，更是因為想要救你們。」

愛夏眨著眼，注視著老爺子。「你這麼覺得？」

老爺子點點頭。

「為什麼你會這樣想？」

愛夏追問，老爺子嘆了口氣說：「因為他放過我一命。」

「……」

「讓兩位活下來，對他有利，這固然是事實，但如果他只是為了依自己方便來處置兩位，沒有我會更好。如果我在兩位身邊，到時可能會造成麻煩。

鳩庫奇在釋放我時，暗示是那位大人的提議。事實上應該就是如此，但如果是這樣，為什麼要刻意這麼做？與其費事策動鳩庫奇釋放我，直接殺了我更要省事、安全太多了。」

愛夏納悶地歪頭。

「是嗎？要是老爺子被處刑，彌洽和我都會恨死他。他救了我們，確實令人感激，但也是因為他在背後指點，老爺子才會被抓，而且如果想要利用我們的話，招來我們怨恨也不是個好主意吧？」

「問題就在這裡。請仔細想想，彌洽大人還小，往後總有辦法操縱他的心，但對您就無法這麼做了。」老爺子說，「那位大人在乎您的感受。他的做法怎麼說呢，處處透露出對您的體恤。」

老爺子望向發出鼾聲的彌洽。

「那位大人說，他會安排帝都南部農場的工作，要我在那裡養育彌洽大人。我不知道那是怎樣的農場，但依我猜測，他應該會找到一處農場主人和藹可親、生活起來舒適愜意的地方。如果知道彌洽大人在那樣的地方健康成長，您也能夠寬心吧。」

老爺子慢慢地接著說下去：「即便他隱瞞了某些企圖，但比起隨時可能被覬覦藩王位的鳩庫奇狙殺，還是安全太多了。」

愛夏皺起眉頭。「那，老爺子你在擔心什麼？」

老爺子抬起目光，看著愛夏。

「我擔心的……是那位大人想要利用的是您，而不是彌洽大人。」

聽到這意料之外的話，愛夏忍不住反問：「咦？我？」

「是的。」

愛夏苦笑搖頭。「你想太多了啦，我哪有什麼利用價值？如果有，頂多就是彌洽的姊姊這個身分。他只是想要籠絡有喀蘭血統的人，以便在西坎塔爾的政治情勢生變時，手上有棋子可以利用罷了。」

老爺子捻著鬍鬚說：「這確實也是目的之一吧。那位大人說，依現狀來看，兩位有被鳩庫奇殺害的危險，所以才讓兩位偽裝已死，但是在西坎塔爾的統一堅若磐石之後，喀蘭的偉業或許會有重新得到肯定的一天，所以要我好好養育彌洽大人。」

老爺子望向彌洽的睡臉。

「想想目前西坎塔爾的狀況，這理由聽起來冠冕堂皇，但總是教人難以釋然。」

老爺子抬頭看著愛夏，說：「照這個說法，應該也可以把您和彌洽大人一起交給我照顧，為何卻只安排您一個人去別的地方工作呢？」

——妳要去「黎亞農園」生活。

馬修這麼說的時候，愛夏也疑惑為什麼只有自己要去不同的地方，但她解讀為分開來更能減少風險，沒有再繼續深思這件事。

「把我一個人分開，不是因為這樣比三個人在一起更安全嗎？西坎塔爾的人也會去帝都，萬一被認得我們的人看到我們三個在一起，或許會露出破綻。」

老爺子緩緩地搖頭。「確實如此……可是……」

「可是什麼？」

老爺子神情凝重地開口：「以前我在教導您帝國知識時曾經說過，喀敘葛家有兩家，這件事您還記得吧？」

「記得，喀敘葛家分成新舊兩家對吧？」

老爺子點點頭。「沒錯。那麼，您知道馬修大人屬於哪一個喀敘葛家嗎？」

「他說是新喀敘葛家。」

「是的，那位大人屬於新喀敘葛家。」

聽到這話，愛夏微微瞇眼。她終於明白老爺子想要表達什麼了。

老爺子沉聲說：「『黎亞農園』雖然是喀敘葛家的領地，卻是舊喀敘葛家所有──對於具有新喀敘葛家血統的那位大人來說，即便不到仇敵，舊喀敘葛家也是絕不能輕忽大意、必須提防的勢力。

不過據說新喀敘葛家的子嗣，也必須進入這座農園學習一段期間，這似乎是喀敘葛家的制度。因此倒也不是說農園有什麼絕不能讓新喀敘葛家發現的祕密情事，但與喀敘葛家沒有親戚關係的人，確實無法輕易進入。」

「……」

「把您送去那裡，應是例外中的例外吧。不惜如此大費周章，他到底想要讓您做什麼呢？這個做法讓我不禁認為那位大人心中另有謀算。」

——那裡群山環繞，風景絕美，而且是我認識的人經營的農園。適應新環境或許很辛苦，但熟悉後，應該可以過得很平靜。

馬修說這些話的時候，在想些什麼？

愛夏茫然望著流轉的光線，撫摩自己的手臂。

她明知道喀敘葛家有新舊兩家，當時怎麼會沒想起這件事？

（那個時候，我反而……）

靜靜地聽著馬修講的話，因為他身上散發出來的氣味十分平和。

（而且……）

因為馬修身上帶著青香草的芬芳吧，愛夏心中某處，感覺他並不是個壞人。

每次聞到青香草的芬芳，她總會想起步入森林深處的老人背影。那名老者一身襤褸，拄著拐杖，一心一意往前走去。

在一家人落腳天爐山腳下、過了數月之後，她看到那個人。

應該是春末即將轉為初夏的季節。

那天悶熱得反常，愛夏無論如何都想去瀑布那邊，但那裡嚴格禁止一個人前往，她便瞞著大人離開家裡。那天沒有風，連平日沁涼的森林也悶著熱氣。或許是因為周身的氣味凝滯不動，一回神，愛夏竟不知道自己身在何處，不管怎麼走都走不出深邃的森林。

正當愛夏快哭出來的時候，一陣涼爽的香氣冷不防飄來，那是她從未聞過的香氣。瞬間，她彷彿感覺到涼風撫過臉頰，便分開草叢，朝香氣傳來的方向走去，眼前頓時豁然開朗，是一片陽光普照的草地。

草地正中央有座泉水。清澈的水源源不絕湧出，溢出草地，形成小河，流出草地外。圍繞著這座泉水，開著一片青色的花朵，在若有似無的微風中輕輕搖曳。

愛夏迷迷糊糊地靠近泉水，跪在潮濕的草地上，雙手掬水喝了起來。泉水沁涼如冰，火熱的喉嚨頓時感到清涼無比。

接下來的事，愛夏的記憶十分破碎。她記得感到一陣眩暈，所以應該就這樣倒在泉水旁邊了。她做了個夢，夢見有人俯身上前看著她。

那個人身上散發出和身邊盛開的花朵相同的芬芳。

她被抱起來，放在陰涼樹蔭下涼爽的草地。感覺到額頭和脖子被覆著一層冰涼的布，她便醒過來，想爬起來卻渾身沉重，起不了身。

「……躺著別動，馬上就有人來救妳了。」她聽見粗沉的男聲。

她可能又睡著了，再醒來的時候，原本蹲在一旁的男人已經消失，她側過頭，只見男人的背影不斷往森林深處走去。

穿透樹葉的燦陽碎光，在男人衣衫襤褸的背部灑下斑駁的光點。

再次醒來，她身旁守著「幽谷之民」的阿姨。阿姨經常送水果來給他們，愛夏記得當她看到阿姨的臉，整個人放下心來。

阿姨輕輕扶起她，餵她喝了涼水。「真是的，怎麼一個人跑到這種地方來？大家都快擔心死了呢。我帶您回宅子去，沒事了。」

阿姨說完，就像扛起背架那樣，輕輕鬆鬆把她背到背上。

阿姨的背部有陽光的味道。愛夏在阿姨的背上搖晃，開始打起盹來，這時忽然想起那名把她抱到草地上的人。

「……那個老爺爺呢？」她問。

阿姨頓了一下，又轉念似地繼續往前走，喃喃念著：「這樣啊，您記得啊。」

「您看到他的臉了嗎？」阿姨問，愛夏在背後搖搖頭。

老人俯身看著她的時候，背對著太陽，因此愛夏完全不記得長相。會覺得是老人，應該是他的背影和步態使然。

愛夏期期艾艾、笨拙地描述。阿姨似乎鬆了口氣，說：「這樣啊，那就好。」

「……為什麼這麼說？」

「因為那個人是利塔蘭。」

「利塔蘭？」

「對。」

「什麼是利塔蘭？」

阿姨沉默了。愛夏本以為阿姨不會回答這個問題，卻聽她徐徐道來：

「利塔蘭就是『求道者』。這些人不管怎麼樣都很想、很想找到某些問題的答案，於是就向山神、荒野神、風神、太陽神、水神發誓，請神明保佑願望成真。」

阿姨的聲音有些沙啞。

「……大部分的利塔蘭都很可憐。他們遇到不幸的事，實在是無可奈何，但還是想找到活下去的路，所以向神明起誓。怎麼說呢，他們心中懷著堅定不移的信念，就只能走在那條路上，真的很可憐。」

阿姨時不時將往下滑的愛夏晃上去，繼續說著。「懷裡帶著青香草……青香草也就是發誓的證明，不娶妻，也不成家，就這樣獨個兒活下去。一個人孤孤單單地活著。」

她眼底浮現朝青翠的森林深處不斷走去的老人背影，以及在他的背上彈跳的光點。

「利塔蘭不喜歡被人看到嗎？」愛夏輕聲問。

「噢，」阿姨嘆了口氣說，「應該也不是討厭，只是利塔蘭不喜歡別人說『那個人是利塔蘭』……因為發誓這種事，是自個兒悄悄在心裡面起誓的，應該是不想要外人對他們指指點點吧。」

來到家附近，母親大聲呼喊，揮著手跑了過來。母親從阿姨手裡接過愛夏，緊緊抱住她。母親淚流滿面，好長一段時間只是默默緊抱著她。

愛夏被狠狠罵了一頓。當她說到在美麗的青花怒放的泉水草地上，被一個利塔蘭老爺爺救助，母親輕聲說：「啊……所以妳身上才會有青香草的香味。」

不知為何，比起挨罵，母親這時的神情更讓她印象深刻。

在鳩庫奇的大帳篷裡聞到青香草的香氣時，她感覺很奇妙。

散發著青香草芬芳的馬修，看起來與眾不同。明明身在眾人之中，卻彷彿孤獨一人。

（那個人……）

在尋找什麼呢？——他遭遇過什麼樣的不幸呢？

（……他想要我……）

為他做什麼呢？

愛夏聽著老爺子斷續抒發隱約的不安，茫然地回想起清澄的泉水香，以及宛如青光般的青香草芬芳。

第二章　歐莉耶

一、香君宮

一走下馬車，風便吹起頭髮，掀動衣襬。

有泥土和樹木的氣味。嗆人的煙味，以及鐵器、馬與人們釀成的氣味也摻雜其中，但是與漫漫的帝都長路上嗅到的氣味截然不同，粗野的山間氣味舒適宜人。

繞到馬車背後，來到王宮所在的一側，愛夏倒抽一口氣。

藍天之下，遠方的山脈在這個季節仍戴著白雪，而眼前矗立著一座巨大的白色宮殿，有如融進雪色之中。

往深掘的護城河方向極目眺望，丘陵平緩地延伸，那似乎全是王宮的土地。半山腰處圍繞著堅固的城牆，其上有螞蟻般的黑點在移動，應該是護衛的士兵，但城牆實在過於巨大，人看起來小得都不像人了。

通往王宮正門的石階也極其寬敞，感覺幾十人一字排開登階仍綽綽有餘。每隔幾階，石階兩側就有持長槍的衛兵佇立，身上的鎧甲燦爛生輝。

丘陵西側，有一座發著青色的高塔。

由於距離相當遙遠，看不真切，不知道是以什麼石材砌成的，看似正幽幽地發著光。

「那座青色的塔，就是『風香塔』。」

女子向車夫說了什麼後折返，以從容的聲調對愛夏說。

「香君大人會時時站在那座塔的塔頂，從風的氣味感受四方的氣象流轉。那座塔下，有香君大人居住的宮殿。我們要從王宮正門進去，隨我來吧。」

名為米季瑪的女子只說了這些，便領頭走上架在護城河上的吊橋。

抵達帝都後，有四天的時間，愛夏住在彌洽和老爺子往後將要生活的農場，退去長途的疲憊。但昨天傍晚米季瑪過來後，便一下子忙碌起來。

「幸會，我叫米季瑪・奧爾喀敘葛。」

女子站在霞光流淌的農場門口如此寒暄。她身形嬌小，但動作機敏，臉和手都曬得黝黑，愛夏起初還以為是做生意的販子上門兜售商品。

但開始交談後，這個印象便徹底扭轉了。

「我是服侍香君宮的上級香使，馬修大人派我在您進入『黎亞農園』之前照顧您，因此奉命前來。

在『黎亞農園』工作，等於是侍奉香君大人，因此首先您必須去拜謁香君大人。拜謁的服裝已經準備好了，請淨身之後換上衣服，前往香君宮參拜。拜謁的規矩，我會教您。」

簡潔明瞭的說話方式，讓人感覺她是一名能幹的官吏。愛夏發現米季瑪的姓氏「奧爾喀敘葛」，意即「喀敘葛的旁系」。

兩個人在屋內深處的房間獨處，米季瑪將香君宮的歷史、拜謁的規矩、在「黎亞農園」的工作內容等等，逐一詳細地告訴愛夏。

「還有，這件事很重要，請牢牢記在心裡。您的身分是『幽谷之民』愛夏・洛力奇，是馬修大人的表妹。」

愛夏「咦」了一聲，米季瑪一字一句諄諄叮囑：

「『黎亞農園』除了喀敘葛家的親族，外人是不許踏入的。若是馬修大人母親那邊的親屬，勉強算是親族，雖是特例，但還足以說服旁人……只是，」米季瑪壓低了聲音。「有件事您務必要當心。這件事相當敏感，希望您放在心裡就好，切勿外傳。新喀敘葛家的當家，富國大臣伊爾大人——也就是馬修大人的兄長——對馬修大人這個弟弟不甚待見；或者應該說，他在提防馬修大人。

個中理由，若有必要，馬修大人應該會向您說明。但『黎亞農園』也有新喀敘葛家派來的人，若是他們問起您怎麼會來到『黎亞農園』，請說您是為了西坎塔爾而來到『黎亞農園』學習就好。不管他們如何探問，您都要努力裝出什麼都不知情的樣子。」

愛夏似乎依稀看出了馬修的意圖，說：「也就是說，要讓對方相信馬修大人派我去『黎亞農園』，是基於藩國視察官的工作需要嗎？」

聞言，米季瑪露出驚訝的表情。

她看了愛夏片刻，原本有些堅硬的神情倏地放緩下來。

「您想得沒錯。簡單來說，就是為了西坎塔爾的穩定，必須拉攏拒絕接受歐阿勒稻的

『幽谷之民』，讓他們歸順帝國，所以要暗示他們，您進去是為了這個目的，好避免新喀敘葛家起疑。」

愛夏點點頭。「我明白了。不過這樣的話，我也想了解一下背後的原因，否則我沒辦法順利地自圓其說。」

米季瑪微笑。

「也是。必要的部分，就先跟您說明一下吧——啊，還有，從今以後，我的身分是您的上司，因此不會再對您使用敬語。據說您是西坎塔爾的王家之後，或許您會感到冒犯……」

愛夏搖搖頭。「在故鄉的時候，也幾乎沒有人對我用敬語說話，請別在意。」

米季瑪來到護城河上的橋，不斷拾級而上。愛夏跟在她身後，這時後方傳來鈴聲。

「愛夏，停在那裡，跪下來。」

聽到米季瑪這麼說，愛夏停步，跪在冰冷的石階上。

橋的起點停著兩輛大馬車。

其中一輛的貨台上載著一頂轎子，上頭的圖案皆用金絲繡成，絢爛溢彩。侍從們抬下那頂轎子，讓走下馬車的貴人上轎，抬轎過橋，登上石階。一行人靠近時，從侍者的汗味裡，飄來一股像薰香的輕柔香氣。

愛夏低著頭，等待轎子經過。

轎子在正門暫停了一下，衛兵只從轎窗朝轎內看了一眼，隨即敬禮讓轎子通過。

見轎子消失在正門內，愛夏再次登上階梯。

走近正門時，守在門兩側的衛兵舉手攔下。只見米季瑪向兩名衛兵出示掛在脖子上的薄金屬片，並傳來她說明愛夏身分的聲音。

一名衛兵下來，站在愛夏面前，命令：「雙手舉起來，不要動。」

接著迅速但仔細地隔著衣物摸索愛夏全身。

明明沒帶任何危險物品，但是被這麼一摸索，愛夏便擔心可能會被搜出某些東西，不過她裝出平靜的模樣。

很快地，衛兵簡短地說：「可以了，上去吧。」

愛夏走完剩餘的石階，來到米季瑪旁邊，吐出憋住的氣。

一穿過鑲嵌著螺鈿工藝的美麗正門，她立刻被柔和的風給包圍，與此前的感受截然不同。眼前是一片廣大翠綠的庭園，左右有兩座大噴泉，高高噴出的泉水粼粼閃動。

愛夏聽說過噴泉這種東西，但這是她第一次親眼目睹。水從地底噴出來，卻沒有溢出周圍，這讓她感到十分奇妙，不禁停步看得出神，好奇到底是什麼樣的機關。

高牆覆蓋四方，遮蔽了寒風；陽光燦爛傾注，樹木綠意閃耀。

即使穿過正門，王宮看起來仍聳立在遙遠的地方，但目睹它的全容，愛夏睜圓了眼。

從底下仰望時，只覺得是宮殿一片雪白，但來到這裡之後，便能看出建築物下方布滿精緻的金色花紋。即使在這裡也能看出是稻穗的紋樣。

結實累累的金色稻穗以精湛的技藝刻畫出來，看上去就宛如宮殿的白牆矗立在隨風起伏的金黃稻浪上。

而眼前的綠色庭園，約有愛夏故鄉的市場那麼大，在這裡行走的人們看起來就像蟲子般細小。

方才那頂轎子在過了正門不遠處停下，貴人在那裡下了轎，換乘在庭園等候的馬車。馬車駛過筆直貫穿庭園的寬闊馬路，路上的行人紛紛停步，有的行禮，有的跪地，目送馬車離去。

米季瑪細語：「那是伊爾．喀敘葛大人。」

愛夏吃了一驚，望著朝王宮前進的馬車。

雖然只是驚鴻一瞥，但伊爾．喀敘葛與她根據過去聽到的傳聞所想像出來的形象大相逕庭。挺拔的外形、精悍的氣質，確實和馬修有些相似。

「我以為年紀更大。」

「大人才三十多歲——很精明的一個人。」

米季瑪小聲說完，催促愛夏跟上去，繼續邁出步伐。

兩人從前往王宮的路，轉向通往香君宮的路，很快地穿過一道漆成青色的門，景色再次不變。道路兩旁種植著形形色色的花木，蜜蜂和各種小昆蟲交錯飛舞。

被那些花木的香氣籠罩，愛夏感到一股有如穿上熟悉衣物的安心感。是因為種植的樹木與故鄉相似的緣故吧。

香君宮的庭院也十分廣大，但因為草木蓊鬱，與其說是庭園，感覺更像走在山裡。

到處都有陽光灑落的草地，而這些地方，都一定有一身白衣、朝香君宮磕頭膜拜的人。那些是來自帝國各地，祈求豐收的信徒，或許也有來自故鄉西坎塔爾的人。

由於米季瑪事前指點，愛夏垂首低眉，安靜地從旁邊經過。

雖然可以從氣味感覺到香君宮的土地上有許多人，但因為實在太安靜了，走著走著，愛夏開始有種胸口受到壓迫的感覺。不過當來到某個地點，氣味陡然一變，宛如穿過一道看不見的牆壁。

一路走來的路在這裡分成了三條，分別消失在森林裡。

米季瑪在愛夏前面停步，低下頭來。

（……啊，就是這裡嗎？）

愛夏想起米季瑪在農場告訴她的事。

——第一次參謁香君宮的人，從途中開始，必須自行選擇要走的路。

參道稱為「靜謐之道」，在途中多次分岔，但最後都會通往香君宮，請勿擔心。

愛夏問，為什麼要這樣設計，但米季瑪只說這是參謁的規矩。

愛夏經過低頭的米季瑪身旁，進入其中一條路。

她沒有猶豫要走哪一條——因為這條路的深處傳來青香草的芬芳。

愛夏踏進這條路，米季瑪便跟了上來。

遙遠之處似乎有青香草綻放，芬芳幽微，就像閃動的蜘蛛細絲般乘著風，自樹木間輕柔地飄來。青香草不只是花，葉子和莖都有種獨特的清香。只要聞過一次，就絕對忘不了那種香味。

隨著逐漸遠離其他道路，青香草的氣味越來越濃。當周圍的樹木種類似乎換了副模樣時，路又分成了三條。

愛夏選擇青香草的香氣更濃的路前進，很快地遇到一座小泉水。泉水旁是一片陽光燦爛的草地，開著見過的花朵。

（……青香草。）

它嬌嫩的青色花朵，看起來就像在陽光底下閃耀著。

道路穿過生長著青香草的草地，朝森林深處延伸。愛夏踏入其中，氣味又改變了。

陽光從樹葉篩漏，照在路途上，點點閃耀，愛夏有種置身夢境之感。

各種花草樹木、苔蘚菇類散發的氣味鬆散地交織在一起，這些氣味的對話化成愉悅的曲調圍繞全身，溫柔地撫觸著肌膚。那種感受極其溫和且平靜。雖然經過之後，也會遇到不合諧的雜音，但只有短暫的一瞬間，又會再次遇到無比舒適的場所。

愛夏反覆經歷這些，每回遇到岔路，都選擇傳來愉悅香氣的那一條，接下來也這麼選擇，最後來到了一片光之中。

那裡是一片白色的沙地。

在白沙地的圍繞下，一棟巨大的宮殿聳立其中，白色的牆身，屋頂平滑如小丘；一旁則是一座散發著青光的塔。

起初愛夏被塔吸引了目光，但她望向旁邊的建築物，吃了一驚。

（青香草？）

如同王宮牆上畫著稻穗，香君宮的白牆下半部也有巧奪天工的彩繪。從綠色的嫩莖開出青色的花朵，那圖樣讓她聯想到幼時看到青香草盛開的光景。

那是青香草嗎？愛夏回頭想問米季瑪，卻嚇了一跳。因為米季瑪正面色鐵青地看著她。怎麼了嗎？愛夏想問，又想起米季瑪交代在香君宮裡，除非有人問話，否則絕不能開口，只好把問題吞了回去。

米季瑪嘆了口氣，就像要甩開什麼，默默地經過愛夏旁邊，再次領頭往前走去。

隨著靠近香君宮，愛夏感覺到各種氣味逐漸安靜下來。

那種感覺讓人聯想到無聲的寂靜，和方才森林裡那種充足的靜謐又不相同。

（是因為沙地的關係。）

圍繞著香君宮的沙地被徹底清掃過，沒有任何活動之物。在幾乎沒有生物的這片沙地，氣味也非常安靜。

這件事讓愛夏隱隱有些開心。

（香君大人是不是也覺得氣味很吵呢？）

她想起自己說氣味很吵時，老爺子的表情。

自小到大，從來沒有人能理解她這種感受。她一直懷疑，是自己特別奇異嗎？但假設香君大人也有相同感受，就表示這樣的感覺，並非她獨有。

終於抵達香君宮。相較於建築物的巨大，玄關幾乎小得出奇，門扉緊閉著。

米季瑪站在門前，拉動門旁的繩索，門內的聲音詢問來者何人。

「我是米季瑪・奧爾喀敘葛。」

米季瑪答道，於是門無聲無息地打開來，裡面出現兩名女子行禮，將米季瑪和愛夏引至屋內。

進入玄關後，是一間兩側有門衛的待機所，十分樸素，深處有條狹窄的通道。兩人穿過低頭行禮的兩名女子之間，愛夏看著米季瑪的背影在狹道中前進，來到大廳時，忍不住驚愕得張大嘴。

那是一片廣大的空間。

遙遠的天窗灑下淡綠、淡青以及柔和的黃光。大廳陰暗，光線透過天窗纖細的彩色玻璃灑下，走在這裡就好像身處深邃的森林深處，沐浴在樹葉篩漏的碎陽之中。

大廳沒有家具，也沒有任何陳設，就只是一片偌大的空間；另一頭有一處高出一階的地方，被從天花板垂下的巨大簾幕覆蓋。

這處大廳氣味單調稀薄，因此散發香氣之物格外突出。踏進香君宮時愛夏就發現了，這處大廳也瀰漫著青香草的芳芬。

米季瑪停步，跪了下來。愛夏在她身後跪下，額頭抵在冰冷的地板上。

簾幕深處的香氣搖顫，愛夏感覺到遙遠的深處，有門打開了。

青香草的氣味一下子變濃了。

身披青香草芬芳的人在簾幕另一頭款款移步，最後在椅子上坐了下來。這些動作，愛夏比親眼看到更加瞭若指掌。

現在，神明就坐在那裡。

想到這裡，她瞬間緊張到彷彿胃一下子衝到喉邊，從頭皮到腳尖冰冷麻痺。

「鈴……」一道鈴聲響起。

米季瑪開口：「……慈悲為懷的女神香君大人，香使米季瑪乞求拜謁。」

米季瑪的聲音在虛空中迴響，被吸入大廳的幽暗之中。

簾幕另一頭的人影沒有回答，但鈴聲再度響起。

米季瑪以清亮的聲音奉告：「跪在我身後的是愛夏．洛力奇，她即將進入『黎亞農園』工作，因此我帶她前來拜謁。」

簾幕另一頭，香君大人的香氣有了細微的變化。

從從容的氣味轉為好奇的氣味。

女神正在看著我。

愛夏感覺到香君大人的注視，哆嗦起來。

這時，愛夏聽見米季瑪輕敲地板的聲音。她回過神來，照著米季瑪的指導，徐緩地稟告：「慈悲為懷的女神香君大人，愛夏．洛力奇乞求拜謁。」

一出聲，內心的驚慌便漸漸鎮定下來。愛夏聽著自己的聲音微微地迴響並擴散在整座大廳，繼續說下去：「為了把香君大人的庇佑帶給更多人、拯救眾生，小的願奉獻己身。請香君大人允許小的進入『黎亞農園』服侍。」

話一出口，一股奇妙的感受唐突地浮現心口——自己就是為了這個目的而生的吧？她來到此地，是為了獲得在「黎亞農園」生活的許可——為了隱姓埋名活下去。直到上一刻，愛夏都還這麼想，然而完全不同的另一種純淨想法，卻毫無防備地靜靜湧上心田。

愛夏真切地感受到香君大人正目不轉睛地看著她，但簾幕另一頭寂然無聲。

不久後，鈴響了三聲。是代表香君大人悅納侍奉的鈴聲。

鈴聲響徹整座大廳，逐漸消失後，傳來香君大人起身的動靜。

香君大人消失在門內，門關上後，青香草仍餘香不絕，靜靜地縈迴在陰暗的大廳裡。

一走出香君宮，愛夏便覺得彷彿有什麼自身上脫落一般，渾身虛軟，只是呆呆地盯著米季瑪的背影往前走。

穿過香君宮的庭園，稍微恢復精神的時候，愛夏忽然發現，米季瑪身上正散發出某種煩惱的氣味。即使穿過正門，走出王宮的範圍，米季瑪依然僵著臉沉默，散發出緊張的氣息。

回到馬車上，面對面坐下後，愛夏正想硬著頭皮出聲，結果米季瑪先開口，劈頭就問：「『靜謐之道』的走法，是馬修大人教妳的嗎？」

愛夏一時不明白米季瑪在說什麼，眨了眨眼。

「沒有，馬修大人什麼都沒有告訴我。」

米季瑪瞇起眼睛。「那妳怎麼會選擇那條路？」

米季瑪表情嚴厲，但她散發出來的氣味，比起憤怒，感覺更像是疑懼。

愛夏回視著米季瑪回答：「因為那條路有我喜歡的花香。」

「……喜歡的花香？什麼花？」

「青香草。」

「青、香草？」

米季瑪的口氣讓愛夏感到困惑。

「大人知道青香草吧？」

米季瑪搖搖頭。「沒聽過。」

「咦？可是香君宮外牆上畫的應該就是青香草吧？」

米季瑪微微瞠目。「妳是在說那種花？」

「對，長得一模一樣。看到那些畫的時候，我本來想問米季瑪大人……」

可能是心跳加速了，米季瑪身上散發的氣味變得更濃烈了。

米季瑪的氣息激動，聲音卻截然相反，她平靜地說：「那是『淚花』。傳說是初代香君大人憐憫饑民，流下淚水，從淚水中生出的花，但我沒有看過真正的淚花。」

「『淚花』？」

原來在這裡，青香草叫作淚花？愛夏這麼想，納悶地說：

「呃，路上有一處泉水對吧？」

「對。」

「淚花就長在泉水旁邊的草地上啊。開著青色的花，大人沒有發現嗎？」

米季瑪搖搖頭。「我沒注意……而且，我從來沒有走過那條路。」

說完，米季瑪沉默了半晌，接著瞇起眼睛說：「可是，那裡已經是香君宮附近了吧？選擇第一個岔路時，應該還聞不到花香吧？」

米季瑪尚未開口，愛夏就已經想到她可能會這麼問。

對米季瑪而言，第一個岔路實在太遠，無法感受到青香草的香氣吧。那麼即使說了，或許米季瑪也只會覺得她是在胡言亂語，不肯相信。

但愛夏還是不想對選擇那條路的理由撒謊。

那條路真的是「靜謐之道」。即使現在回想，透明的光仍會照亮整個心胸，就是一條如此美麗、寧靜的路。

愛夏筆直迎視著米季瑪，回答：「但我還是聞得到。青香草的葉子和莖都有獨特的香氣，我只是選擇了散發那種香氣的路而已。」

米季瑪沒有說話，看著愛夏，眼中卻彷彿沒看見任何事物，也許正在尋思些什麼。

「我犯了什麼不該犯的錯嗎？」愛夏問。

米季瑪緩緩搖頭，聲音沙啞。「沒有。」

「那麼，大人在擔心什麼？」

米季瑪又沉默了片刻，開口：「……因為妳走得太過毫不猶豫，所以我以為是馬修大人犯了戒，事先指點妳。」

說完後，她露出僵硬的笑。「抱歉，別管這件事了。妳並沒有犯什麼錯。」

米季瑪輕嘆了一口氣，以低沉沙啞的嗓音接著說：

「妳一定累了吧，我也累了。抵達農場前，稍微休息一下吧。」

米季瑪說完後，靠向椅背，閉上了眼。

她就這樣沒有再睜眼，假裝睡著了，但身上依舊強烈地散發出混亂、煩惱的氣息。

二、歐莉耶

搬運標本盒過來的僕役低頭不敢直視，問：

「請問放在這裡就行了嗎？」

「嗯，放那兒就好。」歐莉耶應道，僕役深深行禮，面向著她退出。

「啊，離開前可以幫我打開那邊的高窗嗎？東側的，麻煩了。」

可能是被禮貌的詢問口吻嚇了一跳，僕役忍不住稍微抬頭，連忙又低下頭去。應該是才剛進來這裡不久，歐莉耶第一次看到這名年輕人。

「……遵命。」

年輕人以走調的緊張聲音回答，拿起前端有鉤的長竿子，走近高窗。他高舉竿子，試圖將前端的鉤子穿進窗框上的金屬零件，但竿頭顫抖，鉤子怎麼也穿不進洞裡，敲擊出喀喀聲響。

「冷靜點。別急，慢慢來……」

歐莉耶忍不住出聲，年輕僕役緊張到不行。

「……是！對不起！」

他在腰際抹了抹汗濕的手，再次高高舉起鉤竿。

終於成功打開窗戶，歐莉耶忍不住跟著僕役一起鬆了口氣。

「辛苦你了。」歐莉耶慰勞說。

年輕人漲紅了臉低頭，再次致歉。「對不起。」

「沒什麼事，不必道歉啊。」

年輕僕役低頭回應「是」，接著聲音沙啞地問：「請、請問還有其他吩咐嗎？」

歐莉耶微笑。「沒別的事了。」

西側的高窗也已經打開了一些，因此風順暢地吹過，外頭盛開的仙座紅花香溜了進來。

「啊，好香。」

歐莉耶喃喃自語。僕役定在原地，似乎不知是該回應，還是默默退下。

歐莉耶同情起他來，溫言道：「你可以退下了。」

僕役忙行了個禮，後退離開房間。

僕役離開後，寬闊的房間登時落入一片寂靜。

午後的陽光從高窗射入，照亮了長桌和放在上頭的白色標本盒。

歐莉耶手按在箱蓋上，片刻間回想著年輕人不知所措的緊張模樣。

漫長歲月裡，歐莉耶看過太多人像那樣緊張萬分。

面對歐莉耶而能不緊張的人屈指可數，因此她應該已經習慣而無感了，然而只要看到人們緊張的模樣，她到現在依然會感到一股帶著內疚的侷促。

歐莉耶是里格達爾藩國的貴族之女。父親只是個小貴族，治理山間盆地提拉，母親則是侍奉貴族家的村姑。生母在歐莉耶五歲的時候染上疫病過世了，但父親很慈祥，正式再娶的後妻也性情大方，把歐莉耶視如己出，和自己的孩子平等養育。

父親治理的提拉盆地，氣候風土皆相當嚴酷，但領主與領民關係緊密，齊心合力度過當地刻苦的生活。

歐莉耶自小也和領民的孩子們天天上山，玩到天黑。很快地，長到七八歲的時候，她便在領民的大人教導下上山採藥草，或幫忙工作，大半時間都和領民一同度過。

然而就在十三歲那一年，這樣的生活突然告終。

每年到了秋天，便會有巡迴藝人來到領都阿加波伊。

說是領都，也只是比村子稍大一些的小城鎮，但只要有市集，鄰近村落的人們便會聚集而來，這些人潮又會引來巡迴藝人，炒熱秋祭氣氛。

歐莉耶十三歲那一年，正值帝國的活神「香君大人」仙逝十三年後的「再臨之年」，秋祭也比往年更加盛大，聽說或許會有貴人自遙遠的帝都蒞臨，整個領都陷入了浮躁的期待。

「香君宮」昭告下來，祭典當天，將會派使者過去，舉行「再臨」儀式，因此今年滿十三歲的女孩都必須到廣場集合——大概是祭典兩三天前，歐莉耶從父親那裡聽到這件事。

消息來得突然，但畢竟帝都距離遙遠，文書能在祭典前送達，也算是耽遲不耽錯，現在還來得及通告所有領民——歐莉耶記得父親這麼說。

這麼說來，妳也十三了哪——父親想起來說。啊，對啊！那就不能穿祭典的衣裳了，快從衣箱裡取出正式禮服拿去曬一曬，散散樟腦味——後母連忙吩咐侍女們。這一幕她也印象深刻。那天天氣晴朗，客廳的窗戶完全敞開，秋季透明的陽光照亮地板。

如今回想，父親和後母應該都知道把十三歲的女孩集合起來，目的是什麼，但他們沒有提起。對於香君宮這道通知的用意，父親和後母與其說是忌憚而不敢多加揣測，倒不如說根本沒放在心上吧。他們做夢都沒想到這件事會與自己有關，滿腦子只惦記著必須順順利利執行好重要的活動。

祭典當天，在廣場集合的十三歲女孩，包括歐莉耶在內約有二十人左右，也有許多熟面孔。

正值祭典，廣場中央搭起了一座大型高台。

高台以秋季花卉和栗果等裝飾得美輪美奐，頂部鑲有芒草束做成的山神替身，隨風搖曳，散發出淡淡的金光。

平時，高台周邊會圍著一圈攤販，販售各色物產，但這天為了避免廣場被眾多雜物汙染，攤販的地點移動到遠離廣場的街道旁空地。廣場被清掃得一乾二淨，周圍拉起繩索，領民們禁止進入繩索內。

父親、後母、弟妹們以及家臣都坐在遮陽棚下，被找來的十三歲姑娘們則在前方一字排開。一眾女孩全都神色不定，滿懷不安與期待。

我們要做什麼？會發生什麼事？姑娘們竊竊私語著，這時遠方的笛聲乘風而來。

笛聲很快變得清晰，一列隊伍高舉著刺金繡銀的豪奢錦旗，穿過夾道看熱鬧的人群，施施而來。後來歐莉耶才知道，上頭繡有某種花朵的那面美麗旗幟，正是香君的神旗。

這列隊伍一出現，便感覺四周燦然亮起。

這一行人穿著從未見過的服飾，款式奇妙，但看得出要價不菲。他們一進入廣場，父親和後母便走出遮陽棚上前迎接。

接下來展開的漫長儀式，歐莉耶記不清楚了，唯有某項儀式烙印在她心底，無法忘懷。

「十三歲的少女，請上前。」

在香君宮的使者命令下，歐莉耶和眾人一起走到他指示的地點。使者的侍從小聲要她們排成一排。女孩在使者面前站好，他便將手中的布條一一分發給她們。

這東西要做什麼？歐莉耶正獨自納悶，使者朗聲宣告，讓廣場每個人都能聽見：

「現在即將舉行『尋靈儀式』。各位請坐，不許出聲，肅靜觀禮！」

接著他對歐莉耶等人平靜地說：

「用手上的布蒙住眼睛。要確實遮住眼睛，在後腦杓打結。」

歐莉耶提心吊膽地依言遮住眼睛，接著有人走過來，檢查布條確實綁牢了。雖然感覺有手在眼前揮動，但只看得出影子晃動，無法真的看見。

很快，使者的聲音響起，他以抑揚分明的清朗聲調高頌：

「拯救眾生的活神，香君大人，

脫卻舊身，寄宿女胎，

重返現世，已屆十三，

亭亭玉立，以待召喚。

現以香君大人熟悉之香氣，喚醒尊貴之神靈！」

聲音消失，廣場恢復一片寂靜。這時歐莉耶感覺到使者走近，凜聲宣布：

「接下來妳們面前將放上某樣東西。妳們要嗅聞那樣東西，回答是什麼。」

旁邊的女孩小聲驚呼：「咦？」歐莉耶也差點驚叫，好不容易才克制下來。

她完全沒想到自己會遇上這種事，但以前曾聽父親說過，帝都的香君宮裡的活神衰老之後，就會拋棄老舊的身軀，投胎到善女體內，以全新的肉體重生。

當時她問：就像脫皮一樣嗎？還被狠狠地斥責胡說八道，當心遭天譴。

香君大人會在何處重生，沒有人知道。

但是當「再臨之年」到來，大香使便會四處尋找在夢裡獲得啟示的地點，找到十三歲的香君大人——父親這麼告訴她。

（……十三歲的香君大人。）

歐莉耶這才驚覺現在正進行的儀式是什麼，心跳加速。

一想到香君大人或許就在和自己站在一起的女孩當中，她的肌膚有如繃緊般，奇妙的感覺湧上心頭。

（天哪！到底會是誰呢？）

「香君大人。」

有人從背後出聲，歐莉耶從沉思中回過神來。

回頭一看，拉歐老師面帶沉穩的笑容，站在那裡。

「啊，嚇我一跳！」歐莉耶伸手撫胸說，「連貓走路的聲音都比老師還要大！」

聽到這話，拉歐老師開心地哈哈大笑。

「啊，這樣嗎！那太好了，這表示我還寶刀未老啊。」

沒聽見開門聲，這表示拉歐老師從一開始就在這處廣大的香君宮標本室的某處吧。

「老師從什麼時候就在這裡了？」

拉歐老師朝堆積著許多標本盒的地方比了比。

「我從今早就一直在那裡。原本想等到您獨處的時候再出聲……」

拉歐老師說，頓了一下，注視著歐莉耶。

「您好久沒來標本室了。有什麼掛心的事嗎？看您好像在想事情。」

歐莉耶苦笑。「喔，沒事，只是稍微想起了一些往事。」

拉歐老師看了歐莉耶的臉片刻，很快將目光放到標本盒上。

「約螞類的標本？拿這個做什麼？」

歐阿勒稻不怕病蟲害，唯一的害蟲就是約螞。雖然約螞會吃歐阿勒稻，但在稻米出穗之前，約螞便不敵歐阿勒稻的強韌，幾乎全都會掉下來死亡，因此不會造成損害；但有時不夠強健的歐阿勒稻會被吃掉，因此一發現就必須驅除。

約螞有幾個種類，像是小型的小約螞，或紅色翅膀的紅約螞。歐莉耶看著這些約螞的標本，以及分別畫在下方的生態圖解，嘆了一口氣。

「歐阿勒稻的根部出現前所未見的大蟲卵，很像約螞的卵，我想找出是哪一種約螞的卵，卻沒看到相似的。」

拉歐老師挑眉問：「您在哪裡看到的？」

「前些日子『青稻之風』儀式的時候。我有些擔心。」

「您說前陣子，是歐戈達藩國拉帕地方的水田嗎？」

「對。」

「青稻之風」儀式，是指香君在稻作開始長出綠葉的時期，會仔細巡視歐阿勒稻種植地周圍，嗅聞風的氣味，辨識出潛藏著什麼樣的災禍，並告訴人民。這是香君重要的職務之一。拜訪哪個地區的哪塊種植地，因年而異，但不光是帝都附近的稻作地區，有時也會前往遙遠藩國的種植地。

三天前，歐莉耶才剛結束「青稻之風」儀式之行，返回宮殿。

今年她去看了歐戈達藩國拉帕地方的水田，但回來後因過度疲憊，前天和昨天都在進行溫浴、休養身體，今早好好享用早餐後，才總算有力氣可以做事了。

（如果當時我真的能夠嗅到風的氣味，告知眾人會有什麼樣的災禍造訪……）

或許就不會感到如此強烈的疲憊了。

儀式那時，歐莉耶閉上眼睛，用各地的語言對眾人訴說。這其實並非她所感受到的，而是預先背下拿到的文書，當成自己的話說出來。

與農事相關的文書，首先會從富國省送來，由侍奉香君宮的上級香使們細讀修改，再送回富國省。富國省則再次研議內容，最後呈報皇帝陛下過目批准，又再次送到香君宮。經過這些程序，文書才終於被交到歐莉耶手中。

富國省是掌管帝國全境產業行政事務的巨大組織，其首長富國大臣，代代皆由新喀敘葛家的當家擔任。

富國省原為香君宮底下的農事省，後來農事省被廢除，新設富國省。初代香君的時代，有關農事的一切都由香君宮司掌，但後來分成了香君宮和富國省，富國省提出的基本方針，反映皇帝意志；香君宮斟酌此方針，提供建議，便形成了這樣的分工默契。

但這並不代表香君宮式微，現在皇帝依然重視香君宮的意見，富國大臣也會尊重香君宮的意向，來推動農事。

百姓普遍認為香君宮只是「祭祀香君大人的宮殿」，然而不僅如此，香君宮還有百姓所不知的另一張面孔。

香君宮這個大組織，有派遣至帝國各地的「香使」，回報與農業相關的一切資訊，並分析這些內容，預測每一年的收穫；如果可能出現任何狀況，便擬定對策，向富國省進言。

立於這個組織頂點的大香使，就是拉歐老師——舊喀敘葛家當家，拉歐・喀敘葛。

喀敘葛家分為兩支。

一支是舊喀敘葛家，傳說中的忠臣後裔，他們將歐阿勒種的稻子帶到這個世界。

另一支則是由喀敘葛家某一代的次子馬其亞．喀敘葛分出去，成為新喀敘葛家。馬其亞．喀敘葛革新農政，為帝國的財富帶來飛躍性的成長，被譽為一代英雄。

他建議皇帝廢除原本隸屬於香君宮的農事省，改設富國省，管理畜牧、漁業、貿易等各種產業，並獲得皇帝同意，成為初代富國大臣。

從這個時候開始，新舊兩支喀敘葛家，便分別主宰富國省及香君宮這兩個組織。

「我則是在新舊兩個喀敘葛家之間，搖擺的花瓶。」

每次歐莉耶如此嘀咕，拉歐老師便笑著搖頭。

「您明明清楚不是這麼回事。再嚴格的指示，人民會願意聽從，也都是因為那是香君大人的旨意。」

在香君宮生活的漫長歲月，讓歐莉耶體認到這話並非奉承，而是事實——自己也正是為此而存在。

（……所以……）

她才能看著人們在跟前顫抖磕頭，仍勉強維持超然的神態，昂首面對。

「您說您看到蟲卵……」

「嗯。」

「您能畫出它的特徵嗎？」

歐莉耶微笑，從懷裡取出一張折起來的紙展開。

「我已經畫下來了。為了事後跟這裡的標本作比對，我依原寸大小畫了下來。」

「噢，太好了！」

拉歐老師接過那張紙，摘下眼鏡放到桌上，把臉湊近紙張看圖。

結果，拉歐老師的眼睛微微睜大。他的目光瞪著蟲卵的圖，就這樣僵住，彷彿看到了什麼難以置信的事物。

「……老師能從畫上看出是什麼蟲嗎？」

歐莉耶小聲問。拉歐老師眨了眨眼，終於從畫上移開目光。

但好半晌，他的視線仍在空中逡巡，彷彿在想些什麼。不久後他回神似地看向歐莉耶。「您說什麼？」

「咦？……我說，能從畫上看出是什麼蟲嗎？」

拉歐老師徐緩地搖頭，張唇說：

「我覺得應該還是約螞類，但得稍加調查之後才能確定。」

拉歐老師雖然面對歐莉耶，但眼神好似穿透了她，看著其他事物。

拉歐老師過於反常的態度讓歐莉耶擔心，正想開口關心，拉歐老師忽然換上開朗的神情，就像要躲避她的追問。

「不過香君大人的眼睛真是敏銳。不管是什麼蟲，如果是約螞類，再怎麼小心都不為過。我立刻派香使調查。」拉歐老師說完，深深行禮告辭了。

歐莉耶捂著胸口，目送拉歐老師朝門口走去的背影。

（……那種蟲卵果然是……）

她想要祈禱這絕對不可能，但倘若拉歐老師也做出相同的判斷，那或許就是她所害怕的那種蟲。

歐莉耶的臉龐迎著窗外照進來的光，掌心感覺到自己怦然作響的心跳。

三、肥料的祕密

僕役打開大門、迎接來客，這時自天窗灑落的微弱陽光忽然轉為陰翳。

歐德森從正在閱讀的書簡抬起頭，轉向男子。

男子踩過地毯走來，雙手指尖抵在額上，深深行禮。

「皇太子殿下。」

歐德森輕輕點頭，伸手示意對面的椅子。

「伊爾．喀敘葛，來得好，先喝個赤寶酒，暖一下喉嚨和肚子吧。」

伊爾微笑，再次行了個禮，在僕役拉開的椅子坐下來。

相比其他地方，帝都的氣候得天獨厚，但天一陰，即使初夏也相當寒冷。椅子旁邊隨時備有小火桶，但今年溫暖的日子較多，沒有生火。

僕役在玻璃高腳杯斟入赤寶酒後，歐德森以眼神示意退下。

所有的僕役都離開房間後，沉重的門扉關上，寬闊的書房陷入寂靜。

歐德森略舉了一下酒杯致意，喝了一口，見伊爾也一樣喝過酒後，開口：

「那麼，你去謁見皇帝陛下了嗎？」

「是。今天貴體似乎舒泰不少。」

歐德森的表情變得明朗。「你也這麼覺得？如果能就此康復就好了。父王陛下似乎依然食欲不振，這點真教人擔心，但侍醫好像開了新的良藥，應該可以加速康復。」

伊爾懷著複雜的思緒，看著年輕的皇太子為父王好轉而開心的臉。

向來健壯的皇帝歐爾蘭去年年底突然病倒，那時伊爾真切地祈禱他能康復。皇太子歐德森的政治基礎尚不穩固，若是皇帝猝逝，有許多朝中官員追隨的皇弟拉戈蘭有可能發動叛變，篡奪帝位。如果演變成這種狀況，宮廷將陷入大亂。而諸藩國並非完全恭順於帝國，這樣的混亂，恐將撼動帝國的根基。

幸而皇帝撐過了年關，並漸漸有康復的徵兆，雖然仍臥床不起，但已經能正常對話了。

不過伊爾已經開始審度宮廷整體勢力版圖，未雨綢繆，以避免皇帝駕崩之後掀起動盪。

皇太子與皇弟的權勢幾乎是勢均力敵。

皇帝身後，應該由誰、如何繼承帝位？而錯失皇帝寶座的人，又該如何處置？伊爾日夜思考著。

歐德森皇太子一個月前滿二十了。他是個謹慎而聰明的年輕人，但伊爾認為他過於善良，心機不足。

（雖然一眼就可以看透心思，省了許多事。）

要統治這個巨大的烏瑪帝國，不論經驗或城府，歐德森都還太不足夠。

相對地，皇弟拉戈蘭精明老獪，對權力有強烈的執著。要他像歷任皇帝那樣，參酌喀敘葛家的建議來施政，他極有可能感到不滿足。

伊爾放下酒杯，開口：「對了，殿下知道導致陛下貴恙的憂心事為何嗎？」
歐德森擰眉，一邊的臉頰扭曲起來。
「讓陛下憂心的事，包括我不成才在內，應該有不少……」
歐德森說著，瞥了一眼桌上的文書。
「說到今天令陛下憂心的事，應該就是這個吧。」
伊爾點點頭。「殿下已經拿到複本了嗎？動作真快。」
「是我的『快耳』之一記下來抄錄給我的。」
歐德森說，讀出文章：
「——近日於歐戈達海域，海盜攻擊鳥糞石運輸船之事頻傳。鳥糞石是寶貴的朝貢品，為防範上述情事再度發生，我藩將盡力掃除海盜，並乞派軍艦支援我藩，或同意建造軍艦兩艘……」
歐德森以指背敲了敲文書，歪起一邊的臉頰說：
「歐戈達最近囂張得露骨。從去年以來，帝國對南方大陸的軍防日盛，歐戈達就是看準了帝國這個時候難以派遣軍艦，藉機利用，堂而皇之地寄陳情書來提出要求，擺明了就是要趁機強化自國的海軍。」
伊爾也苦笑。「也是因為他們去年占領的群島發現了豐富的鳥糞石礦脈，喜不自勝吧。應該是急著想趁帝國把注意力放在南方大陸的這時候，更進一步支配群島。」
「信上說的海盜也是藉口嗎？」

伊爾看著歐德森問：「藩國監視省怎麼說？」

「父王已經下令了，但好像尚未收到回報。」

伊爾瞇起眼睛。「應該好好確定一下是否真的沒有回報。」

笑容從歐德森臉上消失。「你已經掌握了確證，是吧？」

伊爾點點頭。「今天臣之所以進宮，就是為了稟報皇帝陛下此事。」

伊爾從容不迫地說下去：「歐戈達聲稱是海盜的人，將貨物搬運到在海上待機的軍艦，並在海上將貨物分載到三艘商船上，偽裝成一般交易，駛入三處港口。」

「……三處港口。」

「是的，歐戈達西南群島的納吉島，以及彌加蘭島的港口……同時他們以巧妙的手法，將鳥糞石加工成用來盛裝納吉島特產果實酒的壺，出口到其他藩國。」

歐德森的臉上掠過驚愕的神色。

「其他藩國？哪裡?!」

「里格達爾。」

歐德森嘴巴微張，注視著伊爾半晌，接著神情險峻地以拳頭抵住額頭。

「……原來如此，是這麼回事啊。你說得沒錯，必須調查藩國監視省是否掌握了這項事實……如果說因為茲事體大，正在謹慎查明背景，那麼我尚未接到通報，就是我的『快耳』怠忽職守，或是叔叔一手遮天……」

歐德森低頭，煩躁地咂了一下嘴。

「不過，沒想到里格達爾居然和歐戈達勾結！怎麼會做出如此愚蠢的事！」

伊爾端起酒杯喝了一口，靜靜地放回桌上。

「里格達爾也是急了吧。」

歐德森抬頭。「這我明白。把姊姊嫁到東坎塔爾，確實像是父王會採取的均衡策略。看在里格達爾藩王眼裡，接壤的鄰國王子竟然蒙受如此大的恩寵，而不是自己的兒子，會感到不安、焦急也是情有可原。

但里格達爾都有了香君大人，這可是來自國家、至高無上的恩寵，竟為了這點小事，就急到做出如此愚蠢的事……！」

伊爾點點頭。

「抱歉，臣似乎說得有些過於籠統。里格達爾之所以著急，不正是因為藩裡出了香君大人這項榮寵嗎？」

「……？」

「香君大人已在位十五年了。」

歐德森的眼中浮現驚覺的神色。「原來如此，是這樣才焦急啊。」

伊爾點點頭。「是的。由於蒙受恩寵選出了香君，里格達爾獲得歐阿勒稻增產的恩惠，人口也大為增加，但近幾年歐阿勒稻產量增加的好處似乎開始走下坡了。人口增加與利益分配失衡，反而造成貧富差距異常擴大，人民之間開始醞釀不滿。」

歐德森嗤之以鼻。

「是啊，里格達爾藩王馭下無方，照他們官僚那種腐敗的德行，利潤不可能雨露均霑。」

伊爾嘆了口氣，接著說：「我們也有些慢了一步，應該更早介入處理的。」

「里格達爾固然是個麻煩，但歐戈達那裡沒問題嗎？偽造鳥糞石的採收量，表示他們試圖在自己的國家生產肥料吧？」

伊爾面露冷笑。「這件事，我想請陛下暫且靜觀其變。」

「為什麼？」

「這是個好機會，可以看出歐戈達將鳥糞石販賣到何處等流通的狀況。當然，查到某個程度後，就對歐戈達進行嚴懲，讓他們明白先前帝國都只是在放長線釣大魚。」

「我明白這是個策略……但這麼做沒有風險嗎？」

伊爾淡定地說：「就算得到鳥糞石，也做不出適合歐阿勒稻的肥料。不懂配方的人做出來的肥料，反而會讓歐阿勒稻的產量下降。」

歐德森瞇起眼睛。

「這我清楚得很。歐阿勒稻的肥料製法乃祕中之祕，是支撐帝國根基的祕法——但世上沒有絕對。我擔心的正是你的那種自信。你敢保證你的自信不會成了盲信，蒙蔽你的雙眼嗎？分配肥料給藩國的慣例，已經行之有年。即便有人發現肥料配方的祕密，自行製作肥料，成功提升產量也不奇怪吧？」

伊爾靜靜回答：「臣這樣的個性，不敢說不會被自信蒙蔽了雙眼。家父和家祖父，我們一族傳承這個祕方的歷代祖先，都面臨過這樣的危機。」

「既然如此……」

伊爾滿不在乎地打斷皇太子的話：「但是現階段，肥料的祕密應該不會洩漏給藩國。」

歐德森的眼睛浮現煩躁的神色。「你怎麼敢斷定？」

伊爾微笑。「殿下問臣這個問題，就證明了這件事。」

歐德森皺起眉頭。「什麼意思？」

伊爾收起了笑，注視著歐德森。被筆直注視，歐德森微微縮起了下巴。

「因為倘若殿下知道肥料最根本的祕密，就不可能會提出這種問題。」

伊爾的眼睛射出寒光。

「連下任皇位第一繼承人的皇太子殿下——操縱眾多『快耳』，並在藩國監視省安插耳目的殿下都不知道的事，藩國的人要從何得知？」

歐德森沉默，回視伊爾。接著他低聲問：「……肥料根本的祕密是什麼？」

伊爾看著歐德森回答：「這個祕密只有皇帝陛下和香君大人才能知曉。」

歐德森眼中浮現怒意，但那股怒意很快轉為陰沉的笑容。

「只有皇帝陛下、香君大人和喀敘葛家才能知道，是嗎？」

伊爾靜靜地行了個禮。

歐德森注視著那張讀不出情緒的臉片刻，很快嘆了口氣，改變話題。

「……那，里格達爾那邊要怎麼辦？」

伊爾抬頭，撩起落在額上的髮絲。「里格達爾罪同歐戈達，因此懲罰歐戈達的時候，里格達爾也必須同等受罰，但事關藩國經營的根幹，不能罰過就算了。」

「說得具體一點。」

「因為還有幾項複雜的因素，臣正在審慎考慮。這事並不急，因此臣也請求陛下寬限一些時間了。」

歐德森的唇角扭曲。

「憑你，隨便就能想到好幾個計策吧？」說完他收起臉上的冷笑，一本正經地說，「不過你說要審慎，我也不是不懂。若是貿然懲罰里格達爾，到頭來可能損及香君大人的權威。」

伊爾點點頭，望向窗外，刺眼地瞇眼，以高深莫測的表情回道：

「完全沒錯。」

離開歐德森的館邸後，伊爾看到一名年輕人侍立在堅固的馬車旁，前來迎接。

他乘上馬車。

馬車一動，年輕人便迫不及待地問：「父親大人，和歐德森殿下談得如何？」

「嗯，都在意料之中。」

伊爾回應，神情忽然一沉。

「考慮到以後，我得為殿下找個合適的輔佐。他對肥料的祕密絲毫不存疑念，在在證明了現在殿下身邊的都是些魯鈍之輩。雖然殿下本身的資質或許也有些問題。」

「……」

「嗯？」

年輕人聽著父親的話，若有所思，很快神情嚴肅地開口：「父親大人。」

「您認為肥料的祕密，往後也能保密下去嗎？」

伊爾看著兒子。「你覺得呢？」

「坦白說，我覺得差不多危險了。」

「根據是什麼？」

尤吉爾看著父親。

「肥料的祕密，說起來就像一場瞞天詐術。發現它的祕密，需要翻轉思維，但一點小事就有可能成為茅塞頓開的契機。」尤吉爾蹙起形狀姣好的眉毛，接著說，「自從歐戈達納入帝國版圖後，我就一直覺得不安。歐戈達是海運發達的海洋國，我擔心他們遲早會在統治的島上發現鳥糞石的礦脈——然後成為揭露肥料祕密的契機。」

伊爾默默聆聽兒子的話。

「一直以來，諸藩國沒有機會在自己國家試作肥料。因為鳥糞石受到嚴格的管理，他們只能得到我們提供的肥料成品，肥料的祕密才能在這麼漫長的歲月裡被保全吧。可是……」

尤吉爾看向父親。「歐戈達弄到了鳥糞石，能自由處置。他們當然已經開始嘗試生產肥料了吧，同時應該也已經試用在歐阿勒稻上了。」

「……」

尤吉爾的眼睛迸出強烈的光采。

「如此一來，即使眼下尚未發現，不久後的將來也一定會悟出玄機——也就是帝國御賜的肥料並沒有什麼祕方，只要知道原料和分量，任何人都能調配出來。」

伊爾淡淡地苦笑，開口：「沒錯，一定會發現吧。但就算他們發現，也不能如何。」

伊爾望著流過窗外的街景，繼續說：「你說那是詐術，但帝國從未宣稱肥料有何祕密。所謂『肥料的祕密』，只不過是使用御賜肥料的人一廂情願打造出來的幻想。肥料雖然有助於提升歐阿勒稻的神祕性，但沒有更多的意義。雖然就連皇太子都沒有發現這一點。」

伊爾輕嘆一口氣。

「非死守不可的，是『萌芽的祕密』，而不是『肥料的祕密』。即使有辦法製作肥料，如果沒有能萌芽的稻種，一樣無法擺脫帝國的控制。」

每當沿路的建築物遮蔽陽光，淡淡的暗影便掠過伊爾的臉龐。

「施肥的目的，只不過是為了壓抑歐阿勒稻。

我們傳授的是最恰當的量，施用更多，歐阿勒稻會承受不住，產量減少；而施用太少，即便產量增加，毒性卻也會增強，變得無法食用。就算能自行製造肥料，也不是就能夠如何。」

尤吉爾神情陰沉。「是這樣沒錯，可是……」

伊爾將目光移回兒子身上。「嗯，你的憂慮是對的。」

「……」

「歐戈達那些人也並非無能之輩。他們應該知道肥料這東西重要的是適量，不是說施得越多，產量就越大，所以在國內嘗試生產肥料，不是為了增加產量，而是打算從帝國獨立之後，也能自行栽種歐阿勒稻吧。

如果無法生產稻種，這些都是白費功夫，但光是有這份野心，歐戈達確實相當危險。」

伊爾說完，微笑地問：「如果是你，會如何應付？」

「這個嘛……」尤吉爾雙手交握，拇指相互摩挲，「還是必須予以嚴懲。若是讓他們以為帝國沒發現他們在非法挖掘鳥糞石和走私，只會讓他們得寸進尺，並且越來越不把帝國放在眼裡。」

伊爾點點頭。「沒錯，我也這樣建議陛下。」

尤吉爾垂視地板，一邊思考一邊慢慢地說：「但如何懲罰也是件難事呢。歐戈達歸順成為藩國，時日尚淺，而且如果要為這次的事懲罰，里格達爾也必須一同受罰……」

尤吉爾說著，忽然抬頭。

「對了，說到里格達爾，聽說叔叔回來了。我聽說他要去向陛下報告西坎塔爾的狀況。」

尤吉爾的眼睛浮現明亮的神采。

「我還聽說他保護了一名西坎塔爾的舊王族並帶回來。是個小姑娘，要把她藏匿在『黎亞農園』，但為何要選擇那個地方？可以藏人的地方，咱們家多得是啊。」

伊爾面露苦笑說：「你的消息還真靈通，這事你打哪聽來的？」

尤吉爾漲紅了臉。「只是碰巧聽人說到。」

「碰巧聽到啊？」伊爾默默盯著兒子的臉片刻，接著平靜地問，「剛才你說，說到里格達爾，然後提到你叔叔。怎麼會從里格達爾聯想到馬修？」

尤吉爾一驚，縮起了臉，臉色藏不住驚慌失措。

「從實招來。」

尤吉爾眨著眼，開口：「……以前我去香君宮的時候，聽到裡頭的侍女在交談。」

「侍女說什麼？」

尤吉爾紅著臉，緊張地說：「就是……叔叔和香、香君大人過去曾經有一段匪淺的情緣。叔叔因此被解除上級香使的職位，被充了軍。」

「……」

尤吉爾遲疑了一下，硬著頭皮問：「呃……這是真的嗎？」

伊爾嗤之以鼻。「荒唐。要是真有這種事，香君大人現在早已不在人世了。」伊爾冷著聲音說，「況且，馬修哪可能做出那麼天真的蠢事？他比你以為的要可怕太多了。香君大人那種超脫塵俗的美，配上馬修剛硬的外貌，就成了嚮往愛情故事的深閨侍女們幻想的材料，如此罷了。」

接著伊爾深深嘆息。

「不過，侍女們到現在還在搬弄這些低俗的流言蜚語，是危險的徵兆。香君大人待下人過於寬厚，才讓這些人太過放肆……」

伊爾以冰冷的眼神看著兒子。「你也要銘記在心，香君大人不是人。」

「……是。」

「不許答得那麼輕浮。你是新喀敘葛家當家的長子，能聽聞內幕，所以內心總覺得那位大人是人吧？」

尤吉爾臉色蒼白地搖頭，但伊爾的表情依舊。「不，你就是這麼相信，否則你不可能聽信那位大人和馬修相戀這種事。」

伊爾以湛放寒光的眼神看著兒子。

「你不經意的態度，有可能成為破口。」

他以沉靜的聲音繼續說：「我待你一向慈祥，但我是新喀敘葛家的當家，只要是為了帝國，就算要我手刃骨肉，我也在所不惜。若你成了破口，我會毫不留情地把你逐出喀敘葛家，割下你的舌頭，砍下你的雙手，免得祕密走漏出去。」

目睹父親乍然顯現、如實反映內在的表情，尤吉爾嚇得面無人色。他的手也變得一片慘白，但他抿緊雙唇，壓抑顫抖，深深垂頭。

「……兒子銘記在心。」

四、月下人影

嘁嘁嘁！尖銳的鳥鳴驚醒了歐莉耶。

兩隻鳥影掠過窗外。其中一隻應該是在守護自己的地盤，窗上嵌著厚厚的玻璃，卻能清楚地聽見威嚇的鳥叫聲。

歐莉耶本來在看書，似乎不知不覺打起盹來了。房間裡的桌椅在地上拉出長影。看來自己睡了相當久。

也許是心中不安，最近都睡得很淺，夜裡多次醒來，一醒來便心悸不已，睡意全消，經常就這樣在床上輾轉反側，直到天明。會像這樣在白天異常地睏倦，也是這個緣故吧。

歐莉耶嘆了口氣，起身眺望窗外。

三樓的這個房間，可以一眼望盡種植各種蔬果藥草的廣大農園和彼端的森林。樹木的綠意倒映著餘暉，美不勝收。拉歐老師建議她暫時離開香君宮，去黎亞的館邸休息，也是看透了她心底深沉的疲倦吧。

成為香君、來到都城生活的十三歲那時候，陌生的生活讓她心神耗竭，反覆受到惡夢侵擾。拉歐老師很擔心歐莉耶，便招待她到自己的領地黎亞靜養，這裡有他經營的農園館邸。此後，這座館邸便成了歐莉耶能夠安歇的地點之一。

「黎亞農園」的人並不知道歐莉耶就是香君。

他們以為拉歐老師是為了某些極機密的理由，才將她藏匿在此。拉歐老師偶爾會帶她過來這裡。從拉歐老師的態度，眾人都看出歐莉耶身分不凡，因此對她很是恭敬，但不至於像香君宮的人那樣，敬畏到甚至不敢正視她的臉。

也因此歐莉耶能夠在這裡平靜地休養。

明媚陽光灑遍廣大農園，有幾個人影各自忙活著。

雖然稱為農園，但這裡種植的植物並不是要賣的，而是用作研究。會有植物專家「菜師」從帝國轄內各地蒐集來五花八門的植物栽種，並日夜研究病蟲害的防治之道。

菜師底下，「農人」負責種植工作，更底下則有「農子」協助他們。

在農園工作有許多粗活要做，但農子並非農民之子。

農子都是少年少女，是從與喀敘葛家有親戚關係的名門中，經過嚴格的審查遴選出來的。就連新喀敘葛家當家的孩子，都一定會在這裡接受一定期間的教育。

附帶一提，舊喀敘葛家的孩子，則會進入新喀敘葛家經營的「洛亞工房」當學徒修業一段時間，學習肥料的製作方法。

自從喀敘葛家分裂成兩支以後，就有這樣的制度，讓喀敘葛家的子孫學習必備知識技術，同時也能讓兩家之間沒有祕密，並帶有相互監視的意味。

開始在這座農園工作的第一天，孩子們會站在舊喀敘葛當家拉歐老師面前，發誓絕不將在此得知的事，以及在「洛亞工房」學到的技術外傳。若是違反誓言，即便是喀敘葛家當家之子，也必須以性命來彌補錯誤。

農園被嚴加守護、用心經營著，但在這裡的生活意外地平靜，孩子們在這裡過著自在開心的每一天。拉歐老師挑選的孩子都各有長才，這些人會在數年後成為農人，再從其中選拔出更優秀的人才，成為菜師或香使。

歐莉耶看著農園，忽然發現有一名陌生的姑娘。

她的頭髮以青色細帶繫起，身形清瘦，似乎正在向年老的農子學習如何處理盆植。

在這裡工作的少年少女只有二十人左右，因此歐莉耶每一個都認得，但這名專注看著農子示範的姑娘，她沒有印象。

（……啊。）

歐莉耶想起不久前她接受過侍奉的祈願，以及從簾幕另一頭傳來的凜然聲音。

（她已經開始工作了啊。）

昨晚侍女說，在拉歐老師的強烈舉薦下，臨時補充了人員。

有兩名農子因為要嫁人離開了農園，是為了補充這些缺額吧，據說是來自某藩國的姑娘。侍女有些不解地說，這種身分的人進入「黎亞農園」，是極為特殊的例子。

拉歐老師完全沒有對歐莉耶提起，因此聽到這件事，歐莉耶感到好奇，但她認為拉歐老師是一番好意，不想讓來靜養的她煩心。本想著晚點要問他，結果就這麼忘了。

（拉歐老師今明兩天是去王宮當值。）

後天再問好了——正當歐莉耶這麼想，門外響起了低調的鈴聲。

「啊，請進，我醒著。」歐莉耶出聲，侍女進來了。

「差不多到午茶時間了，可以端進來了嗎？」

歐莉耶微笑。「好，麻煩妳。」

在農園勞動的人，夜裡休息得早。

除了警衛以外，眾人用完晚飯便早早沐浴上床了，因此整座館邸鴉雀無聲。

歐莉耶也早早就上床了，卻怎麼樣都沒有睡意。白天實在不該睡那麼久，她無法入睡，在床上輾轉反側實在難受，沒多久便嘆了口氣，坐了起來。

掀開被子，她感到一陣涼意，但不到寒冷的地步。依往年來看，即使這個時節夜裡仍相當寒冷，但睡衣外面再罩件薄衣，感覺就夠暖和了。

房間裡意外地明亮。原來上床時忘了拉上窗簾。這或許也是防礙睡眠的原因之一。

（最近經常這樣落東忘西的，得振作一點。）

歐莉耶下床，趿上室內鞋，走近窗邊。

夜空是清澄的深藍，深藍中掛著滿月，綻放皓皓白光。整片農園就像降了霜一般，蕩漾著奇妙的雪亮。被通道隔開的兩塊田地看起來也一片幽白。

一片寂靜的農園裡，似乎有什麼忽然動了。歐莉耶定睛細看。

（——農園裡有人。）

得叫警衛才行——歐莉耶當下心想，但發現那人影是名女子，便停下動作，直盯著那人影看。

（她在做什麼呢？）

女子蹲在右邊的田地，不知道在做什麼。

沒多久，女子站了起來，將手中物體下方的部分仔細地拍了拍，橫越通道，走到左側稍遠處的田地，又蹲了下來。

是在移植植物。發現這件事的瞬間，歐莉耶一陣踉蹌，手扶在窗框上撐住身體。

她心口宛如擂鼓一般，幾乎發痛。

在久遠的過去，她也曾看過一模一樣的景象——那個人還是少年的時候，趁著夜深人靜，像這樣把植物移植到另一處……

（……這是夢嗎？我是在做夢嗎？）

額頭冰冷麻痺，胸口緊縮。明知道自己醒著，卻無法揮別是在做夢的想法。

歐莉耶正這麼想，人影便站定身子，做出嗅聞風中氣味的動作。

（種好之後，他聞了風的味道。）

歐莉耶以顫抖的手摀住嘴。接下來她只能這樣默默地俯視著農園，直到人影回到館內。

黎明前的淺眠中，歐莉耶做了許多夢，渾身倦怠地醒來。即便盥洗之後，早餐送來，她仍深陷在有些茫茫然的感受中，彷彿眼前的事物並非現實。

侍女將早餐在餐桌上擺開來。

今早天氣也十分晴朗，裝著現擠牛乳的玻璃器皿邊緣，透明的晨光折射出光芒。

（……如果今晚那個人影再次出現……）

就去到農園，弄清楚那是誰吧。搞不好只是哪個睡不著的孩子在農園裡遊蕩惡作劇，不能過度心急，胡思亂想。

歐莉耶想著，伸手拿起溫熱的薄餅，這時外頭傳來好幾道像驚呼的聲音。

「怎麼了？」

歐莉耶轉向窗戶，侍女從窗戶往外看。

「好像有人昏倒了。」

「昏倒？是誰？」歐莉耶就要起身，侍女連忙以手勢制止。

「小的過去看看，請大人繼續用餐。」

侍女離開房間後，歐莉耶起身走到窗邊。

數名農人和農子聚在一起，圍著倒在通道的人，想要把那人扶起來。

離開館邸的侍女靠近人牆，農人注意到她，迎上去說明。不一會兒，館邸專屬的醫女出面，進入人牆。

歐莉耶內心躁動不安，靜靜地觀看著。

不一會兒，侍女有些上氣不接下氣地回來了。

「讓大人久等了，請恕罪。倒下的是一名農子。農子犯了錯，農人正在問她理由時，她突然昏倒，現在已經送去醫術院的休息處了。不過聽說並無大礙，請大人安心。」

「……沒事的話，」聲音沙啞，歐莉耶清了清喉嚨，「那就好，我放心了。辛苦妳了。」

侍女紅了臉，低下頭。「大人言重了，謝大人。」

歐莉耶正要返回餐桌，又停下腳步。心中某個懸念怎麼樣也甩不開。儘管覺得不該多事，卻強烈地想弄個水落石出。

她吸了一口氣，平定心緒，叫住返回房間角落的侍女：

「麻煩把那名農人……質問農子的農人叫過來這裡。」

侍女揚眉反問：「把農人帶過來嗎？」

「對，請把農人帶過來。」

侍女深深一禮，快步離開房間。

被侍女帶入房間的農人，是成為農人時日尚淺的年輕女子。歐莉耶認得她，但未曾直接交談過。

農人一進入房間，立刻跪地低頭。

歐莉耶以盡可能溫和的聲調開口：「請把頭抬起來，坐那張椅子吧。」

農人抬頭，表情有些緊張地在椅子上坐下來。
「抱歉在妳忙的時候把妳叫過來。」
「……不會。」農人不明白自己怎麼會被找來，不知所措。
歐莉耶看著她說：「我請妳過來，是想知道昏倒的農子怎麼了。聽說她犯了錯，是怎樣的過錯呢？」
農人似乎以為自己要受到斥責，全身緊繃。
「並、並不是犯了什麼錯，只是她剛進來，呃，有些地方相當古怪，做了不該做的事，所以小的也不得不口氣嚴厲地問了她幾句……」
「她做了什麼不該做的事？」
農人眨了眨眼。「是的，呃，她不知為何三更半夜跑到農園，把種在田裡的作物挖出來，種到別的地方去了。」
農人說著，語速加快。
「第一次發現是三天前，當時她把應該種在『除草田』裡的作物，移植到『育成田』去，小的只覺得納悶不解，但即使把作物種回去，隔天又被換了位置。
小的奇怪到底是誰這樣惡作劇，和那孩子同室的人說看到她夜裡偷溜出去，因此小的才質問她為何這麼做……」
歐莉耶微微探出上身，問：「那孩子怎麼回答？」
農人搖頭。「不，她一臉頑拗，默不作聲地低著頭，然後就突然昏倒了……」

「妳說她是新來的。那麼，是那個以特例身分進來的孩子囉？」

「是的。」

「聽說她來自某個藩國，但應該不會是語言不通吧？」

「不，聽說她來自西坎塔爾的深山，但能說標準的烏瑪語。」

歐莉耶赫然倒抽了一口氣。

（西坎塔爾的深山……！）

農人露出訝異的表情，因此歐莉耶悄悄吐出屏住的呼吸。

「這樣呀。」

接著她深深吸氣，對農人說：

「……謝謝。抱歉打斷妳的工作，妳可以下去了。」

五、歐莉耶與愛夏

愛夏做了夢。

她夢見自己睡在母親身邊。房間拉上厚窗簾，白天也一片昏暗，整個室內充斥著湯藥的氣味。

開門聲傳來，她感覺到父親進來了，然而想要睜眼，眼睛卻怎麼也張不開。腦中盡是深沉的疲倦，讓她睏倦得無法睜眼。

忽地，愛夏感覺嗅到了清涼的花香，眼皮顫動。

（……青香草。）

進來的不是父親，而是香君大人。

房間的牆壁不知不覺間變成了陰暗寬闊的大廳，細碎的霞光自天花板傾灑而下，只見香君大人從光中走來，在一旁落坐。

香君大人沒有臉。

愛夏身體一顫，睜開眼睛。

心臟在胸口猛烈掙扎，撞個不停。

自己身在陰暗的房間——大房間並排著許多張空床，空蕩蕩的。應該還是白天，窗簾透著淡淡的白光。

有人坐在旁邊。

「醒了嗎？」

被溫柔的聲音一問，愛夏激烈地喘著氣，注視著那個人。

宛如青香草化身的女人就坐在那裡。

愛夏覺得好似仍在夢中，心緒混亂，癡癡地看著那個美人。

（……香君大人。）

不可能。

儘管不可能，眼前這個人，卻散發出和之前簾幕另一頭的香君大人一模一樣的香氣。人的味道時刻在改變。但是就如同即使髮型或服裝不同，孩子也絕不會認錯母親，即使氣味的樣貌改變了，她還是認得出「是那個人的味道」。

「覺得怎麼樣？」

被這麼一問，愛夏回神，沙啞地回答：

「謝謝。我沒事……呃，請問大人是……」

女人微笑。「抱歉，也沒報上名字。我叫歐莉耶……」

說到這裡，女人遲疑了一下，很快地又說下去：

「我因為一些理由，不好說出姓氏，但我承蒙拉歐老師盛情厚意，暫居於此。」

愛夏瞇起眼睛，在口中重複：「歐莉耶……大人……」

愛夏用好不容易清醒過來的腦袋拚命思考。

（這個人果然就是簾子另一頭的香君大人。）

唯獨這一點，絕對錯不了。但是，香君宮的活神不可能像這樣坐在床邊的椅子上。不可能，但這不是夢，香君大人現在就在眼前。

這時，鐘聲匡鎯響起，通知午飯時間到了。

聽著這熟悉的聲音，原本混亂、激動的情緒漸漸鎮定下來。

她不明白香君大人為何這麼做，但總之她自稱歐莉耶，隱瞞香君的身分，那麼愛夏也只能將她視為名叫歐莉耶的女人。

即使這麼想，她也沒辦法再繼續躺著應對。她掀開毯子，想要起身，歐莉耶卻伸手制止了愛夏。「別動，就這樣躺著吧。」

「可是……」

歐莉耶微笑。「妳突然昏倒，得安靜休息才行，不必起來問候。」

「……」

那隨和的口吻讓愛夏說不出話來。

儘管美得超脫塵俗，卻也沒有周身散發聖光，看上去就只是一名溫柔婉約的女子。不過確實有著極自然的高貴氣質。

「抱歉嚇到妳了。突然有個陌生人坐在旁邊，妳一定會覺得奇怪。不過，聽到妳昏倒的原由，我有些問題想問問妳。」

愛夏為了避免冒昧，垂下目光不敢直視，回應：「是，請問大人要問什麼？」

「就是……」

說到一半，歐莉耶猶豫了一下，接著說：

「為什麼要低頭？像平常那樣，看著彼此說話吧。」

愛夏遲疑了一下，很快便抬起頭來，筆直地看向歐莉耶。

歐莉耶鬆了一口氣似地，肩膀放鬆下來。

「嗯，這樣比較好。」她清了清喉嚨，「那麼，我從頭說起好了。就是，最近我睡不太著。」

「……」

「所以，昨晚也因為實在睡不著，心想既然睡不著，躺著也是難受，便索性起身走到窗邊。昨晚不是個清朗的月夜嗎？」

「……」

「月色明亮，連農園涼亭的屋頂邊緣都像積了白霜一般，結果我看到農園裡有人在活動。」

說到這裡，歐莉耶看著愛夏微笑。「那是妳，對吧？」

愛夏點點頭。「是的，是我。」

「妳在移植植物，對吧？」

「是的。」

愛夏預測到接下來的問題，全身緊繃——為什麼妳要這麼做？即使被這麼問，她也無法回答。然而歐莉耶接下來的問題，卻和預期中的有些不同。
「妳移植的是什麼植物呢？」
愛夏不知所措，但誠實回答：「很抱歉，我不知道植物的名字。那是我成長的地方沒有的植物，還沒有學到它的名字。」
歐莉耶的眼中浮現光芒。
「妳不知道它的名字，但妳知道它應該種到別的地方，是嗎？」
愛夏正要點頭，忍不住全身定住。
那感覺有如轟雷掣電一般，她一口氣了解到這句話背後的意義。
（這位大人明白！）
想到這裡，她真想嘲笑自己的遲鈍。
這是當然的，這位大人可是香君大人——以氣味洞悉萬象的香君大人啊！
（可以不用隱瞞了……）
一想到這裡，緊繃的心緒像斷了線，她的身體開始顫抖。
來到這裡之後，不斷積累的痛苦一口氣爆發出來，她再也克制不住顫抖。
歐莉耶定定地看著愛夏。她眼中有種難以捉摸的神祕色彩。雖然表情平和，但從她身上散發的氣味，感覺得出她內心激動不已。
「……果然……」歐莉耶低語，閉上眼睛，深深嘆息。
她就這樣定住不動良久，不知道在想些什麼。

片刻後，就像要讓情緒平靜下來一般，歐莉耶反覆呼吸了幾回，睜開眼睛。她的眼中浮現憐憫之色。「妳一定很痛苦。」

歐莉耶的手伸了過來。肩頭被溫柔地撫摸，愛夏瞬間感到灼熱的液體湧上眼眶，她再也承受不住，緊緊地閉上眼睛，嗚咽起來。

「妳一定睡不著覺吧。」

愛夏閉著眼睛，點了點頭。淚水從緊閉的眼皮間滴落。

她睡不著——她根本無法入睡。

來到這座農園，聽見植物們以「氣味的聲音」發出慘叫，她因為過度混亂，差點嘔吐出來——因為某一區不知為何，密密麻麻種滿了彼此相剋的植物，令人匪夷所思。

草木之中，有些妨礙其他植物生長的力量十分強大。

草木的「氣味之聲」很幽微，不像人類的慘叫或怒吼那麼刺耳。即便如此，那一區由於密集地種植著會強力妨礙其他植物生長的植物，以及無法抵擋它們的植物，因此許多植物不斷發出慘叫，連帶影響了其他草木，導致整座農園一團混亂。

起初愛夏要自己習慣。

她只能在這裡過下去了，所以非習慣不可。她以為只要習慣，應該就能像處在人群中那樣，掩蓋自己的心活下去。然而即使待在屋子裡，滲透進來的氣味仍令她難耐。她食欲全失，不僅無法習慣，更是一天比一天痛苦。

對那些處在嚴刑之中、哭喊哀嚎的聲音，她根本不可能習慣。那些痛苦的草木讓愛夏既心痛又心碎，過了五六天以後，她甚至無法入睡。

她也想過逃離這裡，去投靠彌洽和老爺子所在的農場，但立刻轉念，心想絕不能冒任何危險，讓他們沒死這件事曝光。倘若往後也要繼續在這裡活下去，就必須想辦法處理草木的慘叫聲。但就算說出無人在乎的「氣味之聲」，也不可能有人理解。

愛夏苦惱到了極點，最後想到的，就是偷偷移植那些植物。

「這裡呀，」歐莉耶溫柔地撫摩愛夏的肩膀說，「不是普通的農園，是進行各種實驗的地方。」

愛夏睜眼，驚訝地反問：「實驗？」

「對。」

歐莉耶點點頭。

「如果是一般的農園，應該會努力讓植物成長得更好，但是在這裡，也會做相反的事。」歐莉耶以平靜的語氣說下去，「所以也是有一些區域，是用來試驗什麼樣的情況，會讓植物長得不好。妳被分配的那一區，會故意種一些彼此相剋的植物，就是這個道理。」

聽到這從未想過的事，愛夏呆呆地望著歐莉耶。

「為什麼要做這樣的事？」

「是為了更深入了解植物呀。為了讓植物長得更好，必須了解成長受到阻礙的原因。是什麼抑制了它們的成長、害它們枯萎？為了了解這些，才會進行各種實驗。」歐莉耶的聲音低沉，但口吻明瞭易懂。「只要進行各種試驗並調查，比方說，在驅除田間的雜草時，或許就可以不必使用對人體造成危害的殺草液了。」
說到這裡，歐莉耶略略遲疑了一下，接著說：
「而且，有些作物若是在歐阿勒稻的種植地附近，就無法生長，對吧？」
愛夏睜大雙眼。
眼底浮現在馬車裡看到的、金色波浪一望無際的歐阿勒稻田，還有那獨特的強烈香氣。
（原來。）
她恍然大悟。以前她從父親那裡聽說過這件事，確實，種植歐阿勒稻的泥土，散發出和其他土地不同的獨特氣味。就算有些作物無法在那樣的土裡生長，也一點都不奇怪。
「歐阿勒稻附近無法種植穀物，但蔬菜的話，有一些還是可以生長，所以這裡在研究哪些蔬菜、如何種植在哪些地方，就能順利生長。風土氣候不同，狀況便隨之不同，而且各藩國也有其特有的作物。『黎亞農園』就是腳踏實地調查跟農地、植物相關的種種，好興盛整個帝國的農業，讓人民豐衣足食。」
「……」
不知不覺間，顫抖平息下來了。
（原來是這麼一回事。）
聽說是農園，卻來到完全不像農園的古怪地方——這樣的恐懼消失，心頭輕鬆了許多。
「……可是。」愛夏忍不住出聲，又驚覺閉口。
「嗯？別顧忌，什麼事都可以說。」

歐莉耶隨和地催促，愛夏坦白說出想法：「那樣太殘忍了。草木無法自己移動，就算痛苦萬分，也無法逃離。它們那麼痛苦，不停地尖叫……那些草木又沒有罪過。」

歐莉耶睜圓了眼，彷彿措手不及。

她不知道在想什麼，嘴巴微張，沉默了好陣子，接著低聲說：「嗯……確實如此呢。」

接著她稍微俯首，又沉默了。

愛夏承受不住歐莉耶漫長的沉默，坐了起來。

歐莉耶也跟著抬頭，開口：「在這裡生活，不只是對草木，對妳也是件殘忍的事呢……我會考慮把妳調到別的地方。」

愛夏驚訝反問：「別的地方？」

歐莉耶深深理解她的狀況，想要幫她，這真的讓她很開心，而且一想到可以離開這裡，宛如壓在頭頂的沉重天花板被搬開一樣，有種暢快之感。

但她立刻想起自己的處境，表情暗了下來。

「太不敢當了。」愛夏說，「大人的體恤，我真的感激不盡。只是……我有一些苦衷，無法作主……」

歐莉耶揚眉。「苦衷？」

「是。」

「怎樣的苦衷？」

愛夏握緊雙手，低下頭去。

「不好啟齒的事是嗎？」

聽到這話，愛夏行禮。「是，對不起。」

歐莉耶的表情忽然放鬆下來。

「沒關係。等拉歐老師回來，我再和他商量看看。要怎麼做，之後再決定吧。」

六、密室

「那麼，我會照這樣安排，最遲也會準備好在後天早上出發。」

拉歐從椅子上起身，執起歐莉耶的手，緩緩將她引至門口。

「謝謝。」

歐莉耶道謝後，有些羞赧地微笑。

「真不好意思，連我都要一起去。準備會變得大費周章呢。」

拉歐微笑。「這沒什麼。確實，比起這裡，尤吉山莊那裡睡得比較安穩吧。那件事我已做好萬全的對策，您不必掛心，請安心休養吧。」

歐莉耶點點頭，出去走廊，在侍女的簇擁下離去。拉歐目送之後，關上自己書房的門上鎖，快步往房間深處走去。

他按下書架一角，書架無聲無息往深處移動。

拉歐進入密門內的小房間，馬修正坐在椅子上，藉著燭台燈火看書。他抬起頭來。

「……你真是太可怕了，」拉歐正色道，「一切都如你所願地發展。」

馬修淡淡地微笑，朝書房瞄了一眼。

「幸好在那裡的是歐莉耶大人，如果是愛夏，一定已經發現我在這裡了。」

拉歐挑眉。「這麼厲害？」

「是啊。」

「那就更勝你一籌了。」

馬修苦笑。「我根本望塵莫及。」

拉歐的神情暗了下來。「……把那姑娘放在歐莉耶大人身邊，真的不會危險嗎？」

馬修搖搖頭。「歐莉耶大人的話，不會有事的。」

拉歐低吟一聲。「嗯，畢竟歐莉耶大人是那種性情，不過……」

馬修起身拉開椅子，催促拉歐坐下。

待拉歐坐下，馬修自己也坐回椅子，沉靜地說：

「拉歐老師，一條意想不到的路就在眼前開展，請不要遲疑。」

拉歐皺起眉頭。「確實是意想不到，但那姑娘到底能做什麼？即便如你所言，那姑娘擁有呃……如同初代香君大人的力量，這又能開展出怎樣的道路？我反倒覺得那姑娘會帶來的，是通往崩壞的道路。」

「我明白老師的憂慮。愛夏的存在非常危險，因為不能保證何時會有誰在何處發現她存在的意義。」

拉歐神情嚴峻地看著馬修。

「豈止是危險，如果被不該發現的人發現，恐怕會動搖整個帝國。」

馬修迎視拉歐的目光，淡定地說：

「老師，我們要做的事，橫豎非動搖帝國不可。」

拉歐搖頭。「這話就錯了，馬修。確實，我們要做的事，必定會撼動帝國的根基，但我並不打算毀掉仰賴香君而成立的種種事物。不是毀壞，而是維持，讓它逐步變化，否則損害實在太大了。」

馬修看著拉歐。「老師，您應該明白，我的想法也一樣。但接下來將發生的事，真的允許我們如願嗎？」

拉歐表情扭曲，片刻間默默看著馬修，接著說：

「那姑娘要怎麼改變你一直以來所恐懼的悲慘未來？」

「不知道，目前還不清楚。但愛夏或許有辦法在我們面對的高牆上，擊出一道裂痕。」

「……」

「歐阿勒稻的香氣和其他植物迥然不同，這我也感覺得出來，但我並不明白這代表了什麼意義。可如果是愛夏，或許能查出究竟。」

「……」

「自神鄉帶來歐阿勒稻的是香君，而現在出現了一個擁有和香君同等力量的人，難道您要叫我無視這名姑娘，不借重她的力量？」

「我並沒有這麼說，我是說她很危險。」

「老師，我們已經討論過很多次，老師應該也理解了。事到如今又要老話重提，實在不像老師的作風。」

拉歐抹去額頭浮現的汗水，嘆了一口氣。

「過去的討論，和現在實際見到那姑娘，是兩回事啊……」

拉歐怔怔地看著燭台的蠟燭火光說：「坦白說，之前我並沒有打從心底相信你的話。當時我只是把它當成一個假設，心想要是假設成真，就同意你的想法，如此而已。

但沒想到當今世上，居然真有這樣的人……」

拉歐輕輕地搖了搖頭。

「當時年少的你移植植物時，我也吃了一驚，但如果說她甚至能隔著厚重的書架和牆壁，嗅出這房間裡的人的氣味，那……」拉歐抬頭，看著馬修，「簡直超乎常人了。那姑娘的異常實在太過明顯，周圍的人不可能沒有發現。實際上米季瑪就發現了。她說那姑娘甚至沒有一絲猶豫，就走完了初代香君大人所設的、真正的『靜謐之道』。」

俗稱「靜謐之道」的多條道路之中，初代香君所設的路只有一條。其他的路是參拜者增加之後，後世的香君所增設，免得初代香君所設的路遭到過度踩踏。

知道哪條路才是真正「靜謐之道」的，只有皇帝和喀敘葛家的直系子孫。

他們知道初代香君和後世香君的不同之處，沒有將多條「靜謐之道」的差異外傳，連同香君的真相，僅傳承給自己的子孫。

至今為止，沒有任何人能在事前未得知真正「靜謐之道」路線的情況下，從許多岔路中選出正確的路並走完。

馬修筆直地回視拉歐。「所以我才把她交給歐莉耶大人。」

「……」

「歐莉耶大人聰慧伶俐。我哥哥那些人對她頗為鄙視，但老師應該明白她的資質。」

拉歐無意識地捋著摻雜白絲的鬍鬚，喃喃道：「這樣啊……」

接著視線便固定在半空中，沉思了片刻。

不久後，他望向馬修，緩緩地說：「是啊，就像你說的，事已至此，讓她待在歐莉耶大人身邊，或許是最好的做法。」

馬修點點頭，拿起茶杯，喝了口涼掉的茶。接著他再次開口：

「歐莉耶大人找到的蟲卵，似乎果然極可能是大約螞呢。」

「你聽米季瑪說的嗎？」

「是的。不愧是老師，一看到圖就立刻下令調查。」

拉歐哼了一聲。「你難得開金口稱讚，但我實在是害怕啊。」拉歐輕輕摩挲手臂說，「看來你的擔憂果然是對的。」

「……」

「雖然已經不曉得怨嘆過多少次了，但我還是忍不住要怨嘆，要是沒有發生那起大地震的話……」

初代香君仙逝六十三年後，帝都發生了一場大地震。地震引發大規模火災，香君宮的書庫也慘遭火噬，失去了許多珍貴的藏書。記載香使諸規定及細則的規定集倖免於難，各項規定制定的理由卻就此失傳。

拉歐把馬修先前在讀的抄本拉到手邊，輕輕撫摸上面的繪圖。

「關於大約螞的紀錄，現今只存於《香君異傳》中，而且紀錄極短，只提到大約螞出現在始祖於阿馬亞濕地栽種歐阿勒稻時，對歐阿勒稻造成莫大的損害；還有蟲卵特徵的描述，以及皇祖大驚、恐懼，下令將大約螞連同歐阿勒稻一同燒毀。此後就沒有任何大約螞出現的紀錄了。」

「……這件事顯示了初代香君制定的香使諸規定是有用的。初代香君配合各種狀況，定下了極為細膩的應對之道。嚴格遵守諸規定及細則，果然具有重大的意義。」

拉歐點頭同意。「是啊。如今回頭再看，我也認為的確如此。」

拉歐深深嘆了一口氣，說：

「你父親也一直堅持，修改香使諸規定，形同將未來置於險境。」

帝國漫長的歷史中，對香使諸規定的修改，表面上是奉當代香君之命進行，但實際上是在皇帝的主導下執行。

而三十四年前對「回報歐阿勒稻種植地的氣候及害蟲發生狀況」一文的修改，拉歐及馬修的父親悠馬也參與其中。

「但當時那是情非得已。確實現在以後見之明來看，如果當時不做修改，或許就能避免錯過發現大約螞蟲卵的危機了……」

隨著帝國版圖擴張，歐阿勒稻的種植地增加，要詳細記錄所有種植地狀況已日趨困難。因此後來修改做法，劃分地區，各地區僅調查一處種植地的氣候和害蟲出現的狀況作為代表。

悠馬強烈反對這項修改，但當時的皇帝及新舊喀敘葛家的兩位當家，都不把年方十七的悠馬當一回事。儘管勉為其難接納了拉歐所提議的，讓各地農民回報的妥協方案，但修改本身還是付諸實行了。

「我也認為那次修改是無可避免的……可是，」馬修說，「去年的修改，是萬萬不應該。」

拉歐沉默片刻，點了點頭。「……沒錯。往後要是爆發大約螞蟲害，我身為參與那次修改的人，難辭其咎。」

去年，又對香使諸規定的其中一條做了修改。

「當高溫多雨，出現約螞大量發生的徵兆時，必須在肥料中添加希夏草。」

原本的這項規定遭到刪除。直接理由，是因為希夏草出現了病害，但修改的背景，其實與帝國的經營密切相關。

約螞是唯一會侵害歐阿勒稻的害蟲，但絕少阻礙歐阿勒稻的生育，對收穫幾乎不構成影響。同時約螞種類繁多，不只帝國本土，藩國普遍也很常見，並會隨風移動。溫暖多雨的年分，有時會大爆發，但每次約螞大爆發，都要更換該地區的肥料，對香使造成相當大的負擔。

此外，和其他加入肥料的原料不同，另有細目指示，希夏草須以「根葉流淌著水的狀態」摻入肥料當中。為了在藩國當地混入肥料，就必須在當地栽種，但希夏草無法食用或藥用，多餘的產量帝國必須斥資收購。

不僅如此，加入希夏草，歐阿勒稻的產量就會劇減，因此也需要補償減產的收成。

皇帝視穩定經營帝國為首要之務，因此一聽到希夏草發生了病害，便要求新舊喀敘葛家研究此項目是否有修訂的餘地。

就這樣，兩家的當家派人在有不少約螞蟲害的種植地，實驗性地使用不加入希夏草的肥料栽種歐阿勒稻，確定沒有問題後決定刪除此條目。

「如今後悔也遲了，但當時我相信，那樣的改變，應該不至於導致大約螞出現。因為我記得以前上上代的蟲害長赫拉姆老師說的話。」拉歐說，「三十四年前修訂的時候，因為您馬實在太擔心爆發大約螞蟲害，我曾詢問赫拉姆老師：約螞會發生變異嗎？

老師說，約螞確實會發生變異。因高溫多雨等因素，食物來源的草葉變得豐富，約螞就會大量繁殖；接下來食物減少，約螞集中在一處，過度擁擠，這樣的狀態一持續，有時就會出現翅膀特別大、下顎特別強壯的約螞。」

拉歐看著馬修，接著說：「我追問老師：那麼，當約螞大量繁殖的時候，如果讓牠們的食物，比方說歐阿勒稻，變得衰弱，是否就能防止牠們變異？」

馬修的眼睛浮現光芒。「……赫拉姆老師怎麼回答？」

「赫拉姆老師笑著說：不不不，反了吧。

老師說，食物裡的養分減少，極有可能反而會促進變異。

說起來，約螞之所以變異，是為了存活。約螞會自相殘殺，因此下顎更堅硬的個體，應該更有利於留下子孫；而翅膀變大，則應該是為了離開擠在一處爭奪食物的地點，飛向新天地。要是這樣，如果在約螞大量繁殖、密度過高的時候，歐阿勒稻變得衰弱，反而有可能促進變異吧？」

看見馬修臉上的表情，拉歐說：「這麼說來，我沒跟你提過這件事呢。」

「……對，我第一次耳聞。」

拉歐撫了撫下巴。「因為這事實在有些難以說明。聽到赫拉姆老師的話，我放下心來，但悠馬無法接受，我差點跟他吵起來，實在稱不上什麼愉快的回憶。」

馬修眨了眨眼。「家父怎麼說？」

「他說，人的知識並不完全。我們並非全知全能，不了解昆蟲的生態、歐阿勒稻生態的一切。初代香君定下的規定，應該自有其道理。既然不明白為何要如此規定，貿然改動太危險了。」

拉歐的眼神似是在回想從前，又接著說：「當時我對悠馬說，我們確實不完美，所以如果我們知道什麼，就只能以它為基礎去思考。你和我誰才是對的，歷史自會做出評斷。」

拉歐嘆了一口氣，苦笑說：「結果悠馬才是對的，但當時我認為赫拉姆老師的話順理成章，而且坦白說，現在依然這麼認為。

若是約螞大量繁殖，食物不足，就會出現變異，那為何初代香君會留下文字，要人們抑制歐阿勒稻的生長？比起抑制，反倒應該投注充分的營養，才能防堵約螞變異吧？」

「……我這樣說好像跟家父一樣，實在惶恐，」馬修說，「但看似不合理，只是因為個中有我們不明白的理由吧。約螞的變異也是，或許有某些我們還不清楚的原因，最重要的是，對於歐阿勒稻，我們有太多不明白的地方了。就如同讓家畜食用歐阿勒稻的稻草，就會變得肥碩，歐阿勒稻或許具有改變生物的力量。」

拉歐發出低吟。

「但是，過去我們在約螞興盛的地方，栽種了未以希夏草抑制的歐阿勒稻長達一年，什麼問題都沒有發生啊？明明應該也有些約螞吃了歐阿勒稻。」

「那塊土地確實有許多約螞，但也不到大繁殖的地步吧？

就像香使諸規定提到的條件是『出現約螞大量發生的徵兆時』，大量發生與健康的歐阿勒稻，這兩項條件並存，應該有某些意義吧？」

拉歐蹙眉。

「但這次發現大約螞蟲卵的拉帕地方，並沒有傳來報告說出現大量約螞吧？」

馬修從懷裡取出一張紙，擱到桌上。「這是拉帕郡司書庫裡的部分文件。上面記載了拉帕地方的農夫報告的內容，卻被當作雜報，丟進預定廢棄的箱子裡。」

拉歐接過那張紙讀起來，睜大了眼。「這是……！」

那張紙又皺又髒，顯然完全不受重視，上面以歐戈達的文字寫著：連日多雨酷熱，約螞異常增加，其勢如雲。

「要是以前，這些報告會被交給香使。農夫確實將高溫多雨和約螞大量出現的狀況報告上去了，然而接到報告的官員卻草率處理。」

「太荒唐了。」拉歐閉上眼睛，口中輕聲說，「……那麼，只要兩項條件俱全，果然就會出現大約螞嗎？」

馬修看著拉歐說：「大約螞為何會出現，當然必須找出原因，但還有另一個必須思考的問題——依目前的狀態，大約螞有可能出現在任何地方。

即使是三十四年前規定修改之後，若遇上約螞大量發生，依然必須改變肥料配方，因此香使總是時時留意約螞出現的狀況。農民會向香使報告，香使也會確實執行規定。然而自去年開始，沒有更改肥料配方的必要了，才會發生這種事。」

拉歐神情黯然地點點頭。「是啊。歐戈達不用說，近年來，就連東西坎塔爾有時都會遇上高溫多雨。事態緊急，我明日就把這事告訴伊爾，要他強化監視。」

馬修的唇角微微扭曲。「聽到這消息，家兄第一個念頭，應該和老師不同。」

馬修以指頭摩挲著茶杯杯耳說：

「歐戈達隱瞞帝國，進行鳥糞石走私和肥料生產，意圖增產富國。家兄應該會認為，若是歐戈達的水田出現大約螞，那就任由蟲害肆虐吧。」

拉歐板起面孔，正欲開口，又閉上了嘴。

馬修沉聲接著說：「只要讓歐戈達人相信，就是因為在國內實驗私製的肥料，才會引發史無前例的慘烈蟲害，再也沒有比這更有效的遏阻了。

里格達爾那些暗中向歐戈達購買鳥糞石的人也是，一旦得知歐戈達的慘狀，應該也會對自行生產肥料有所顧忌，即使未使用私產肥料的地方出現大約螞，只要推說是從歐戈達飛過去的就行了，可以一舉解決所有頭痛的問題。」

拉歐苦著臉，呻吟般說：「伊爾的話，應該會那樣說吧。我也贊同伊爾說應該對肥料的事睜隻眼閉隻眼的提議。」拉歐搖搖頭，嘆息道，「真是屋漏偏逢連夜雨。雖然伊爾八成會說，應該把這件事視為良機慢慢構思對策。」

馬修盯著書上的畫，說：

「除了拉帕以外，沒有其他發現大約螞蟲卵的報告嗎？」

「沒有。為了慎重起見，我將可信賴的香使們派到各地，也通令帝國全境的種植地進行調查，但都沒有這樣的消息。目前蟲卵只出現在拉帕一地，這應該不會錯。」

「找到蟲卵的地點，稻田已經燒掉了吧？」

「燒掉了。周邊也仔細調查過了，沒有出現的徵兆。」

「那麼，或許還有一點時間。」

拉歐點著頭說：「而且，如果要具備兩項條件才會出現大約螞，還是能夠防範。」

「……但願如此，但如果是能這麼輕易殲滅的蟲害，我不認為會留下『皇祖大驚失色』這樣的紀錄。而且，就算真能防範……」馬修看著發皺的紙說，「依目前的狀況，要徹底持續監視約螞大量出現，相當困難；我們甚至無法讓希夏草的規定恢復，以防範大約螞出現——畢竟那是以香君大人敕令的名義刪除的。」

拉歐的臉僵住。馬修仍盯著紙頁，繼續說下去：

「要是大約螞大量出現，家兄應該也會認同希夏草的重要性，但是要讓那項規定恢復，應該還是很難。因為不只是對香使，也對生產希夏草的藩國農民說明過不再收購希夏草的理由了，如果再度使用希夏草，會讓人懷疑大約螞出現並非歐戈達亂搞，而是帝國發配的肥料所造成。這樣一來，就會影響到人民對香君大人和帝國的信賴……家兄不用說，皇帝陛下應該也不會立刻答應再次加入希夏草吧。」

馬修抬頭，再次望向拉歐。

「皇帝陛下和家兄，都把眼前的帝國情勢視為第一優先，站在那個角度思考，但我們必須考慮到幾年、幾十年、幾百年以後來行動。」

馬修眼中浮現的神色不知是憤怒或哀傷。

「喀敘葛家——不管是新家還是舊家——都犯了莫大的過錯，卻沒有修正，就這樣到了今天。我們不能再繼續將錯就錯了。以為大約螞已成傳說，卻再度出現，要是在不久的將來大量繁殖，始祖記錄下來的其餘慘況，或許也很快就會成為現實。

如果現在走錯了該走的路，我們將背負起造成數千萬餓莩的大毀滅之罪，那會是萬死也不足以贖的滔天大罪。」

拉歐定定地看著馬修，不久後沉聲說：「你從十七歲的時候，就一直在憂慮著這些呢。我也思考了許多事，但你的危機感和我這種模糊的預感截然不同，是迫在眉睫。」

馬修忽地微笑。「老師還記得嗎？那隻桶底的小蟲。」

「……」

「當人用水桶舀起熱水的時候，雖然一瞬間瞥見了桶底有隻蟲子，動作卻停不住，直接舀起熱水往肩頭倒。對蟲子來說，一定是糊里糊塗、一瞬間就死掉了吧。」

聽到馬修的嘀咕，老師回應：「我們也跟那隻蟲子一樣。這世上的一切，就像那隻蟲子。但還是有些蟲子活了下來，所以我們才會存在於此。」

馬修沉靜地說：「那個時候，我彷彿在黑夜裡看見了一盞燈火。因為我得知有人身為喀敘葛家當家，卻能這樣想。」

馬修緩緩地起身。

「老師，往後也請引導我，陪伴我走下去吧。」

七、歐莉耶與馬修

馬修離開後，拉歐獨自留在密室，看著抄本沉思著。

（那小子果然像極了悠馬。）

眼底浮現拉歐視如親弟的朋友，他的面容和眼神。拉歐嘆了口氣。

悠馬是個明朗活潑的男子，因此第一次見到他的兒子馬修時，馬修那過於嚴肅、陰暗的眼神，讓拉歐訝異這兩人真的是父子嗎？但每回接觸到馬修的內在，都會讓他重新認識到兩人果然很像。

（悠馬當時也是用那樣的眼神據理力爭。）

被找來協助修訂香使諸規定時，年僅十七的悠馬拚命向父親抗議。拉歐回想起舊友當時的表情，一邊以指頭輕撫抄本封面上的白山稜線。

（這座山，悠馬找到了嗎？）

過去烏瑪僅是個山間小國，能夠成長為今日擁有遼闊版圖的大帝國，靠的就是這塊土地——神鄉歐阿勒馬孜拉。然而就連皇帝，都不知道神鄉位在何處，還有傳說中隔絕了神鄉與俗世的光輝白山——神門山，尤吉拉。

只有喀敘葛家始祖所留下的這幅畫，勉強將神門山的形貌流傳至今。據傳過去喀敘葛家始祖與皇祖共赴神鄉，將歐阿勒稻及香君帶回此地。

而悠馬畢生都在尋找這座神門山。

——一直對歐阿勒稻的可怕視而不見，我們終究要面對自己的愚行帶來的苦果吧。

悠馬這麼說的時候，面色慘白，讓拉歐萬分不解。

悠馬的憂慮，拉歐也認為具有某種程度的正當性。

不明白初代香君制定規定的理由，就在這種情況下擅自修改內容，拉歐也感到不安。他擔心如果他們的決定是錯的，終有一日可能會掀起某些大禍。但那災禍尚未發生，僅僅是種假設，悠馬卻為此甚至嚇得面無人色、驚懼萬分。拉歐怎麼樣都無法理解。

當悠馬離開帝都，開始周遊各地，拉歐也認為無法融入新喀敘葛家思維的他，是為了證明自己是對的才這麼做。拉歐無法在真正的意義上，與悠馬分擔驅策著他的不安。

就連出現大約螞已成現實的現在，拉歐心中某處，仍潛藏著希望，期待這只是短暫的現象。然而馬修卻是發自內心地恐懼著。他就和父親一樣，從年少至今，一貫地恐懼著大災禍的發生。

拉歐瞇起眼睛。

（也是因為他擔心歐莉耶大人的緣故吧。）

若是大禍降臨，百姓的怨怒一定會指向香君。

而當百姓崇敬活神的心態翻轉，會發生什麼事？一想到這裡，拉歐也感到一股迫在眉睫的恐懼。

（歐莉耶大人……）

拉歐不由得閉上了眼。

（是我虧欠了您——還有馬修。）

不僅是婚姻，香君也被嚴格禁止與男子有親密關係。

當然，表面上並沒有這樣的明文規範，但喀敘葛家的當家奉歷代皇帝之命，萬一香君與特定男子有了兒女私情，就必須暗中弒殺香君，偽裝成病死，並立即遴選下任香君。

初代香君曾經有過情郎。

這是只有皇帝和喀敘葛家當家直系才知道的事。傳說初代香君和阿彌爾・喀敘葛長年共譜戀曲，但她並未產下子嗣。阿彌爾把她從神鄉歐阿勒馬孜拉帶入凡塵。

因為香君未留下子孫便離世，當時的皇帝拉穆蘭決定找出轉世後的香君，此後這個制度一直流傳至今。

雖然正史並未記載，但喀敘葛家流傳著一個說法：拉穆蘭帝對香君未產下阿彌爾・喀敘葛的孩子，感到如釋重負。

拉穆蘭帝應該是害怕倘若香君產下子孫，增加親族，可能會形成超越皇帝權威的一大勢力吧。因此皇帝密命喀敘葛家，往後也絕不許香君留下子孫。

寄宿在凡胎的神明，拋卻肉身不斷重生，這樣的情節完全符合活神形象，因此這個制度反倒能大大提高香君的神威。

這個制度的好處還不只如此。尋找轉生香君的方法，也有助於巧妙推動藩國的支配——因為帝國能暗中操蹤，從想要鞏固關係的藩國中選出香君。

要找到最具利用價值，且貌美如仙、聰慧但順從的姑娘，不是件易事，但由於初代香君被帶入凡塵時年方十三，帝國便據此編造出香君轉世需要十三年時間的說法，讓這個制度得以順利存續至今。

然而在漫長的歷史中，曾經一度遭遇危機，動搖制度——香君墜入愛河，有了身孕。

皇帝對當時的喀敘葛家當家下達密令，讓該位香君尚未產子便香消玉殞，對方男子也偽裝成病死，予以排除。此後成為香君、進入香君宮的姑娘們，年滿十五，就會被告知這個事實。到了那時，各名香君都已明白自己是什麼樣的角色，即便聽到如此駭人的祕密規矩，多半也不感到吃驚。

被選出香君的藩國，能獲得帝國在經濟上的破格厚待。

所有的香君年紀輕輕，就已經醒悟自身的職責，那就是為故國帶來富裕，並維持帝國的穩定，再也無法奢望身為平凡女子的幸福。

——香君的頭冠，是用來掩飾認命的偽裝。

歐莉耶曾如此輕聲自語，拉歐到現在都忘不了這句話。

歐莉耶是拉歐找到的香君候選人。

當時拉歐擔任統領眾香使的大香使，親自前往第一線，精力十足地巡迴藩國各地。

里格達爾藩國當時正與接壤的東坎塔爾藩國爭奪勢力，居於劣勢。假設東坎塔爾以藩王間的婚姻等合法的形式併吞里格達爾，帝都近鄰將出現一大勢力。

擔憂這一點的皇帝，命令喀敘葛家在里格達爾當中找到香君候選人。拉歐肩負此任，在十二年當中，私下拜訪物色到幾名候選人，縝密觀察。

每一名候選人都貌美聰慧，其中歐莉耶更是豔冠群芳。她那種彷彿由內散發光芒般的活潑明亮惹人注目。身邊的孩子和大人們都被歐莉耶深深吸引，但本人似乎對此沒什麼自覺，這種正面意義的遲鈍，也給予人好感。最重要的是，歐莉耶心地善良。她捨己為人，發自真心地善待他人，拉歐感覺這才是最重要的特質。

香君必須奉獻自己，為他人而活。若是第一個想到的都是自己的利弊得失，這樣的姑娘不可能扮演好活神的角色。

歐莉耶的父親雖然出身良好，卻也只是個小領主，性情豁達大方，滿足於每一天的生活，即使女兒成為香君，也不可能利用這一點引發政爭。以條件來說，亦不可多得。

選定就是歐莉耶的時候，拉歐儘管為了能找到這樣一個理想的姑娘而放心，但一想到這名天真無邪的姑娘即將踏上的道路，又不得不為她哀痛。

歐莉耶比拉歐所想像得要更堅強，確實明白自己的職責所在，並不負眾望。

即便如此，扮演香君的重責，依舊侵蝕了她。

那種身心變化寂靜無聲，不認識以前的歐莉耶的人絕不會察覺，但歐莉耶確實變了。拉歐對此感到憂心，開始思考即使只是短暫的期間也好，有沒有什麼方法，能讓她從「香君」的身分解放出來，緩和她的心靈負擔？

他先是製造讓歐莉耶離開香君宮生活的機會。讓歐莉耶在「黎亞農園」生活後，她的精神恢復了一些。但「黎亞農園」人多，而且在農園的人面前，即使不是香君，她仍然必須扮演神祕的貴人，實在無法徹底放鬆。

在當時，拉歐正著手進行幾項改革。

尤吉山莊的興建也是其中之一，他把無法在「黎亞農園」進行的任務，託付給身為堂兄及盟友的塔庫及其妻子，後來收到了山莊完成的通知。

看到那棟四周杳無人煙、也不會有人闖入的隱密山莊，拉歐靈機一動：這裡或許能夠讓歐莉耶得到完整的休養。

拉歐的想法是對的。

在只有塔庫夫妻和兒子們生活的山莊，歐莉耶以普通女孩的身分，和明瞭一切的一家人住在一起，獲得休養。她就宛如枯萎的花朵得到慈雨灌溉，又恢復過往的快活。此後，沒有巡行等公務的期間，歐莉耶便經常往返於「黎亞農園」和尤吉山莊之間生活。

只要有這些喘息的空間，歐莉耶就能一輩子以香君的身分活下去吧。拉歐放下心來，但不久後便興起了一道小波瀾。

歐莉耶遇到了馬修。

當時馬修剛從母親和親戚身邊被帶走，從天爐山脈來到遙遠的帝都。

馬修被帶來輔佐日後要成為新喀敘葛家當家的伊爾。他默默地接受各種修業，但當他第一次被帶來「黎亞農園」，竟半夜擅自挖出植物移植別處，遭到農人斥責，引發了毆打數名農人的騷動。

被打的農人們屬於舊喀敘葛家，他們對來自新喀敘葛家的馬修動輒針鋒相對，這才是導致衝突擴大的主因。拉歐早就發現這件事，但無論理由為何，打斷牙齒的暴力都不可能被輕縱，必須做出相應的懲罰。

到底為什麼要做出那樣的惡作劇？即使追問，馬修也只是用散發異樣光芒的眼睛看著對方，不肯回答。這樣的態度讓農人和菜師們更加怒不可遏，因此拉歐認為必須先把馬修帶離「黎亞農園」才行。

不過鬧出這樣的風波，如果直接送回新喀敘葛家，只會讓立場原本就十分微妙的馬修更加受到冷落，他狂暴的心也會越發狂暴吧。

拉歐苦惱有沒有什麼方法可以保護摯友悠馬的兒子。某天晚上，歐莉耶一個人來訪了。她說了拉歐完全意想不到的事。

——老師看到那名少年移植的花了嗎？

聽到這話，拉歐才想到，倒是沒聽說馬修重新種植了哪些植物。

歐莉耶臉頰微微泛紅，興奮地說：

——我看過操作表了，結果發現他移植的花，全部都是從其他植物的影響裡被救出來的。

拉歐大感驚訝。

就算馬修是被派來學習植物，好在將來輔佐喀敘葛家的下任當家，哪些植物具有阻礙其他植物生育的作用這些事，也是更後來才會教到的內容，剛進入農園的馬修不可能得知。

——或許老師不會相信，可是……

拉歐到現在還記得，歐莉耶有些吞吞吐吐，兩眼卻燦爛發光。

——那名少年，是不是從氣味聞出來的呢？聞出植物之間如何影響彼此。

拉歐問，為什麼她會這麼想？歐莉耶的臉頰更加興奮潮紅，聲音細微地說：

——我看到了呀，我看到他在深夜重新移植植物。那個時候，他頻頻做出嗅聞氣味的動作。

拉歐並不是這樣就信了馬修能嗅出哪些植物能如何影響其他植物，但他正在尋找救助馬修的契機。看著歐莉耶生氣勃勃的表情，他心生一計：把馬修送去尤吉山莊吧！

剛好塔庫夫妻說男丁不夠，希望派個合適的年輕人過去幫忙，因此拉歐想到了以懲罰為名目，派馬修到山裡工作的妙計。

當時拉歐完全沒有顧慮到，馬修可能會在尤吉山莊遇到歐莉耶。

馬修是新喀敘葛家當家的直系，是能夠面謁香君的身分，同時也有資格聽聞祕密。拉歐以為即使雙方見面，也不會有問題。

（……從什麼時候開始。）

兩人竟那樣深深地愛上了彼此？

起初一點徵兆都沒有。

只是，馬修結束在尤吉山莊的勞動、回到新喀敘葛家，在短短的一年內便徹底脫胎換骨，令人驚奇。他從一個彷彿一碰就會傷人、如利刃般的少年，蛻變成一名寡默但散發出堅韌決心的男子漢。

變化之大，甚至讓當時的新喀敘葛家當家拉諾修半帶苦笑地打趣說，真想向塔庫夫妻討教一下調教野馬的訣竅。

馬修一年就完成了一般需要三年的修業，成為香使，陪伴香君巡迴帝國各地。接著以不到二十歲的年紀，破格晉升為能接觸許多機密的上級香使。

馬修聰明絕頂，對工作全心投入，表現出眾。這時伊爾開始提防，馬修是否有心撇下他這個兄長，覬覦當家之位？但馬修對政治完全不表示關心，只是宛如著了魔似地，巡迴帝國各地。應該無人想像得到，當時的馬修心裡想的都是香君吧。面對香君時，馬修的態度平靜得近乎冰冷，不曾讓旁人看出他的愛慕。

（如果沒有發生那場災禍……）

現在兩人依舊不為人知地，悄悄孕育著彼此的戀情嗎？拉歐有時會這樣想。

打破兩人編織出來的防禦厚繭的，是歐莉耶。

比起現在，當時有更多的年分冬季更漫長，也更加酷寒。

山岳地帶降雪頻仍，通往山間村落的道路經常整個冬季都被大雪封閉，成為山中孤島。春意開始顯現之後，便頻繁發生雪崩，經常好不容易鏟雪鏟出一條路，一回頭又被封住了。

香使的任務是巡訪帝國各地，將在不同季節、各種農事節氣的狀況回報給富國省。因此香使熟知各地的氣候風土，也清楚如何趨吉避凶。即便如此，仍無法完全逃過天候的劇變或雪崩；儘管十分罕見，但也有些香使在任務中不幸殞命。

包括馬修在內的三名香使，有可能在翻越山嶺的途中遇難了。

——接到這個消息時，拉歐正在香君宮和歐莉耶共進午餐。

聆聽現場淒慘的報告、了解雪崩頻繁發生的狀況時，歐莉耶一動不動，表情也沒有變化。但拉歐到現在都還清楚地記得，她的臉色變得就像紙一樣蒼白。

當時立刻派出了搜索隊，但前往當地的道路各處都遭到雪崩堵塞，遲遲沒有更進一步的消息。

接獲遇難消息幾天後的夜晚，歐莉耶突然發起高燒病倒了。

歐莉耶不久就康復了，也接到消息，確定馬修一行人平安無事。拉歐放下心中大石，然而很快地，某個流言就像漣漪般，在香君宮的侍女間傳播開來。

流言說，高燒期間，香君大人不停地呼喚著馬修的名字。

拉歐是從當時擔任香君隨身香使的女兒米季瑪那裡，聽到香君宮的侍女間流傳這樣的傳聞。拉歐感到恐懼，整個胃就好像被勒緊般。

他想起接到馬修遇難的消息時，歐莉耶那張慘白的臉。為此高燒病倒，在意識模糊中呼喚名字，這果然超越了一般的交情。這樣強烈的傾慕，無怪乎侍女們會議論紛紛。

拉歐正煩惱該如何處理此事，回到帝都的馬修，以驚擾到老師、向他致歉為名目，來訪舊喀敘葛家。剩下兩人獨處後，馬修以彷彿談論天氣的口吻，問：

「對了，老師，您在考慮毒殺香君大人嗎？」

那流暢的口吻背後，潛藏著某種極可怕的情緒——讓人相信只要答錯一句，對方立刻就會拔刀。在那瞬間，拉歐悟出馬修亦深深愛著歐莉耶。

「……難道有什麼非毒殺香君大人的理由嗎？」

拉歐冷著聲音問，馬修低聲回應：

「如果老師是在問我們之間有無男女私情，這是個沒有意義的問題。不論這是事實，或是無中生有的流言蜚語，只要傳出風聲，香君大人就會面臨被毒殺的危險。我害歐莉耶大人陷入生命危機，這是無庸置疑的事實。」

「是這樣沒錯，但萬一懷上了孩子……」

馬修搖頭。「絕無這個可能。」

馬修的眼睛散發異樣光采，定定看著拉歐。

「但家兄已經開始尋找證據了。如果能找到任何可利用的材料，他就會歡天喜地地去要求皇帝陛下對我做出處分吧。」

拉歐這才瞭然。確實，如果是伊爾，應該會把這當成天賜良機。

伊爾畏懼著馬修。就算他把這視為可以除掉香君、更能除掉馬修的大好機會加以利用，也是合情合理之事。

「我會離開喀敘葛家。」馬修語氣淡漠地說，「這次不論家兄如何睜大眼睛尋找，都不可能找到足以說服陛下的證據。但既然被家兄發現了弱點，往後歐莉耶大人和我將會暴露在跟過往無法相比的陰險、猜疑及監視的目光中……我也就罷了，但縱使只有一時半刻，我也不願讓那位大人經歷這樣的不安寧。」馬修的語尾微微沙啞。

聽到絕對不會暴露內心的馬修那沙啞的聲音，拉歐就像被針扎進心底深處。哀傷從那一點滲透而出，擴散至全身。

他眼前浮現歐莉耶蒼白的臉龐。

在十五歲和十七歲相遇後，兩人一直呵護、滋養著這段情感。若是普通的男女，這應該會是最珍貴的人生至寶。然而兩人的情感卻絕對不會被允許。

拉歐閉上眼睛——現在不是為過去懊悔的時候，而是該為將來設想而行動。

他嘆了一口氣，睜開眼說：

「我理解你的心情，但現在離開喀敘葛家，反而會坐實了嫌疑。」

馬修的嘴唇浮現笑意。「所以我才來拜訪老師。」

「……？」

「可以當成是老師對我曉以大義嗎？

就當作老師這樣開導我吧：即使流言並非事實，問題也不在這裡，但出現這樣的流言本身，就已經傷害了香君大人的威望。如果繼續讓你擔任上級香使，隨香君行旅諸國，往後不知還會傳出多少不堪的流言。你身為喀敘葛家的直系子嗣，應該要想想往後該如何自處，才是最好的。」

馬修一口氣說完後，又補充：「至於當家那邊，希望老師可以轉達，說我似乎把這件事當成良機，好避免和家兄對立。」

這周密得過分的說詞，讓拉歐聽到的時候，就理解馬修對於發生這種狀況時該如何應對，已經思考很久了。

「你離開喀敘葛家之後要去哪？」拉歐問。

馬修以平淡的聲音回答：「我要加入五峰軍。」

這意料之外的答案，讓拉歐一時間啞口無言。

五峰軍是戍守國境的精銳軍隊，名稱來自皇祖翻越五峰，平定諸氏族的事蹟。與守護皇帝及帝都的近衛軍不同，五峰軍戍守國防最前線，風氣暴戾，許多人對於掌握政治中樞的喀敘葛家抱持反感。

「加入近衛軍也就罷了，怎麼會想要進去五峰軍……？」

「近衛軍離喀敘葛家太近了。」

「可是……」

拉歐在深刻的失望摧折下，嘆了一口氣。

「太可惜了……我原本希望你能留在新喀敘葛家的。」

當時，在馬修的強力建議下，尤吉山莊已經展開極機密的工作。拉歐期盼這件事能成功，更重要的是，他期待只要馬修留在新喀敘葛家，將來一定大有可為。

「我一直希望你將來主宰富國省中樞，改變現在的體制。」拉歐說。

聞言，馬修的眼神忽然緩和下來。

「老師願意這麼想，對我是莫大的救贖。謝謝老師。」

他隨即以低沉但決絕的聲音說：

「走出去，是為了做在裡面做不到的事。即使現在甚至連徵兆都看不見，但危難時刻必定會到來。我一定會找到一條路，讓人們屆時不至於墜入地獄。」

五峰軍的生活應該很不容易，但不到一年，馬修就成了率領千兵的千騎長。

然而他輕易拋棄了成為軍中將領的道路，加入探查藩國內情的藩國監視省密探組織「根」，很快便贏得了皇帝深厚的信賴，被任命為視察官。

在這眼花繚亂的轉變期間，馬修也三番兩次拜訪拉歐，不斷地說明如何迴避災禍。拉歐也和馬修一同思考，支持著他的計畫，一路走到今天。

而今，馬修找到了一個或許能開啟新門扉的關鍵。

——老師，我找到真正的香君了。

馬修寄來的信中，寫著這段文字。讀到這裡，拉歐萌生驚愕與不安，那股感受似乎到現在仍在心底不斷擴散。

自那天開始，起毛泛黃的《香君異傳》中的那一節，便反覆浮現心頭。據傳是皇祖看到大約螞，大驚失色，喃喃道出的話。

——饑雲蔽日，大地枯竭，果腹之物盡絕。

啊，香君，請藉風洞悉萬象，救度眾生。

（……倘若那姑娘是真的香君……）

那麼傳說遮天蔽日、將百姓推入飢餓深淵的「饑雲」，也將成為現實嗎？

大約螞的蟲卵圖畫浮現腦海，拉歐嘆了口氣。原以為那也只是古老傳說。

（必須做好準備。）

徵兆確實出現了，現在應該要做最壞的打算，嚴陣以待。

（首先要對付拉帕的大約螞。）

必須假裝贊同伊爾的意思，同時徹底落實措施，防堵大約螞擴散到其他地區。

拉歐又嘆了口氣，緩緩起身。

他走出密室，沐浴在耀眼的白晝光線下。他感覺到近似午睡醒來，驚奇發現還是白天的那種輕微訝異，望著窗外一片蓊鬱的森林。

看著一如往常的這片景致，拉歐輕聲低語：

「願此景長在。」

第三章　異鄉的訪客

一、山莊歲月

「愛夏！」

山莊傳來萊娜伯母的呼喚聲，愛夏停下採山菜的手，回頭望去。

嬌小的伯母伸長全身，揮舞雙手。她手上還拿著東西，看起來就像在打旗語。

愛夏忍不住展顏微笑。萊娜伯母老是像那樣揮舞雙手叫人，就算塔庫伯伯說用一隻手就好了，她也完全不在乎。

愛夏拎起裝滿山菜的籃子，小跑步返回山莊。

「噢，採了好多！」伯母探頭看籃子，笑了。

「我馬上拿去洗。」

愛夏說，但伯母搖搖頭。「我來洗，妳把這個拿給歐莉耶小姐。」

愛夏放下籃子，用圍裙擦了擦手，接過毛線外套。

「出門逍遙是很不錯，但是她老是忘記穿暖。」

這裡是山地，比「黎亞農園」所在的低地要寒冷許多。即使現在是夏季，早晚仍須在暖爐生火，白天也得在薄衣物外罩件外套。

「我想她應該在雪歐米森林那裡。」

愛夏把外套抱在懷裡，點了點頭。「我去找她。」

「拜託妳了。啊，可以順道去一下西邊的田地，叫我那口子別忘了採些歐夏奇的果實回來嗎？昨天我拜託他，說想拿來醃東西增添風味，他卻忘了沒採來，叫他今天絕對不許再忘了。」

「好。」

來到這處山莊生活，明明才過了半個月左右，愛夏有時卻會有種已經在這裡住了好久的錯覺。

住在這座山莊的塔庫伯伯、萊娜伯母，還有他們的兒子，以及皺巴巴的伊萊娜奶奶，不曉得該怎麼形容，應該是每個人之間都沒什麼隔閡，所以可以無拘無束地相處吧。

還有，歐莉耶小姐——在這裡沒有人叫她歐莉耶大人，而是很自然地稱她為小姐——也非常隨和。在這裡一同起居的過程中，兩人已完全熟稔，現在愛夏已經可以自在地看著她的眼睛說話了。

每當想起歐莉耶應該就是香君大人，愛夏就會感到不安，覺得不該如此熟不拘禮，沒有分寸，但這種時候，她就會細細思考來到這座山莊第一個夜晚，塔庫伯伯對她說的話，讓自己平靜下來。

——這裡是很特別的地方。山莊周圍的山谷，除非有我們的允許，否則任何人都不能闖入。所以不管一個人有什麼身分或背景，待在這裡的期間都要擱到一旁，拋到腦後。

——在這裡，草木、天空、石頭和泥土、昆蟲和鳥獸就是我們的神、我們的老師。他們跟我們之間，只有尊重，沒有藩籬；在這裡生活的我們之間，也只有尊重，沒有隔閡。

歐莉耶笑吟吟地聽著塔庫這席話。

她的表情和從「黎亞農園」乘上馬車的時候，完全不同。

那個時候愛夏便隱約察覺，歐莉耶來到這裡，是為了放下身為「香君」的重擔，獲得暫時的休息。

身而為人，卻也是神明，這究竟是怎麼一回事，愛夏並不明白，但了解到歐莉耶熱情開朗的個性後，便禁不住心想，在那座陰暗廣大的宮殿裡，受人崇敬，無法和任何人親暱地交談，會是一件多麼難受的事？

歐莉耶還是一樣，不肯告訴愛夏她是誰，山莊的人對此也隻字不提。

即使如此，愛夏還是依稀感覺這座山莊的人，都知道歐莉耶的真實身分。所以塔庫伯伯才會說，待在這裡的期間，要把大家的身分和背景都擱到一旁，忘掉那些。

對愛夏來說，這也讓她萬分安心。

就這麼做吧，愛夏想。待在這裡的期間，就把假死逃離故鄉、無法和弟弟他們一起生活的不幸，以及往後將何去何從的苦惱，都擱到一旁吧。

從「黎亞農園」到山莊走的是山路，險阻重重。

馬車載著歐莉耶和愛夏，在山路途中的狩獵小屋停下，把兩人交給在那裡等待的塔庫伯伯後，便載著陪伴而來的侍女下山了。

愛夏和歐莉耶從那裡騎上塔庫伯伯帶來的馬匹，登上山莊。

載著侍女的馬車才剛從視野中消失，歐莉耶立刻露出舒暢的表情。她宛如在野地長大的少女般，跳上馬匹，開始登上山路，把愛夏嚇了一大跳，但塔庫伯伯以看顧女兒般慈愛的眼神，望著她的背影。

歐莉耶巧妙地操蹤馬匹，偶爾以悅耳的嗓音哼起歌來。

聽說香君大人來自里格達爾，所以那或許是里格達爾的歌。雖然聽不懂在唱什麼，但聽著便讓人心頭歡悅。終於能看見山莊的時候，愛夏也小聲跟著哼了起來。

一抵達山莊，歐莉耶便換上方便活動的服裝，帶著愛夏四處走，介紹山莊和周邊。當日頭西斜，便理所當然地幫忙萊娜伯母準備晚飯。

歐莉耶和伯母一起忙碌地在廚房裡轉來轉去，同時把眾人平日使用的餐具是哪些、哪些餐具愛夏可以用逐一告訴她。歐莉耶散發出愜意明朗的平靜氣味，讓愛夏柔和地舒緩下來，忘卻了初來乍到的緊張。

山莊有森林的氣息。周圍深邃的森林氣味深深滲透屋頂和牆壁，伴隨著爐中劈啪作響的柴薪味，讓愛夏懷念起故鄉的家。

在熟悉氣味的圍繞下，從抵達的第一天夜晚，愛夏便一夜好夢。

住在山莊的，只有塔庫和妻子萊娜、雙胞胎兒子、伊萊娜奶奶。塔庫伯伯蓄著大鬍子，萊娜伯母雖然嬌小，卻如小馬般活力十足；伊萊娜奶奶則是萊娜伯母的母親，臉皺巴巴的；雙胞胎兒子挺拔強壯，叫奇塔爾和馬達爾。

山莊的生活和愛夏在故鄉的日子十分相似。除了幾天一次，會有固定的人送來物資以外，似乎都靠周圍的山野及田地採摘的食物維生。因為還飼養了家畜，塔庫伯伯和雙胞胎兒子從早到晚都在山野間忙碌。

不僅如此，他們用完晚飯後，就說要寫東西什麼的，便關進書房裡，因此只有晚飯和早飯時會碰面。

愛夏幾乎沒有機會和寡默的男子們交談，但每個人和愛夏對望，都會對她微笑。和男人們相反，萊娜伯母總是滔滔不絕，手腳也不輸那張嘴，動個不停。

天還沒亮，她就要起床，用踩踏式的搗米杵把當天要吃的米舂米去殼，一家子都是被木杵咚咚捶打稻穀的聲音叫醒。

愛夏以前生活的大崩溪谷周邊無法種稻，因此這是她第一次看到用踩踏式的杵舂米，原來過程之辛苦，讓她驚訝極了。

讓年近六十的萊娜伯母天亮前就這樣勞動，吃她煮的米，愛夏總覺得心虛。她怯怯地要求代勞，萊娜伯母開心極了，拍打她的肩膀說：

「哎呀，這孩子怎麼這麼貼心！可是，看妳的腳這麼瘦弱，一下子全交給妳，可能會把妳給整垮。我也是啊，這年紀只要偷懶點，腰腿一下子就衰弱了，咱們先輪著做吧。」

伯母的話是對的，搗米杵比想像中沉重許多，踩上一會兒，不光是腰腿，連小腹和背部都痛了起來。畢竟是自己開口要求的，她絕不願意半途告饒，因此汗流浹背、咬緊牙關繼續踩。結果伯母過來，笑著說「再勉強踩下去會累到發燒的」，隨即接下工作。老實說她整個人大鬆一口氣，她幾乎都快暈厥了。

雖然沒發燒，但隔天除了腳，全身都痠痛不已。

儘管出身王族，但愛夏並非深閨千金。在故鄉生活時，父親經常和烏洽伊一起出門貿易不在家，因此她從小就要幫忙母親打理每一天的生活；而父母過世以後，家事幾乎全由她一手包辦。但「幽谷之民」總是在各方面協助她，如今回想，也許自己過得相當輕鬆。

在這座山莊，待辦的工作永無止境。

春好米之後，不只要煮飯，還要把米糠拌入水中，做成餵家畜的飼料。愛夏在伯母指導下，也開始幫忙這項工作。

從「黎亞農園」被派到這處山莊時，拉歐老師沒有交代她要做什麼工作。抵達這裡之後，她問塔庫伯伯自己該做什麼好，伯伯也只說：「唔，慢慢看著辦吧。」

她總感到無所適從，但某天晚上，歐莉耶悄悄對她細語：「把妳帶來這裡，是為了讓妳休養心靈，所以妳只要安心生活就行了。只要妳幸福，這裡的人就能安心。」

愛夏很驚訝。原來是這樣嗎？

雖然她很疑惑，他們為何要對一個以特例進來的姑娘如此著想，但塔庫伯伯他們就算愛夏和歐莉耶來了，也沒有特別招待的樣子，只是平靜地繼續過平常的日子。愛夏也開始覺得想東想西是白費力氣。

從天亮前的舂米開始，照料家畜、打掃洗衣、採山菜、煮飯，只是幫忙伯母各種事，一天一晃眼就過去了。歐莉耶也平靜地度過這裡的生活。

和歐莉耶相處時間最久的，或許是伊萊娜奶奶。奶奶非常嬌小，而且皺巴巴的，但小小的眼睛總是綻放著燦爛的光采。

女兒萊娜伯母的個性會那麼朝氣蓬勃，似乎是來自母親。奶奶應該都年過八十了，卻能輕輕鬆鬆爬坡或登上陡急的階梯。

奶奶的主要工作是照顧鴿子。

抵達山莊的時候，愛夏就注意到鴿子的氣味了，但在歐莉耶的引導下、登上山莊的閣樓後，她大吃一驚。寬闊的閣樓成了鴿舍，飼養著數十隻鴿子。

陰暗的閣樓充斥著鴿子的氣味及體溫。嬌小的老奶奶以布蒙住口鼻，忙進忙出，勤奮地用小掃帚清掃糞便和羽毛。

閣樓裡不只有鴿舍，深處一隅還擺了像書架的東西，還有大書桌、火盆和茶具。

鴿子發出振翅聲，從敞開的窗戶飛進來。奶奶放下小掃帚，喉間發出咕咕聲，靈巧地用雙手抓住鴿子，取下附在細腳上的小管子後，再將鴿子放入巢箱。

「……是傳信鴿呢。」

愛夏小聲問歐莉耶，歐莉耶還沒有回答，奶奶便抬頭向她招手。

愛夏走過去，奶奶從剛從鴿腳取下來的管子裡抽出小紙捲給她看。

上頭密密麻麻地寫著從未看過的文字，就像天書。

「這不是烏瑪文呢，是哪裡的文字呢？」愛夏歸還紙捲問。

奶奶說：「不是任何一國的文字。」接著咧嘴一笑。

歐莉耶走過來伸手，奶奶把紙捲放到她的手上。

她默默地讀起來，一張臉唰地通紅。

奶奶笑吟吟地看著這樣的歐莉耶。

二、雪歐米樹

歐莉耶似乎喜歡在森林裡散步，只要一得空，就會一個人晃進森林裡。應該也是因為這一帶不必擔心遇到山賊的緣故，但山林裡危機四伏。每當看到歐莉耶一個人滿不在乎地進入森林，愛夏便忍不住想：這位大人果然是能洞悉萬象的香君大人。

這一帶的森林深邃，但人能通過的地方有限，而且追蹤歐莉耶經過時留下的香氣，對愛夏並不困難。就像萊娜伯母說的，通往雪歐米樹茂密生長處的小徑留有歐莉耶的氣味痕跡，愛夏循著它進入森林深處。

這天天氣晴朗，放牧山羊和牛的山莊周邊草地充斥著亮白的陽光，但一進入森林，樹冠就像帷幕般遮蔽了光線，片刻間愛夏什麼都看不見了。

但眼睛很快就適應了森林的陰暗，從樹葉間灑下的碎光裡浮現一條小徑。

歐莉耶好像經過這裡很久，氣味已經變淡了，但隨著深入小徑，氣味的痕跡漸漸清晰起來。很快地，她來到雪歐米樹林立的森林，乘風而來的氣味中，已經明確摻雜著歐莉耶的體香了。

當香氣近到閉上眼睛，眼底便能清楚看見歐莉耶的輪廓時，愛夏看到佇立在樹木間的歐莉耶。她正注視著一棵雪歐米樹。

透明的光線穿透綠葉傾注而下，柔柔地照出她的身影。

看見那張臉上浮現近乎童稚的安詳，愛夏心中一緊。

（歐莉耶大人果然很痛苦——身為萬民崇敬的香君大人，讓她不勝負荷。）

這樣的想法擴散心頭。她不敢出聲打擾，將外套抱在懷裡，注視著歐莉耶。

可能因為愛夏站在下風處，歐莉耶遲遲沒有發現她，只是靜靜地注視著樹木。不久，歐莉耶深深地嘆了一口氣，慢慢地撩起頭髮，轉了過來。

「……咦？」歐莉耶睜大眼睛驚呼，「愛夏？妳什麼時候就在那裡了？」

愛夏行禮。「抱歉打擾了。」

歐莉耶目不轉睛地看著愛夏，但很快地淡淡一笑。

「抱歉的是我才對，妳替我送外套過來呢。」

歐莉耶快步走近，接下外套披上身，問：「伯母有沒有嘮叨？」

「一點點而已。」愛夏說。

歐莉耶笑著伸手，輕戳愛夏的臉一下。「謝謝妳替我送外套來。」

愛夏感到臉頰火燙，慌了手腳。

「那個……」她是為了掩飾害羞而開口，卻忘了原本想要說什麼，只好說出當下想到的問題，「您在看什麼呢？」

歐莉耶摟住愛夏的肩膀。「來。」

她把愛夏引到她剛才站的地方，指著眼前的樹說：

「妳覺得這棵樹和其他的樹有什麼不同？」

那是一棵稀鬆平常的雪歐米樹。

樹齡應該不大，身形乾瘦。雖然有些地方樹皮剝落，但除此之外，看上去沒有什麼特別之處。不過這棵樹散發出來的氣味，和其他樹木有些不同。

「……這棵樹病了嗎？」愛夏說。

歐莉耶微微瞠目。「為什麼妳這麼覺得？」

「只是隱隱約約，覺得它好像在說：救救我。」

歐莉耶沉默了一下，接著點點頭。「沒錯，這棵樹很痛苦。」

歐莉耶環顧著周圍的樹木說：

「在這一帶，雪歐米樹生長得比其他森林要更密集，對吧？」

愛夏張望四周，點了點頭。

雪歐米樹的特徵是，樹皮到處生長著白色的地衣類，淡淡地散發幽光，遠遠看去就好像樹上沾滿了白雪。確實，像這樣四顧一看，這一帶密集地生長著雪歐米樹。樹冠間隔也很狹窄，看起來十分憋悶。

「塔庫伯伯說，以前他擔心這座森林的樹長得太密集，想要砍掉一些，促進通風和日照，可是因為太忙了，只處理了一部分，這一帶遲遲沒有著手整理。」

歐莉耶伸手觸摸眼前的樹，說：「雪歐米樹有時會罹患樹皮脫落的病，這棵樹的樹皮開始脫落了，所以伯伯說他每次經過，都會想，這棵樹很快就會枯死了，要是把這一帶也整理一下，增加日照，或許它就不會生病了，真是太對不起它了——可是，沒多久伯伯就發現了一件意外的事。」

歐莉耶指著不遠的地方。「妳看那裡。」

愛夏望過去，那裡有一片草地。燦陽直射，十分明亮，但仔細一看，草地周圍的樹木粗細各異，傳來的氣味也莫名地參差不齊。

「我想妳的話，一定能明白，怎麼樣？妳覺得那邊的森林健康嗎？」

愛夏搖搖頭。「這裡的氣味比較平靜、健康。」

歐莉耶點點頭。

「對。伯伯說他也很驚訝。他說就算清除一些樹木，改善通風和日照，有些樹會迅速茁壯，但也有些樹反而會衰弱下去，遭到害蟲群起圍攻。反而是這裡的樹木長得更均勻，森林也更健康……而且，」歐莉耶輕撫樹幹說，「結果這棵樹沒有枯萎。雖然樹皮脫落，應該是衰弱了，但不知道為什麼，這棵樹撐下來了。」

愛夏目不轉睛地注視著眼前的樹木。那氣味的聲音，不是健壯樹木的聲音。聲音微弱，正在向周圍求救。

但仔細嗅聞，便也開始感覺到其他的氣味。是這棵樹和它旁邊其他的雪歐米樹們散發出來的溫柔香氣。回應虛弱的氣味聲音，許多氣味之聲複雜交織，就像一片紡織出來的布匹般，輕柔地覆蓋在這棵樹上。

「是周圍的樹，」愛夏喃喃道，「在幫助它。」

歐莉耶微微睜大了眼，注視著愛夏。

她不知道在想什麼，好陣子只是默默地看著愛夏，接著點了點頭。

「沒錯……妳也這麼感覺呢。伯伯也這麼說，他說雪歐米樹會以根和其他同類相連在一起，所以一定是其他的樹在幫助它吧。」

歐莉耶的眼中忽然浮現淚光。

「真是奇妙呢……這世間如此無情，無法動彈的樹如果樹皮脫落，就唯有枯死一途。但有時也會像這樣，周圍願意伸出援手，齊力守護。」

歐莉耶以細微的聲音說著。

「每當我來到這裡，總是忍不住思考，思考許多的人向彼此伸手的意義。不是放棄弱者，而是伸出援手。」

接著，她望向日照良好的草地。「獨占陽光的樹木看似幸福，卻失去了與周圍的聯繫，只能在寒風中孤伶伶地活下去。也許它其實是寂寞的。」

三、西之田

和歐莉耶道別後，愛夏為了向塔庫伯伯轉達伯母的話，前往西邊的田地。大部分的地點她都知道了，但這是她第一次實際去西之田，有些擔心能否順利找到，不過走在伯母告訴她的山路上，微風帶來灰燼和泥土的氣味，告訴她前方就是田地。

火耕之後，首先要播下蕎麥——愛夏想起小時候聽「幽谷之民」的阿姨提到火耕的事。聽到蕎麥種子要趁灰燼還溫熱的時候播下去，她覺得很奇妙。蕎麥種子不會在灰燼裡被烤熟嗎？阿姨笑道，蕎麥種子就跟小嬰兒一樣，讓它們在暖烘烘的被子裡睡覺，才會快快長大。

——山是我們的媽媽。燒掉草木，它就變成溫暖的床鋪，養育蕎麥、豆子、小米。我們向它說謝謝，讓它休息個幾年，草木又會茂盛地生長出來，變回熱鬧的森林，長出菇菇或治肚疼的草藥來幫助我們。接著等山休息夠了，再燒出一塊地，做成豆子和蕎麥的床鋪。山就像這樣，把我們哺育長大。

籠罩山谷的輕柔霧氣也是這樣，它沾濕蕎麥的嫩芽，濕濕暖暖的，讓剛冒出頭的嫩芽快快長大……

愛夏回想起阿姨斷斷續續述說的聲音。往前走著，很快走出了森林，來到陽光底下。

（……咦，這裡是田地？）

愛夏眨了眨眼，怔在原地——眼前一片雜草漫生，看不出哪裡有田。

她看見遠處塔庫伯伯正蹲著在做什麼，卻沒看見雙胞胎的身影。

這裡似乎就是西之田沒錯，但不光是蕎麥，似乎還栽種了許多五花八門的作物。

這豐富多元的氣味吸引愛夏，她忍不住低頭閉上眼睛。

瞬間，與視覺所見不同的另一個世界浮現出來。

在氣味所形塑的世界裡，形形色色的作物、附著其上的昆蟲、泥土中的生物散發不同氣息。愛夏避開散發濃濃蕎麥氣味的地點，朝塔庫伯伯所在的方向走去。

靠近到一個距離，愛夏感覺到伯伯回頭的動靜，睜開了雙眼。

伯伯一臉擔心地看著她。「愛夏，妳怎麼了？不舒服嗎？」

愛夏微笑，在臉前連連揮手。「沒有，我沒事。只是陽光太強，有點頭暈而已。」

伯伯的表情緩和下來，就像鬆了一口氣。「這裡反光很強嘛。」

接著他瞄了一眼愛夏背後，問：「妳一個人來的？」

「對。啊，伯母說，今天不要忘了採歐夏奇的果實回去。」

伯伯笑著應聲：「噢，我都忘了，昨天她也叫我採嘛。」

伯伯抓起掛在脖間的手巾，抹了抹汗水淋漓的臉，指著田地邊緣的灌木說：「那就是歐夏奇。不好意思，妳可以採些果實回去嗎？搞不好我又會忘記。」

「是那些褐色的果實嗎？」

「對。」

「聽說是要拿來醃東西的，一點點就夠了嗎？」

「只是拿來增添香氣的，一把就夠了。」

愛夏點點頭，朝伯伯指的樹木走去。

油亮的綠葉之間，掛著累累的褐色果實，確實散發出強烈的香氣。

愛夏採了一掌盈握的果實，裝進圍裙的暗袋，這時忽然發現這棵樹的根部沒有任何雜草。她忍不住蹲下觸摸泥土，結果一股和站立時不同的氣味衝入鼻腔，她不禁皺眉。

（……這棵樹……）

就像松鴉保護地盤那樣，樹木主張著這裡是它的領地。

像這樣蹲下來靠近地面就能聽到，「氣味之聲」和站著的時候聽起來又不相同。

愛夏蹲著轉向田地，忍不住驚呼：「哇！」

這塊田是多麼熱鬧滾滾！

以前在故鄉，母親在屋子旁邊開墾出一塊菜園。可能是因為很仔細清除雜草、勤加打理，相較於草原和森林，安靜得幾乎讓人失落。但眼前這塊田卻喧囂無比，就像一群孩子聚集在一起。

有些孩子挨在一塊兒相親相愛地玩耍，也有些孩子高聲大喊：不要闖進我的地盤！——她就像看著如此吵鬧的一幕在眼前上演。

愛夏聞著傳來的氣味，漸漸在這片喧鬧中發現奇妙的事物。

只有種在稍遠處的草的四周圍，泥土的氣味截然不同。那裡沒有長出其他的草，就好像一塊空地突然冒出來。

那種草散發出來的氣味，比歐夏奇更強烈，也更大聲地威嚇四周，主張自己的地盤。

（咦？這味道……）

愛夏認得這種壓制其他草類的氣味。

（難道這是……）

她腦中浮現從馬車車窗看見的廣大水田，納悶地歪頭。

（可是，水田裡的已經抽穗了，這裡的還沒有……）

正當愛夏這麼想，塔庫伯伯應該是發現愛夏蹲在地上，走了過來。

「怎麼了？又頭暈了嗎？」

愛夏連忙站起來。「對不起，我沒事。」

道歉之後，愛夏指著散發柔和香氣的草說：「伯伯，這是蕎麥對吧？」

看到愛夏指的地方，伯伯揚眉說：「對，虧妳認得出來。」

果然。愛夏這麼想著，又指著散發威嚇四周的強烈氣味的草說：

「那個和那個，啊，還有那邊那個……難道是歐阿勒稻？」

瞬間，塔庫叔叔表情不變。

被目不轉睛地盯著看，愛夏一陣心驚。

自己似乎說了不該說的話——愛夏悟出這件事，心中一陣懊悔。雖然不小心問出口，但塔庫伯伯他們或許分不出歐阿勒稻和蕎麥氣味的差異。

「又還沒抽穗，妳居然認得出那是歐阿勒稻。妳在農家幫忙過嗎？」

愛夏搖搖頭。「……不，沒有。」

塔庫伯伯應了聲「這樣」，默默看了愛夏片刻，接著問：「歐夏奇採好了嗎？」

「是，這樣夠嗎？」

愛夏稍微打開圍裙暗袋問，塔庫伯伯微笑。「很夠了。」

愛夏行禮。「那我先回去了。」

塔庫伯伯點點頭。「小心腳步，山上天黑得快。」

接著他再次抓起鋤頭，轉身背對愛夏。

伯伯原本就要往前走去，忽然停下腳步回頭。

「對了，妳來的路上有沒有看到歐莉耶小姐？今早她說可能會過來看看。」

「啊，我看到她了，剛才她在看雪歐米樹。」

「啊，這樣啊。」伯伯微笑，「那麼她差不多快過來了吧。」

愛夏歪著頭說：「不，我想應該還要一下子。她說青之溪谷的尤卡吉花應該盛開了，要去看花。」

塔庫伯伯的神情倏地暗了下來。「去青之溪谷看尤卡吉花？」

「對。」

伯伯的表情變得凝重，低聲道：「糟了，完全忘記交代她不能去青之溪谷了。」

「青之溪谷怎麼了嗎？」

伯伯低吟了一聲。「這幾年，以前只有低地才會出現的赤毒蛾也開始出現在青之溪谷了。這個季節，蛾的幼蟲可能群聚在花木上。」

「赤毒蛾很危險嗎？」

「成蟲的鱗粉光是碰到，就會紅腫發炎，但可怕的是幼蟲。幼蟲的顏色和樹枝一模一樣，如果不小心摸到，會全身紅腫，嚴重時甚至會無法呼吸，窒息而死。」

愛夏感到頭皮發麻，額頭變得冰冷。「有沒有解毒的方法？」

「用歐拉吉爾的根煎成藥水……」伯伯說到一半，俯視著愛夏問，「妳知道托撒拉嗎？」

愛夏吃了一驚，瞪大眼睛。「知道……伯伯會說坎塔爾話嗎？」

「只知道一些草木的名字。總之，中了赤毒蛾的毒，用托撒拉的根煎成藥水可以解毒，但必須快，越快服用越有效，如果拖得太久就救不回來了。」

愛夏在心中複誦。

（托撒拉……）

以托撒拉的根煎成藥液，「幽谷之民」經常使用。

（托撒拉能解毒的毒蛾，幼蟲的顏色和樹枝一模一樣……）

愛夏說出心中忽然浮現的聯想：「赤毒蛾是不是長得很像斑蛾？」

塔庫伯伯展顏。「啊，是啊。赤毒蛾在坎塔爾就叫作斑蛾，是同一種蛾。」

瞬間，愛夏放下心來。

（原來是斑蛾啊。）

斑蛾有種獨特的氣味，幼蟲的味道也十分刺鼻難聞。歐莉耶——香君大人的話，應該一下子就會發現了，不可能不慎誤觸。

她正要開口這麼說，卻臨時打消了念頭。因為她想起「幽谷之民」聞不出蛾的氣味。雖然想讓伯伯安心，但說明這件事也是多此一舉吧。

「愛夏。」

「是。」

「我去一趟青之溪谷。不好意思，可以請妳立刻趕回山莊，要萊娜先準備好藥水，以防萬一嗎？」

「好的，我會轉告伯母。」愛夏行了個禮，離開田地。

雖然準備藥水也是多餘，但沒辦法。

她從田地走進森林裡，感覺比剛才更暗了。

照在樹梢上的陽光，不知不覺間染上了紅色。

（伯伯去到青之溪谷後，發現歐莉耶大人平安無事，一定會大鬆一口氣。）

這些想法掠過腦海。

（歐莉耶大人扮演普通人演得太好了，大家都不小心忘了她其實是香君大人呢。）

愛夏走得並不急，因此看到山莊的時候，日頭都快西下了。

愛夏忽然在傍晚的風中嗅到意外的氣味，吃驚地停步，轉向氣味傳來的方向。

陰暗的森林裡，有形狀奇怪的影子在移動。

發現那是一個抱著女人的男人，愛夏屏住了呼吸。

（……馬修大人?!）

馬修懷裡抱著歐莉耶，咬緊牙關，大步流星地走來。靠在馬修肩上的歐莉耶一張臉腫脹得厲害，遠遠地都能看得一清二楚。

四、暴露

塔庫伯伯應該是在青之溪谷找不到歐莉耶，到處尋找，一直到晚霞開始消散才回到山莊。從愛夏那裡聽到歐莉耶的狀況，塔庫伯伯面色蒼白。

「讓她服下歐拉吉爾的藥水了嗎？」

「萊娜伯母正在煎。」

塔庫伯伯點點頭，走向歐莉耶休息的裡面房間，但愛夏沒有跟上去。

光是想起歐莉耶腫得不成人形的臉，她就從骨子裡顫抖起來。

歐莉耶怎麼會沒有注意到斑蛾的幼蟲？

為什麼馬修會發現歐莉耶，把她抱回來？

全是讓人不明白的事，但比起這些，一想到歐莉耶可能會死掉，她就害怕到了極點，止不住顫抖。

煎煮托撒拉根的刺激氣味從廚房飄了過來。

（我應該用跑的回來。）

然而自己卻悠哉地走回來，這讓她懊悔極了。

她緊咬下唇，不停想起塔庫伯伯說的，藥水越快服用越有效，晚了就沒救了。

（歐莉耶大人，對不起……對不起。）

萊娜伯母拿著熱氣騰騰的單柄鍋和布巾從廚房出來，跑向裡面的房間。

「萊娜，碗和臉盆！妳忘了碗和臉盆！」

伊萊娜奶奶揮舞著碗和臉盆跑出廚房，追著萊娜伯母進去裡面房間。

等到天色完全變黑，雙胞胎才回到家。

到了這時，歐莉耶的症狀依然沒有好轉。雙胞胎得知狀況，去裡面的房間探望歐莉耶後，在椅子坐下來，瞪著沒有生火的暖爐，卻彷彿什麼都看不進去。

愛夏背對房間，蹲在門口，直盯著黑暗的森林。

甚至沒有人想到要準備晚飯，也沒人發現屋子暗了，只有時間不斷地流逝。

夜深之後，萊娜伯母終於從房間出來了。

「……咦，搞什麼啊！」

萊娜伯母一進入客廳，立刻發出傻眼的聲音。

「連個燈也沒點，你們在做什麼啊！」

伯母咂了咂嘴，點燃燭台蠟燭，雙胞胎之一開口：「怎麼樣了？」

伯母回頭，聲音有些疲倦地說：「奶奶說應該沒事了。浮腫和痛癢都漸漸退了，歐拉吉爾應該是趕上了。」

兩個雙胞胎同時大大地吁了一口氣。「啊……太好了。」

他們站起來，嘀咕著「一放心就餓了」，便消失到廚房去了。

愛夏心想得去廚房煮飯才行，卻渾身虛脫，幾乎站不起來。好不容易站起來，腳仍抖個不停。

（太好了……太好了，大人還活著……）

一想到這裡，淚水冷不防奪眶而出。她連忙克制嗚咽，卻怎麼也忍不住，顫抖著雙肩，抽泣起來。

「……愛夏，愛夏！」

萊娜伯母走過來摟住她。

「妳一定也擔心死了，不過已經沒事了。」

伯母溫暖的胸膛傳來托撒拉的氣味。愛夏嗅著那氣味，肩膀起伏著不斷哭泣。

這天夜裡，上床後，愛夏不停地做夢。

最可怕的是天快亮時做的夢。在夢裡，湛著奇妙黃光的天空底下，田地裡雜草叢生，愛夏和歐莉耶一起走在那片草叢裡。

「這草有歐阿勒稻的味道呢。」

愛夏不停向歐莉耶攀談，然而歐莉耶不曉得是不是聽不見，只是不斷在草叢中前進。

草叢盡頭是溪谷，有斑蛾的溪谷。

愛夏想要阻止歐莉耶，試圖跑過去，腳卻使不上力，難以前進，心急不已。

「歐莉耶大人！香君大人，等等我！」

愛夏喊道，歐莉耶細微的聲音傳來：「……香君大人？妳說誰？」

歐莉耶慢慢回過頭來——站在逆光中的那個人，沒有臉。

愛夏渾身大汗地驚醒，在依然陰暗的房間裡長長地吐了一口氣。

樓下傳來鈍重的「咚、咚！」聲響。伯母開始舂米了。愛夏抹去脖間的膩汗，從床上坐起來，連忙脫掉睡衣。

她下去地下倉庫，從採光的細窗望去，黎明時分的青光之中，幽幽浮現伯母在舂米的身影。

「伯母，對不起，換我來吧。」愛夏出聲。

伯母抬頭。「啊，妳起來了，太好了。廚房那裡有正在放涼的藥水，應該已經好了，可以替我端去給歐莉耶小姐嗎？我放在流理台。」

愛夏內心一怔，還是點點頭應好，回身離去。

灶裡已經生了火，因此廚房有些明亮。愛夏將流理台的單柄鍋和碗放到托盆上。

大家應該都醒了，二樓傳來不止一人的活動聲。

遮雨窗板還關著，因此客廳一片漆黑，但愛夏沒有撞到家具，順利去到走廊，往歐莉耶的臥室走去。

氣味會因距離而產生濃淡，但差異極為細微且模糊，而且自己一動，就會攪動氣味。不過只要在屋內，對於從一出生就依靠身邊氣味來感受周遭的愛夏來說，藉由氣味的濃淡來辨別周圍有什麼、與自己距離多遠，就如同以目視物般，是極為自然的感覺。

隨著靠近歐莉耶的臥室，愛夏也清楚感覺到臥室裡的氣味。她感覺到馬修站起來，朝門邊走來，因此門在她敲門前便「喀嚓」一聲打開，也沒有嚇到她。

雖然光線陰暗，那張臉模模糊糊，但馬修看起來消瘦了些。

他在唇前豎起一指，愛夏點點頭，輕手輕腳地把盛放單柄鍋和碗的托盆遞給馬修。

這時，床鋪被壓出輕響，傳來歐莉耶微弱的聲音：「……萊娜伯母？」

愛夏內心陡地一跳。

這個問題代表的意義，如雷電般貫穿她的心。愛夏忍不住仰望馬修。

幽暗中，愛夏感覺馬修正目不轉睛地注視著自己。她後退一步，轉身，逃之夭夭地離開這個房間。

各處傳來打開遮雨窗板的聲音。

愛夏跑過走廊，正想下去地下倉庫，這時塔庫伯伯從二樓下來，進入盥洗室。

「……伯母，我來。」愛夏出聲。

萊娜伯母說：「好，謝謝。」停下舂米的腳。

愛夏感覺整座山莊醒轉，升起各種氣味，出現各種聲音。她懷著混亂的心，只顧著埋頭踩踏板。

歐莉耶雙手捧著喝完的湯藥碗，看著馬修打開遮雨窗板的背影。她掌心灼熱，冰涼的碗捧起來很舒服。

馬修稍微開窗，讓風進來，再慢慢繞過床腳，在床邊的椅子坐了下來。

「感覺怎麼樣？」

「……比昨天好太多了。」歐莉耶回答後，摸了摸自己的臉。「雖然還腫腫的。」

馬修伸手，以彎曲的指節輕觸她的臉頰。「……會癢嗎？」

「一點點，不過不怎麼癢了，只覺得緗緗的。你呢？」

「我沒事，本來就幾乎沒碰到。」

歐莉耶輕觸馬修的指頭，就像要裹住那溫暖的手指般，靜靜地拿下來。

「送湯藥來的不是伯母呢。」

「嗯。」

「是愛夏？」

馬修以眼神肯定。

歐莉耶閉上眼睛片刻，接著睜開眼，輕聲說：「……已經瞞不住了呢。」歐莉耶苦笑，

「我本來就不覺得能瞞上多久，沒想到連一個月都撐不了。」

馬修以沉靜的聲音問：「妳讀鴿書了嗎？」

歐莉耶點點頭。

「讀了。愛夏很聰明，也很堅強，一定能扮演好你期望的角色。可是……」歐莉耶低下頭，看著被晨光照得半白的馬修和自己的手。

「我不想把那孩子牽扯進來。」

來到這座山莊，讀了馬修寄來的好幾封鴿書，歐莉耶得知他想要愛夏做什麼的時候，第一個浮現的念頭是：馬修想要救我。

當然，她明白不光是這樣而已，但隨著自己逐漸體認到愛夏的能力，她不由得想：若是能得到她的助力，或許可以大大扭轉一切。

（在我心底，確實希望愛夏能幫助我們。）

不過越親近愛夏，她便越不想把這樣一個率真的女孩，拉進他們身處的地獄。

愛夏並非被選為香君。若是維持現狀，她可以平平凡凡地度過一生。

「站在那孩子的立場——還有依她的個性——一旦得知內情，她不可能拒絕得了。我不想讓她以為，她是依自己的意志選擇了這條殘酷道路。其實她根本無從選擇。」

馬修默默聆聽，但聽到這話，開口：

「妳不覺得，把愛夏牽扯進來，對她也是一種救贖嗎？」

歐莉耶驚訝地抬頭。「救贖？」

「對。照這樣下去，她永遠是孤獨的，在與妳不同的意義上。」

「……」

「雖然遠遠不及愛夏，但我多少理解身在他人無法理解的世界裡，是什麼感受。妳必須假扮自己身在無人理解的世界裡，然而愛夏是真正待在無人理解的世界裡……如果妳們能彼此扶持，也許能獲得其他方式無法得到的救贖？」

歐莉耶忍不住目不轉睛地看著馬修。

馬修總是會說些令人意想不到的話。這些話就好似把布翻面，領悟到光看表面不會發現的編織過程。

（……孤獨。）

確實或許如此。

她想起在「黎亞農園」醫術院陰暗的休息處，第一次見到愛夏時她蒼白的臉。過著無法成眠的每一天，卻無法將其中的理由向任何人傾訴，飽受這種痛苦的折磨。

（當時她以為我能理解……）

想起愛夏的神情變得如何地明亮生輝，她的胸口登時一陣刺痛。

（如果她以為我和她一樣……）

自己就是以極殘酷的形式欺騙了她。

（我被自己的孤獨囚禁，完全沒發現他人的孤獨。）

歐莉耶看著馬修。

她愛慕這個人好久了，自以為對他了解甚深。

馬修以敏銳的嗅覺，感受著他人感受不到的事物。他偶爾會浮現陰沉的面容，歐莉耶只以為是他煩躁的表現。她絲毫沒有想過，那其中有著孤獨。

「妳說她無從選擇，」馬修輕輕取過歐莉耶還拿在手裡的碗，擱到旁邊的桌子，「這要看怎麼說明吧。我想跟她說，要她先試試看，如果覺得太勉強，中途退出也無所謂。」

歐莉耶面露疑惑。「中途退出？這不會太危險嗎？」

「是很危險，但那姑娘一旦立下決心，應該是不會半途而廢。」

歐莉耶眨了眨眼。「你居然會這麼信任一個人，真難得。」

馬修苦笑。「因為就像妳說的，她的立場不適合背叛。」

歐莉耶蹙眉。「可是，光只有這樣……」

「沒錯，如果只有這樣，比方說，如果我哥哥伊爾威脅她要殺掉她弟弟，或許她會背叛我們……但是，」馬修望向漸次亮起的窗外，「她祖父因為拒絕歐阿勒稻，被逐下王位，這點深入起來跟我們其實有著共同之處。」

歐莉耶注視著馬修的臉被白晃晃的晨光照亮。

馬修與愛夏都是在西坎塔爾邊境的天爐山脈懷抱中成長。想到這段奇緣，歐莉耶忽然閃過一個念頭。

「你跟她很像。」

馬修拉回目光。「我們很像？」

「對，很像。」歐莉耶說著，輕笑了一下，「而且你們在三更半夜做了一樣的事。」

馬修的眼中浮現笑意。像這樣一笑，他的眼睛便透出往昔的面容。

看著那張臉，她原本緊繃的情緒便輕柔地舒緩下來。

「既然是你，一定是算無遺策，萬無一失吧。」

歐莉耶撫摸著絞在一起的手指，嘆了一口氣。「我也立下決心了。」

馬修什麼也沒說，但表情微微緩和下來。

「你只能待到今天？」

「不，可以留個兩三天。」

「那，越快越好呢……就趁今天告訴她吧。」

五、早餐

萊娜伯母把剛煮好的飯盛到大深盤，蓋上煎得鬆鬆軟軟的蛋，再淋上浸漬碎香草的雞架子湯做成的鹹辣醬，放到愛夏手裡的托盆上。

伯母迅速地在另一個托盆擺上分食用的盤子、香噴噴的茶、水果等，抬頭說：「那個先端過去吧，這個我來端。」

愛夏端著蒸氣濛濛的早餐托盆，出去走廊。塔庫伯伯剛好從歐莉耶的臥室走出來。

「啊，愛夏。」他快步走過來。

「歐莉耶小姐說想跟妳一起吃早餐。這個我端過去，妳去拿自己的。」

愛夏困惑地仰望伯伯。「一起吃？……跟我嗎？」

「對。來，那個給我。」伯伯從愛夏的手中接過托盆，轉身折回裡面的房間了。

愛夏看著伯伯的背影，呆站在原地。

「咦？怎麼啦？杵在路中間。」伯母端著托盆從廚房出來。

愛夏回頭。「歐莉耶小姐說想跟我一起吃……」

「啊，這樣嗎？那妳去把自己的份端過去吧——啊，不用不用，這個我來端，妳去拿自己的早餐。」

愛夏返回廚房，不知如何排遣複雜的心情。

（我該用什麼表情見歐莉耶大人才好？）

應該假裝沒發現嗎？……可是，馬修應該已經發現自己驚慌失措。會邀她一起用早餐，或許就是想確定她是否發現了。

愛夏閉上眼睛，嘆了口氣，再次睜開眼。

（想也沒用。）

她把自己的早餐放上托盆，前往歐莉耶的房間。這時門打開來，伯伯和伯母出來了。擦身而過時，伯伯伸出手輕輕摸了摸她的頭，就像在為小朋友打氣。愛夏吃了一驚，回頭看伯伯。伯伯沒有回頭，就這樣快步和伯母一起進入廚房。

愛夏眼頭無端一熱。她眨眼忍住淚水，深深吸氣繼續走。

來到歐莉耶的臥室前，門打了開來，馬修領她入內。

窗戶整個敞開來，明亮的臥室裡有著朝露的芳香、被露水沾濕的草香，和青香草及早餐的香氣。這些氣息混合在一起，寧靜地充滿著房間。

歐莉耶換上居家服，坐在椅子上。

馬修從愛夏手裡接過托盆，俐落地將愛夏的早餐擺到臨時餐桌上。

「妳坐這裡。」馬修指著歐莉耶對面的椅子。

愛夏拉開椅子坐下後，馬修自己在離兩人稍遠處的椅子坐下來。

三人都就坐後，歐莉耶開口：

「因為我的不小心，害妳也擔心受怕了呢，真是對不起。」

歐莉耶的眼皮和臉頰還腫腫的，但氣色比昨天好太多了。

愛夏從椅子站起來，深深低頭行禮。

「我才對不起，要是我更快通知萊娜伯母，小姐就不用受這種苦了。真的對不起。」

歐莉耶搖搖手。「不是的，不是妳害的，所以抬起頭來吧。」

愛夏抬頭，歐莉耶微笑。

「好了，相互道歉就到此打住，先吃飯吧。這麼一大盤，確實是伯母會盛的分量呢。我和馬修吃不完，妳幫忙吃一些吧。馬修，你先盛你要吃的份。」

馬修搖搖頭。「我最後再吃，妳們吃剩的再給我。」

「不行，這樣愛夏會客氣不敢吃。你和我先盛，最後才是愛夏。」

馬修苦笑。「妳就不擔心我客氣嗎？」

馬修拿起大匙，把蛋和飯舀進自己的盤子裡。歐莉耶也盛了自己的份，但還剩下很多。

「那個，兩位要不要再多盛一些？我的盤子裡，伯母已經幫我盛了很多飯了，我實在吃不下這麼多。」愛夏說。

馬修說：「盛妳吃得下的量就好了。要是還有剩，我會吃掉。」

可能是因為穿著便服的關係，馬修看起來和第一次見面時判若兩人，十分隨性。

「對了，忘了跟妳說，來這裡之前，我去過彌洽和烏洽伊生活的農場，兩人都過得很好。」

愛夏的心情一下子明亮起來，忍不住探出上身。

「謝謝！弟弟有沒有耍任性？」

馬修微笑。「不，應該沒有。那座農場的夫妻孩子不多，就只有一個男孩，卻是個玩耍的天才，彌洽好像成天跟那個孩子玩在一起。烏洽伊苦著臉說，差不多該教他幹活了。」

愛夏可以想像兩人的模樣，忍不住笑出聲來。

「兩人都要我捎信給妳。想回信的話，我可以替妳送去。」

馬修起身，從背後的層架取出厚厚的信件遞給愛夏。

愛夏連拆封都覺得焦急，展信一看，其中一頁一看就知道是彌洽寫的，文字調皮飛揚，只寫了：「我很好。姊姊，妳也好嗎？」其餘密密麻麻填滿了老爺子宛如習字範本的文字，共有五頁信紙。愛夏打算晚點慢慢細讀，把兩人的信收回信封裡。

愛夏一直很擔心彌洽，牽掛著兩人不知道怎麼了。得知他們就和以前一樣，就像心中堅硬的疙瘩一下子融化般，心頭頓時輕鬆許多。

「真的太謝謝大人。我會在今天寫好回信，麻煩大人了。」

愛夏行禮，馬修微笑點點頭。

三人一邊閒聊，一邊將新鮮蔬果夾到盤裡。分配好各自的早餐後，歐莉耶雙手朝天，接著向地，對天地諸神獻上謝詞。

「好了，我們開動吧。」

等到歐莉耶和馬修開動，愛夏才拿起湯匙。

她把煎得鬆鬆軟軟的蛋，和滲入淋醬的米飯用湯匙拌在一起，舀入口中，香草的清香在鼻腔深處擴散開來。

以雞架子高湯浸漬碎香草的鹹醬，和現採雞蛋的濃郁滋味交融在一起，搭配煮得粒粒分明的糯米飯，有如天作之合。

明明應該沒有食欲，但吃上一口，肚子就突然餓得不得了，欲罷不能。

三人默默吃了一陣。不久後，愛夏將盤裡食物吃得一乾二淨，在三人的杯中斟入茶水。

「啊，真好吃，伯母特製的淋醬真是萬能。」

歐莉耶伸手拿起茶杯說。

「我來到這座山莊以前，從來沒吃過旱稻。我的故鄉提拉是山中盆地，以水田栽種歐阿勒稻，所以第一次吃到旱稻的米飯時，有點嚇一跳。老實說，歐阿勒稻煮出來的米飯滋味更加深沉。妳說妳也沒吃過歐阿勒稻？」

「是的。以前在山裡的田地，吃的是自古栽種的麥子或蕎麥。」

歐莉耶微笑。「那些麥子和蕎麥是馬修的表哥扛下山給你們的，緣分真是不可思議呢。」

愛夏本來想點頭，卻定住了。她忍不住看向馬修。

「不用擔心，」馬修沉靜地說，「歐莉耶都知道。」

愛夏看著馬修。「為什麼……」

馬修把手裡的杯子放到餐桌上。「有件事我得向妳道歉。」

「……」

「那天晚上，我告訴妳為什麼我會救你們，但那只是理由的一小部分。真正的理由，我還沒有告訴妳。」

馬修的眼中浮現難以捉摸的表情。

「我從以前就一直希望，如果當今世上，有像妳這樣的人就好了。」

「像我這樣的人？」

「沒錯，像妳這樣，能以氣味洞悉萬象的人。」

愛夏一驚，看向歐莉耶。歐莉耶露出寂寞的微笑。

「聽說赤毒蛾……斑蛾的幼蟲，有股獨特的氣味。」

「……」

「妳聞得出那種氣味對吧？」

愛夏心跳加速，胸口都要痛起來了。她僵著臉點點頭。

淚水忽然湧上歐莉耶的眼眶。

「但我聞不出來。」

六、《旅記》

歐莉耶仍微微發紅的臉頰，滑下一行淚水。

「我從小就算是嗅覺靈敏的，可是，我沒有能力聞出斑蛾幼蟲的氣味，甚至是門外的人的氣味。」

歐莉耶噙著淚水微笑。「妳知道我就是香君，對吧？」

愛夏看著歐莉耶，點了點頭。

歐莉耶也點點頭。

「我總覺得妳應該發現了，果然。妳是聞出簾幕另一頭是我的味道嗎？」

「是的。」

歐莉耶嘆了一口氣。

「好驚人的力量。居然能聞出廣大廳堂的簾幕後方是我的味道，並且記住。」歐莉耶瞥了馬修一眼，「讀到馬修給我的信時，我心想：啊，原來如此，難怪……我想，只要在山莊一起生活，妳遲早會發現我並沒有妳那樣的能力，只是沒想到是以這麼糗的方式被妳得知呢。因為花實在開得太美了，我只是想折一枝開著花的樹枝插在房間裡……」

愛夏懷著近乎窒息的情緒，看著歐莉耶。

比起驚訝，她更覺得自己可能聽到了不該聽到的告白，驚惶壓迫著心臟。

「妳應該已經明白了，我並不是什麼神。」歐莉耶的聲音微微發顫，「那個秋天……香君宮派使者過來，舉行找出上代香君大人轉世的『尋靈儀式』，當時我才十三歲。

使者們跪地磕頭對我說，『您就是香君大人再世』，我的人生就此改變。一眨眼之間，我被奉為活神，不容分說地被帶離家人身邊和故鄉，進入了香君宮。」

歐莉耶露出茫然的眼神，彷彿正望著遠方。

「起初我也懵懵懂懂地相信，既然香君宮的使者這麼說，那麼我應該就是香君轉世吧。可是，我完全沒辦法有這樣的感覺。就算進入香君宮，也絲毫不感到懷念，內心某處，無時無刻不存著不安，覺得自己欺騙了眾人。

一想到遲早會被人發現，指著我揭發這個人才不是香君，而是假冒香君的冒牌貨，我就害怕極了。」

歐莉耶輕輕抹去臉頰上的淚痕。

「起初的半年，我真的好不安、好痛苦。可是後來拉歐老師把香君的真相逐一告訴了我。得知真相的時候，我驚愕無比，卻也放下心來——因為我知道了，冒牌貨不只有我一個人而已。」

歐莉耶浮現略帶苦澀的笑容。

「愛夏，香君呢，就像是一尊被迫扛起重責大任的美麗神像。祂成立的背景十分複雜，就算現在向妳說明，也不是一時半刻就能理解的。總而言之，過去的香君們，也都不是能以氣味洞悉萬象的神，大概除了初代的香君以外。」

馬修搖頭。「我認為即便是初代香君，也不是神……她應該是……」

馬修的眼睛浮現強烈的光輝。「來自異鄉的異人。」

馬修起身，拿起掛在牆上的背囊，從裡面取出一本薄冊子。他挪開餐具，用布巾迅速抹淨桌面後，將那本冊子擺到愛夏面前。

「這本書的內容，和我父親持有的抄本一模一樣。原本它嚴密地收藏在新舊兩喀敘葛家管理的宮殿圖書寮倉庫，沒有皇帝陛下或新舊喀敘葛家當家的許可，無法閱覽。當然也不允許製作抄本，但家父偷抄了一份，隨身攜帶。小時候，我問在樹下讀這本書的父親，《旅記》是誰的旅行記？家父微笑說，是你祖先的旅行記。」

馬修看著冊子說：

「家父把我送到帝都，兩年後忽然下落不明，現在依然不知所蹤。

我原本以為家父珍藏的這部抄本當中，可能有線索能得知他的下落，但家父失蹤時可能也帶在身上，在他的藏書裡找不到，因此我懇求拉歐老師，讓我讀原本。因為是古文書，光是要理解內容就費了很長一段時間，但我把它讀到滾瓜爛熟，翻譯成現代的語言，製作了這份抄本。」

這本冊子，馬修應該反覆翻閱不知多少遍了。寫著書名《旅記》二字的那部書已經泛黃，紙頁也起毛了。

「妳知道烏瑪帝國的開國嗎？知道皇祖的英雄事蹟嗎？」

馬修問，愛夏點點頭。「家父教過我。皇祖阿萊爾和喀敘葛家之祖阿彌爾・喀敘葛造訪神鄉歐阿勒馬孜拉，邂逅香君大人，帶回歐阿勒稻。是這個傳說對吧？」

「沒錯。」

馬修點點頭。於是歐莉耶以溫婉的嗓音，如歌如訴地說了起來：

「遙遠的過去，山間小國烏瑪饑荒連年惡化，出現許多餓莩。

為了拯救黎民百姓，身為國王么兒的阿萊爾在極寒的山中閉關百日，向上天祈禱。就在第一百日，天空射下一道光芒，指示某個方向。

阿萊爾相信這是天啟，帶上摯友阿彌爾兩人出發旅行，終於找到白晝綻放白色光輝，黎明如火焰般燃燒的神門山尤吉拉，進入其中，抵達了神鄉歐阿勒馬孜拉。

神鄉裡在隆冬期間仍百花繚亂，有許多豪奢的屋舍，卻杳無人蹤，唯有一名美麗少女住在廣大的宮殿裡，宮殿被花園圍繞。

她對兩名來自異鄉的強壯年輕人說，若能打倒竊占這座神鄉、囚禁她的魔物，把她帶出這裡，她就賜與兩人在極寒之地也能生長的強壯稻米。

阿萊爾和阿彌爾為了救助少女，竭盡全力與魔物戰鬥，成功帶著她逃出歐阿勒馬孜拉。

少女將歐阿勒稻的稻種織入髮飾裡，帶出神鄉歐阿勒馬孜拉。這種稻子不論是在寒冷或貧瘠的土地，都能健壯成長，結出驚人的累累稻穗。

烏瑪人從饑饉之中被拯救出來，變得強健，兒女成群，國家日漸富強。很快地，阿萊爾團結各氏族，成為共主，平定周邊諸國，獲得廣大的國土。就這樣，原本僅是個山間小國的烏瑪，蛻變成資源富庶的大帝國。」

歐莉耶說完，窗外吹來一陣風，輕柔地吹動她的髮絲。

馬修伸手把書冊拉了過去。

「每個國家的建國神話皆是如此，這段英雄事蹟，也有幾個不同的版本。有文字記錄的內容我全部讀過了，但這份《旅記》最為簡短、無趣。其中完全沒有提到閉關山中的祈禱、天啟，或者在歐阿勒馬孜拉與魔物決一死戰那些。裡頭提到的就只有旅途，而且不知為何，只寫了從神鄉歸來的歸途而已——但家父應該認為，這本書的紀錄才最接近實際發生。我也這麼認為。」

馬修翻開書冊。那一頁應該是反覆讀過，一下子就翻開來了。

「寫下這本書的，是和皇祖阿萊爾一同旅行的阿彌爾．喀敘葛的曾孫，約修。年事已高且雙目失明的阿彌爾，某天把約修叫去，要他寫下他與皇祖的旅途紀錄，但紀錄結束在返回帝都的途中，未竟而終。」

愛夏問：「是寫到一半，阿彌爾大人就過世了嗎？」

馬修搖搖頭。「不，阿彌爾．喀敘葛在國歷五十八年過世。這本書最後的口述日期，是他故世的五年以前。」

馬修打開最後一頁，愛夏看到上面的文字。確實寫著國歷五十三年。

「最後的口述，結束在一行人來到大河瑪納斯兩岸的優伊諾平原。優伊諾平原是烏瑪人最初種下歐阿勒稻、開始稻作的地方，但皇祖一行人來到此地時，這裡似乎還是一片荒野。上面說，眼前的平原寒風呼嘯、寸草不生。」

（……優伊諾平原。）

愛夏眼前浮現一望無際的稻田景色。她坐在搖晃的馬車上，從車窗望出去便是這個景象。那裡距離帝都並不遠。

「好奇妙喔。既然都寫到這裡了，為何不乾脆寫到凱旋回歸懷念的故鄉呢？」

馬修點點頭。「就是說吧？但更令人好奇的是《旅記》開頭的地方。

上面寫到，阿彌爾和皇祖勉強撿回一命，自神鄉回到凡塵。那是一處四處裸露著白色岩石的草地。他們遇到一名祈禱者從遙遠的高山，經過有如達多烏拉的白色岩道，走了下來。祈禱者看見兩人突然出現，大吃一驚，斥責道：此處是禁地，你們是從哪裡來的？——我在意的是這段描述：『有如達多烏拉的白色岩道』。」

應該是完全背起來了，馬修流暢地說出那一段：

「濯濯童山之巔，有一白岩山徑，深裂如達多烏拉。循山而下，谷底曲流，翠綠更勝碧玉。此地即山坳之處，溪澗湖泊亦忽現忽滅，為幽玄之境也……」

聽著馬修的描述，久遠的記憶倏忽復甦，愛夏瞇起眼睛。

（白色的岩道，深深的裂縫，谷底有綠河……）

愛夏想起小時候，從完成山頂祈禱之行歸來的「幽谷之民」年輕人那裡聽到的內容，忍不住喃喃自語：「……跟大崩溪谷好像。」

馬修抬頭微笑。

「第一次讀到的時候，我也感到一陣戰慄。『達多烏拉』是『裂開的年糕』的古語。阿彌爾．喀敘葛開始種植歐阿勒稻、食用年糕，因此在向曾孫描述圍繞著大崩溪谷的山巔處，那條裂開的白色岩道長什麼樣子，會以達多烏拉來形容，也很合理。」

馬修喝了口涼掉的茶。

「大崩溪谷位在帝都西方，但在英雄傳說裡，阿萊爾和阿彌爾卻是往東行。我花了好幾年，抓緊每一次機會，行旅皇祖的英雄傳說中所描述的東方土地，卻從未見過符合這段描寫的溪谷。我父親應該也做過一樣的事，而且花了比我更漫長的歲月。然後，他一定做出了一個結論。」

馬修望向愛夏。

「神鄉歐阿勒馬孜拉不在帝都東方，而是在西方。

英雄傳說裡描寫的旅途，是為了隱瞞通往神鄉的道路而編造出來的虛構文字。當阿彌爾・喀敘葛自覺行將就木，興起念頭想為後世留下一絲真相，才讓曾孫寫下這份《旅記》。」

愛夏「啊」了一聲。「所以……所以令尊才會來到大崩溪谷，然後……」

馬修點點頭。

「沒錯，所以家父才會來到大崩溪谷，然後認識了家母，生下了我。」

晨光自窗戶照入，將馬修曬黑的額頭和臉頰照亮了一半。

「我母親是阿札勒一族的族長之女。在『幽谷之民』當中，阿札勒是居住於最深山的一族，也是以口耳傳承許多古老故事的部族。妳也知道，『幽谷之民』冥頑不靈，生活中恪守著數不清的規則，外人也不懂這些，而其中阿札勒一族更是被特別多的禁忌束縛。

根據出身不同，阿札勒人能講述的古事也不同；即使同樣都是阿札勒人，也有些古事是他不能說、不能聽的。我祖父，也就是我母親的爸爸，是阿札勒一族始祖的直系，擁有講述古事當中屬於祕事的『禁忌之地』的資格。」

馬修忽然面露苦笑。

「當我讀了這本《旅記》，悟出家父為何來到大崩溪谷時，我的感受真的很複雜，不免會懷疑父親親近母親，難道是別有居心嗎？」

歐莉耶正拿起艷紅的羅蜜果剝皮，開口：「我之前也說過，即使令尊親近令堂是別有企圖，但令堂仍然接納了令尊，表示彼此之間是有感情的。」

歐莉耶看著馬修微笑。

「畢竟排斥外人的一族同意了兩人的婚姻，生下了你啊。」

馬修沒有回應這席話，擦拭般伸手撫了一下自己的臉。

「……十五歲的我實在太幼稚了，我懊悔不已。真希望在還能和父親、祖父說話那時候，多聽聽他們的話……」馬修嘆了口氣，繼續說下去，「家父要我成為伯父的養子，以新喀敘葛家男子的身分活下去。那時我怒不可遏，我覺得父親實在太自私了。我喜歡山裡的生活，而且一點都不想離開族人，還要當那種散播被詛咒稻子的喀敘葛家的人。」

馬修注視著愛夏。

「妳應該知道吧？『幽谷之民』把歐阿勒稻視為被詛咒的穀物，極端排斥。所以小的時候，我因為父親是喀敘葛家當家的兒子，感到十分可恥。但也許是祖父等母親的族人很自然接納了父親，我從來沒有因為父親被人說過閒話。

如今回想，我應該問祖父理由的。祖父是阿札勒口傳人的核心，別人沒辦法回答的各種問題，如果是他應該多少會回答我。

如果當初我沒那麼幼稚，好好詢問祖父的話，我應該早就得到一些線索，了解我無比渴望想知道的事情了。結果那時我對父親還有同意父親決定的祖父生氣，沒跟他們說一句話就離開了故鄉。」

歐莉耶停下剝羅蜜果的手，說：

「馬修的父親和祖父突然消失，到現在都還下落不明。」

「咦！連令祖父都不見了嗎？」

馬修點點頭。

「我十七歲的時候，兩人突然消失了。我得到返鄉許可，火速趕回去，和男丁們多次搜山，卻都沒有找到他們。

母親是比我更優秀的探索者，所以如果讓母親去找或許可以找到，但不巧的是，母親當時健康狀況不佳，無法參加搜索。

她說，第一個失蹤的是伯公——也就是祖父的哥哥，他上山之後三天都沒有回來，祖父和父親就去找他。一族的男丁原本也要一起去，卻被祖父制止，只帶著父親一個人就上山了。」

敞開的窗外傳來雙胞胎的吆喝聲。他們應該是在山莊的地下畜舍把山羊放出去了吧，驅趕羊隻的「去、去」聲響乘風傳來。

「找不到父親和祖父，我崩潰地回家。母親把我叫過去，說沒必要再找了。她說，找成這樣還是找不到人的話，就表示兩人在找不到的地方。

母親滿臉憔悴，但我總覺得，其實母親早就明白這天遲早會來。」

馬修以曬黑的手緩緩撫摸《旅記》。

「那天晚上，母親把我帶到父親的洞穴。

父親在住家旁邊蓋了棟小屋，把那裡當成自己的書房。他成天在外行旅，難得回家，然而就算回家，也總是關在那間書房裡，所以母親常說父親就像冬眠的熊，也把那棟小屋稱作『洞穴』，語帶玩笑地埋怨他。

洞穴只有父親能進去，父親不在的時候，門都會鎖上，所以我從來沒有進去過。

小時候我對父親的洞穴真是好奇得要命，想方設法要偷看裡面，但那天被帶去洞穴時，我卻不想看到母親打開那道門。」

馬修沉默片刻，再度開口：「父親的洞穴裡井井有條，令人驚訝。裡面有許多只箱子，箱子裡放滿書籍和父親寫的手記。

母親說，父親吩咐過她，如果哪天他沒有交代去向，行蹤不明，就把這個洞穴留給我。但條件是裡面的東西一樣都不許帶出去。

從那天開始，我在裡面關了三天，不停閱讀父親的手記。書籍的部分我沒有看，因為必須返回帝都的日子迫在眉睫。

父親的手記數量龐大，而且有許多故意省略的寫法，短短三天實在無法完全理解，但有一些內容，強烈地震撼了我的心。

其中一個，是關於第一個失蹤的伯公，也就是祖父的哥哥的事。」

馬修抬頭，注視著愛夏。

「那時在鳩庫奇的帳篷裡，妳問我是不是利塔蘭。」

「對。」

「為什麼妳會覺得我是利塔蘭？」

愛夏眼前忽然浮現散發青香草香氣、不斷往深山離去的老人身姿。

「因為你身上有青香草的香氣。」

一聽到這話，馬修露出微笑。「妳知道嗎……青香草是沒有味道的。」

七、母親們的來歷

愛夏一時不解其意，反問：「……沒有、味道？」

馬修點點頭，望向歐莉耶。

歐莉耶伸手入懷，取出一只有著精美刺繡的小囊袋。青香草的香氣一口氣變得濃烈，瀰漫整個房間。

歐莉耶把鼻子湊近囊袋，做出吸氣的動作，望向愛夏。

「我只聞到布的味道。」

愛夏睜大雙眼。「咦？……怎麼會？明明味道這麼濃……」

斑蛾的幼蟲確實氣味稍弱，因此如果歐莉耶聞不出來，她也覺得難怪，然而歐莉耶卻說聞不出充斥滿室的強烈香氣，愛夏無法置信，就像在說她看不見眼前的桌子一樣奇怪。

「真的聞不出來嗎？明明味道這麼濃……」

愛夏望向馬修。「馬修大人也聞不到這個味道嗎？」

馬修搖搖頭。「我聞得出來，但不覺得有妳說得那麼濃。」

愛夏眨眨眼。「咦？……那就是有味道吧？」

馬修緩緩地說：「妳和我聞得出來，我的母親也聞得出來，但其他族人都說青香草沒有氣味。除了母親以外，我從來沒見過聞得出這種氣味的人——除了妳。」

——你是利塔蘭嗎？

愛夏嘴巴半張，回視馬修。她回想起當她這麼問時，馬修那強烈的驚愕神情。

「那個時候，妳聞到青香草的香氣，問我是不是利塔蘭。」

「對。」

「利塔蘭的意思，是誰告訴妳的？」

「是『幽谷之民』的阿姨。」

愛夏說出小時候的往事。她在森林裡迷路，昏倒在青香草盛開的草地，被利塔蘭老人搭救。馬修露出驚訝不已的表情。

「那是什麼時候的事？是妳幾歲的時候？」

「呃……應該是六歲的時候。」

馬修和歐莉耶對望。歐莉耶的臉上也浮現興奮的神色。

「這怎麼了嗎？」愛夏問。

馬修轉向她說：「救了妳的，是我的伯公。」

愛夏吃了一驚。「啊！是第一個失蹤的那位……？」

「沒錯。那個時期，『幽谷之民』裡面，只有伯公一個人是利塔蘭。而且如果當時妳六歲的話——在妳六歲時青香草盛開的季節，也許妳是看到了失蹤前一刻的伯公。妳說妳倒在有泉水的草地？那裡開著青香草的花？」

「是的。」

「那樣的話……」馬修說完頓住，視線盯著半空中，沉默下去。

「那樣的話，怎樣？」歐莉耶焦急地問。

馬修開口：「我們果然完全找錯方向了。」

「什麼意思？」

馬修看向歐莉耶。

「伯公經常在我們稱為『朧谷』的山谷間走動，所以我們在朧谷周邊一帶尋找。但假設愛夏遇到伯公的時候，就是他失蹤的那一天，表示伯公走到了和朧谷完全相反的方向。」

歐莉耶歪起頭。「可是，也有可能是不同天。」

愛夏也插話：「而且，如果他救了我的那天，就是他失蹤的日子，把我帶回家的阿姨應該會告訴大家這件事吧？如果她知道令伯公下落不明，應該會說出我在那裡遇到他的事。」

馬修搖搖頭。

「我的祖父和父親失蹤這件事，有告訴其他的『幽谷之民』，但伯公在他們之前失蹤一事，阿札勒的族人應該沒有向任何人透露。」

「咦！為什麼？」

「就像把妳帶回家的阿姨那樣，對於阿札勒以外的『幽谷之民』而言，伯公不過是個餘生守誓的可憐利塔蘭，但是對阿札勒一族而言，伯公本身是個莫大的禁忌。

在阿札勒，有『談論什麼，什麼就會現身』或『談論什麼，什麼就會跟上來』的說法，所以對於和禁忌有關的一切，都極端排斥去提起、談論。」

這時，房間倏地暗了下來。吹入窗內的風變得冰涼，帶著雨的氣味。

外頭傳來雙胞胎慌忙把放出去的山羊趕到一處的聲音。

馬修起身走到窗邊，關上敞開的窗戶。

山莊的窗玻璃很高級，即使關上仍十分透光，但一關上窗，室內頓時落入一片昏暗。

每個人的面容朦朧起來，氣味的印象便格外強烈。就如同太陽西下，篝火的火光就變得更清楚，氣味的輪廓清晰了起來。

「愛夏，妳後面的櫃子裡有火鐮盒，可以幫忙點個燈嗎？」

「好。」

愛夏取出打火石，點燃燈火。

奇妙的是，點燈之後，室內感覺宛如處在日暮時分。

愛夏等不及馬修坐回椅子，問：「什麼叫作莫大的禁忌？意思是不能去碰他嗎？」

馬修拉開椅子坐下說：「不是。平時伯公就是一族的男丁之一，普普通通地過日子。」

馬修交握雙手，娓娓道來，「小時候，伯公常陪我一起玩。他雖然寡默，性情卻很溫和，也是採藥草的高手。

小時候我隱約感到奇妙的是，伯公是一個人獨居。

雖然故鄉有些老人因為伴侶過世，只剩下一個人，但這樣的人都一定會跟孫子或手足住在一起。然而伯公卻是完全的孤身一人。我從沒聽說他有妻兒，祖父、母親和任何一位親戚也都沒有提到這方面的事。

有一次我問祖父，為什麼伯公不來跟我們一起住？祖父神情嚴肅，只說了句：『不可以問你伯公這個問題。』祖父只有在被問到不該問的事——也就是觸碰到禁忌的時候，會表現出這種態度。所以我再也不敢提起這件事，也沒有問伯公。」

外頭傳來風的呼嘯聲，窗戶喀噠作響。

「讀了父親的手記，我才知道為何伯公會變成禁忌，然後也大概明白為何祖父會同意我父母的婚姻了……我的母親……」

馬修的眼中浮現複雜的神色。

「不是祖父的女兒，而是伯公的女兒。」

愛夏吃驚得瞠目結舌。

馬修苦笑了一下。「收養親屬的孩子養育，在我的故鄉並不是什麼罕見的事。但我母親的狀況……原委實在過於特殊。」

嘩啦啦，豆大的雨滴開始打在窗上。

「聽說年輕的時候，伯公曾經失蹤過一回。他上山採集昂貴的藥草，居然一去就失蹤了超過十年，每個人都當他死了，還替他辦了葬禮。

然而就在某個颳著大風的夜晚，伯公回到故鄉來了。他一身陌生衣物，頂著一頭蓬髮，還帶著兩個女孩。」

風吹動窗戶，嘩嘩雨聲沖刷著窗玻璃。

「大家問他，這麼多年你都上哪去了？但伯公無法回答。不僅如此，他就好似忘了怎麼說話，不管問他什麼都不回答，只是茫然地看著眾人的臉。

伯公變得癡呆，不是能照顧孩子的狀況，因此剛生下第三個兒子的祖父就收養了那兩個女孩，扶養她們長大。

伯公住到當時還健在的我曾祖父和曾祖母家，漸漸地又會說話，開始工作了。但不知為何，只要看到兩個女孩，他就會非常痛苦，因此祖父沒有把兩人還給伯公，而是繼續扶養。

但那個時候，連續兩年蕎麥和麥子都欠收，阿札勒的生活變得困苦，還年輕的祖父要養育五個孩子，似乎非常吃力。也許是因為這樣，兩個女孩之中，只有我母親作為祖父的女兒，被留在家裡。另一個女孩在什麼時候送去了哪裡，父親的手記裡沒有交代。」

雨聲變得激烈，風從窗縫間吹進來，搖晃燈火。

「至少我從來不知道有這樣一個女孩，母親也從未向我提起。祖父和阿札勒的族人對那女孩絕口不提，是因為對母親和那女孩的出生有所質疑——與其說是質疑，更是恐懼吧。」

馬修漫不經心地看著在搖曳火光中舞動的餐具影子，繼續說下去。

「阿札勒流傳著一個神祕的傳說。這個傳說本身並非禁忌，我也在小時候聽祖父講古的時候聽過。

被深山環繞的阿札勒，有時會有人進入山裡，然後就這樣一去不回，但這些人裡面，有一些又會在幾年之後忽然歸來。這些人都穿著陌生的衣物，雖然面部刮得光潔，卻留了一頭蓬髮，然後會帶著女孩子回來。

他們神智恍惚，就彷彿把靈魂忘在了某處。有些人即使回來，也很快就死了；也有些人活了很久，在某個時候就好像丟失的靈魂又回來似地，恢復失蹤時的記憶，或尋覓什麼似地不斷在山裡遊蕩。

據說這樣的人不會娶妻生子，孤獨終老。一個人活著、一個人在山中遊蕩的模樣，就宛如拋棄了自己的人生，以祈禱換取失去的什麼。

而這些人都一定會把青香草放在懷裡，因此後來遇到悲慘的遭遇、有所祈求的人，便模仿他們隨身帶著青香草。然後不知不覺間，這些祈願的人開始被稱為『帶著青香草的人』——也就是利塔蘭。」

馬修舒了一口氣，繼續說：「他們帶回來的女孩都貌美聰慧，但多半短命，未成家就死去，即使活得久也未能出嫁——就是這樣的傳說。

第一次聽到這個傳說的時候，我問祖父，那些人下落不明的時候，都去了哪裡？祖父只是緩緩搖頭，沒有回答。」

「……地點是禁忌呢。」愛夏低語。

馬修有些驚訝地揚眉，點了點頭。

「妳真是聰明……沒錯，這個傳說本身並非禁忌，但下落不明的他們去了何處、做了什麼，卻是禁忌。」

口中乾得厲害，愛夏喝了一口冷透的茶。

聽著聽著，一件往事浮現心頭，她的胸口難受起來。

貌美而短命的母親面容，宛如火光般在眼底閃動著。

——啊……所以妳身上才會有青香草的香味。

那天聽完愛夏的述說，母親如此呢喃。她的聲音在耳裡迴響著。

「……令堂，」愛夏聲音沙啞地問，「是令伯公從禁忌之地帶回來的女孩呢。」

馬修看著愛夏，點了點頭。

「令堂還健在嗎？」

「不，我十九的時候就走了。才三十五而已。」

胸口一陣刺痛。愛夏吸了一口氣，說：「我的母親也是年紀輕輕就過世了，三十四歲。我的母親……聞得到青香草的香味。」

房間裡落入一片寂靜，只聞風雨聲作響。

「聽到……」馬修開口，「聽到妳問我是不是利塔蘭的時候，那感覺就像五雷轟頂。許多事同時浮現我的腦中，過去從未想過的事，一個接著一個在腦中馳騁。」

「……」

「其中一個，就是妳也許是我的表妹。妳現在也想到一樣的事吧？」

愛夏點點頭。馬修低聲說：「應該就是吧。妳和我，還有我們的母親，都聞得到青香草的香味。我們的嗅覺比一般人要更靈敏許多。彌洽怎麼樣？他的嗅覺也很好嗎？」

「雖然遠遠比不上我，但應該比家父和老爺子靈敏多了。」

「這樣啊。那麼，或許是女人感受氣味的力量更強。總而言之，考慮到種種線索，我們應該是表兄妹。雖然伯公帶回來的兩個女孩是不是姊妹，這一點並不清楚，所以也不知道究竟有沒有血緣關係。」

愛夏感到腦袋彷彿麻痺了，只能呆望著馬修。

「但這件事並沒有確證。讀過父親的手記後，我有去尋找另一名女孩的下落，卻連一點蛛絲馬跡都沒有。母親或許知道，但這個問題就讓我難以啟齒。然後又遇上難以歸鄉的時期，我正打算下次返鄉時問個清楚，母親就過世了。」

馬修嘆了一口氣。

「有許多事真應該向母親問清楚的。結果重要的事，沒有一樣知道答案……你們在森林地區住下來後，我的母親有時會要舅舅送糧食去給你們，所以或許她知道妳的母親是她的妹妹，但如今已無從知曉了。我和舅舅們，都只把你們當成遭到放逐的真王的家人。」

愛夏想起送糧食給他們、「幽谷之民」的女人們。

她常看見母親和那些人聊得很起勁，她們其中之一會是馬修的母親嗎？

「假設妳的母親就是另一名女孩，那麼祖父應該也是出於某些理由，把女孩託付給『幽谷之民』所敬重的喀蘭王吧。雖然如今已無從知曉其中的原由了。」

這時，一直沉默的歐莉耶忽然開口：「……我說，」歐莉耶神情嚴峻地看著馬修，「為什麼你先說了這件事？要是你先說出這件事，愛夏對你就會有感情羈絆了。」

「咦？」愛夏吃了一驚，問歐莉耶，「感情羈絆？什麼意思？」

歐莉耶正要回答，馬修從旁插嘴：「我打算託付妳一項危險的任務。歐莉耶是在擔心妳先知道了剛才說的那些事，會讓妳難以拒絕。」

馬修看著歐莉耶。

「我不是出於這樣的心機，才先說出這些的。不管怎麼樣，這件事總是要說的。不論先知道還是後知道，都一樣會影響愛夏的決定。」

歐莉耶柳眉一緊。

「……或許是吧，可是……」接著她嘆了口氣，「我真是討厭你這種地方。」

聽到這話，馬修忽然一笑。

「你笑什麼？」歐莉耶挑眉問。

馬修搖搖頭。「沒事，無聊小事，忘了吧。」

「什麼嘛，這樣不是更吊人胃口嗎？」

馬修似乎認輸了，苦笑著說：「妳最好討厭我，妳喜歡我就糟了……只是想到我小時候常這麼對妳說呢。」

歐莉耶露出吃不消的表情，嘆了口氣，望向愛夏。

「抱歉插嘴了……可是，我不喜歡這樣。也不是說不喜歡，而是對於告訴妳這件事有點遲疑。」

愛夏困惑地應了一聲「喔」。「可是，我還沒聽到那危險的任務是什麼……」

「是啊，抱歉。」歐莉耶嘆了口氣，搖了搖頭，「雖然教人生氣，但就像馬修說的，不管先說哪一邊，或許結果都一樣……可是，」歐莉耶定定注視著愛夏，「接下來要說的事，只有一點，妳千萬要記在心裡。我們的請求，不管答應或不答應，都是妳的自由。絕對不要因為覺得對馬修或我過意不去，或害怕我們會生氣，就貿然答應。

這是我發自內心的心願，請妳千萬要放在心上。我絕對不會逼迫妳身不由己地落入任何處境裡。」

八、皇祖來時路

燈火搖曳，發出細微的呲呲聲。

愛夏就要起身，馬修伸手制止，逕自站起來從櫃子取出油壺，在燈碟裡補上燈油，接著開口：「我先說了伯公的事，是希望妳能順著家父的思路走。」

他將油壺放回櫃子，確實關好櫃門後，再次坐回椅子上。

「家父依循《旅記》的記述，來到大崩溪谷。雖然不清楚他是如何認識家母並結婚、又是怎麼得知伯公其實才是他岳父的，但得知伯公過去帶著家母從禁忌之地回來後，我想他的腦中浮現了一個假說。」

從先前說過的內容來看，馬修想要說什麼，不言而喻。

「也就是，神鄉歐阿勒馬孜拉就在大崩溪谷的某處嗎？」

馬修點點頭。

「沒錯。阿札勒族人所說的禁忌之地，就是神鄉歐阿勒馬孜拉，傳說中失蹤的那些人就是偶然誤闖了那裡，在那裡生活，又從那裡回來了——父親這樣推論。還有，他猜想皇祖和阿彌爾．喀敘葛是否也有相同的經歷？」

愛夏想到一件事，忍不住看向歐莉耶。「他們也帶回了一名少女……！」

歐莉耶緩緩點頭。「沒錯，他們也帶回了少女——也就是初代香君。」

遠雷的低鳴沿著陰暗的天空傳來。

「可是，」愛夏鎖起眉心，納悶地歪頭，「可是這樣的話，為什麼不是照這樣的情節流傳下來？因為那裡對阿札勒的族人來說是禁地嗎？皇祖大人是想要為阿札勒人守住禁忌嗎？」

馬修開口：「這一點令人不解。他們沒有將事實依照事實傳遞，這是為什麼？是因為就像阿札勒族人視為禁忌那樣，關於神鄉的一切，是不能揭露的嗎？或許是這個理由，但如今已無從確定。不過，家父認為還有別的理由。」

「別的理由？」

「沒錯。家父認為，烏瑪人和『幽谷之民』，其實是同根同源。」

愛夏眨眨眼。「同根同源？意思是，是同一個祖先嗎？」

「沒錯。聽起來或許很突兀，但我讀到家父的假說，也認為或許真是如此。想到這裡，我陷入震憾，胸口幾乎痛起來。

我來到帝都不到一個月的時候，有一名跟喀敘葛家有關的老人過世，我參加了他的葬禮。妳應該還沒有看過烏瑪人的葬禮，烏瑪人的葬禮中，有一項是在黃昏舉行的『送魂儀式』。這個儀式是將靈魂送回故鄉，祈禱師會爬上故人住家的屋頂，對著日暮的天空誦經。聽到那經文時，我有種非常奇妙的感受。」

馬修閉上眼睛，帶著抑揚頓挫、低聲吟唱般念誦起經文來：

——脫卻沉重肉身，一身輕盈的靈魂，細細聽好。

像阿爾夏伊鳥翱翔般，高飛蒼穹，首先尋覓河流。
找到倒映天光的河流，沿河飛翔。
順著河光飛翔，就會看到大河瑪納斯。
脫卻沉重肉身，一身輕盈的靈魂，細細聽好。
來到大河瑪納斯，便在馬古里山丘暫時歇息。
養精蓄銳後，再朝輝煌天光沉落的方向行去。
越過米修拉山丘、托多馬平原、伊阿馬大河，不斷往西行……

馬修睜開眼睛。

「聽到這段經文時，我之所以感到奇妙，是因為我認得裡面提到的地名。不久前我才越過伊阿馬大河、托多馬平原，翻越米修拉山丘，回溯最後匯入瑪納斯大河的支流，一路前進，來到了帝都。換言之，如果靈魂照著經文念誦的路線飛行，就等於是逆著我從故鄉大崩溪谷來到帝都的路程走。

為什麼生長在帝都的烏瑪人死後回去的故鄉，會是經過這樣的路線？這讓我納悶不已。葬禮後，我問了當時指導我帝都生活種種的侍從，他的回答又讓我意外極了。」

「他怎麼回答？」

「那名侍從是土生土長的烏瑪人，他說經文裡提到的地名，除了瑪納斯大河以外，他完全不知道是哪裡。馬古里山丘、米修拉山丘這些，都是聞所未聞的地名。他一本正經地說，每次聽到這段經文，他都會擔心自己死後會迷路。」

「馬古里山丘、米修拉山丘……」

愛夏喃喃著歪頭。

「我也沒聽說過這些地方。我從西坎塔爾來到帝都時，有經過這些地方嗎？」

馬修微笑。「如果是馬烏里和米席亞，妳聽過嗎？」

「聽過——咦？啊，是那座山丘？」

「沒錯。烏瑪語稱為馬烏里山丘和米席亞山丘的地方，就是馬古里和米修拉。」

愛夏有些混亂，在腦中思索聽到的內容。

「咦……可是馬古里和米修拉，也不是西坎塔爾語的地名吧？為什麼您會知道？」

馬修的眼中浮現光芒。「西坎塔爾語裡沒有這些地名，但『幽谷之民』的語言裡面有。」

「咦？可是……」

「妳應該不知道吧。下山和西坎塔爾的人交談時，我們都是用西坎塔爾語說話。雖然口音很重，但還是聽得懂，對吧？」

「是的。」

「但我們平時都是用『幽谷之民』的語言交談。」

「咦！說不一樣的話嗎？」

「對。雖然不到完全不通，但語言差異相當大。家父在故鄉也不是說烏瑪語，而是說

『幽谷之民』的語言。

來到帝都以後，烏瑪人說的話聽起來莫名地耳熟，這也讓我覺得很奇妙。我反而覺得烏瑪語比西坎塔爾語更接近我們的語言。雖然有些單字發音不同，但只要記住變化的規則，一眨眼就能說得很流利了。把馬古里山丘稱為馬烏里山丘，也是很有烏瑪語風格的變化。所以當我讀到家父在手記裡寫的，我們和烏瑪人也許同根同源時，我覺得或許真是如此。後來讀了《旅記》，這樣的感受更強烈了。」

馬修拿起《旅記》。

「為何阿彌爾．喀敘葛會留下從大崩溪谷回來的旅程紀錄，而不是前往大崩溪谷的旅程紀錄？——如果把它想成是因為大崩溪谷並非終點，而是起點的話呢？」

愛夏倒抽一口氣，注視著馬修。

「家父的假說是這樣的。

在遙遠的古時，由於冷夏等原因，生活在大崩溪谷的人們面臨了饑荒的恐懼。這時，偶然有兩名年輕人下落不明，一段時間後，他們從禁地帶回了一名少女。

他們帶著歐阿勒稻的稻種回來了。

歐阿勒稻異常耐寒，而且連在應該無法種稻的大崩溪谷也能生長。當時，住在大崩溪谷的人們應該被這種奇蹟的稻子所拯救了。然而，不知道是幾年後還是十幾年後，發生了某些事——讓人們將歐阿勒稻視為被詛咒的穀物、深惡痛絕。

父親認為，『幽谷之民』應該在這時候分成了兩派。

一派繼續留在故鄉，相信歐阿勒稻是受詛咒的作物，永遠不再栽種。另一派則是在皇祖阿萊爾及阿彌爾．喀敘葛的率領下，帶著歐阿勒稻與香君一同離開，尋找新天地。」

馬修翻開薄薄的書冊，讀出最後一段：

「滔滔巨河瑪納斯分流各地。其中一大平原，拉馬爾人謂之優伊諾（『大荒地』之意），雖水源豐沛，然因夏季短促而不毛焉……」

馬修從《旅記》抬起頭來，說：「皇祖一行人抵達的，是水源豐富的平原，只要能克服寒冷，就可以期待豐收。」

聽到這裡，愛夏想到一件事，低語：「……難道。」

馬修以眼神催促她說下去，愛夏接著說：

「《旅記》會結束在這裡，不是未完而終，而是因為那裡就是終點……？」

瞬間，馬修展顏一笑。「妳真是太聰明了！」

馬修甩著紙頁起毛的書冊，說：

「讀到這裡時，我也這麼想。在現今的地點築起帝都，是更以後的事。為了暗示阿彌爾．喀敘葛一行人其實是先在優伊諾平原定居下來的，才會以這種吊人胃口的半吊子形式結束這本書。」

愛夏想像站在荒涼大平原的人們。

天空昏暗，但地平線明亮；寒風刺骨，但人們珍惜地懷抱著稻種，因為它即使在這樣的寒冷中也能成長。應該也有女人和小孩吧。遠離故鄉，在未知的土地，只靠自己的力量過下去，是否讓他們滿懷不安？

「之前沒有人住在優伊諾平原那裡嗎？他們不會被盜賊那些攻擊嗎？」

愛夏問。馬修說「應該有原住民」。

「史書記載，在皇祖打下帝國基礎的時代，優伊諾平原一帶有個名叫拉馬爾的小國。這座小國的人民，就是第一個歸順皇祖、共同打造帝國的拉馬爾人。

相傳當時優伊諾平原一帶比現在更冷，有些年大半年都像冬天。在那樣的時代，種植穀物當然是不可能的事，頂多只能畜牧；這種土地的國家，應該是稱不上國家的小集團吧。」

「拉馬爾……是拉馬爾騎兵團的拉馬爾嗎？」

「沒錯。拉馬爾人是烏瑪帝國騎兵團的棟樑，也有不少家族代代都是忠臣、獲得重用。他們原本是騎馬民族，在優伊諾平原一帶放牧馬羊生活。應該就是因為收服了他們，得到了騎馬兵團，皇祖才能逐步擴張領地吧。」

「可是，」愛夏蹙起眉心說，「如果騎馬民族那麼驍勇善戰，皇祖他們是後來才遷進有那麼強悍民族的土地，怎麼有辦法降伏他們？拉馬爾不是更強嗎？」

一聽到這個問題，馬修的眼睛浮現銳利的光芒。

「讓武力更強大的騎馬民族歸順的，就是香君。」

「……咦？」

馬修看向歐莉耶，她點點頭開口：

「這段故事，《香君正史》和《香君異傳》裡都有描述。這兩本書的記述有些地方差異極大，但關於〈拉馬爾歸降〉這部分，情節幾乎一樣，所以應該接近事實。」

歐莉耶舔了舔唇，斂容低眉，緩緩道來：

「遙遠的過去，暴風雪持續了三天三夜，一天夜晚，有人來敲打香君宮的門。

侍女開門，只見門外站著約十名拉馬爾男子，還帶著婦孺。他們飢餓凍寒，連話都說不出來。香君大人請他們入內，在爐邊取暖，並把剛煮好的蒸飯加水煮得更爛，以珍貴的鹽調味之後分給眾人。每個人都歡天喜地，狼吞虎嚥。孩子們一眨眼就吃完一碗軟爛的稀飯，哭著還想再吃，父親們嚴厲訓斥，說太久沒有進食，不能一下子吃太多。

率領他們前來的男子向香君大人磕頭致謝，自報姓名，說是洛伊一族的族長，哈爾敦・洛伊・拉馬爾。

哈爾敦淚訴，洛伊一族是勇猛的游牧民族，為拉馬爾王捍衛國土，威名遠揚，但這年冬季，一頭野狼趁著一族男丁打瞌睡之際，吃掉了王的愛馬。拉馬爾王震怒，剝奪一族領地，他們只得流浪到這塊不毛之地。

暴風雪來臨前，洛伊一族糧食耗盡，孩童凍餒，本以為已經窮途末路之際，遠遠地看見燈火，遂來到此地。香君大人憐恤他們，便收留這些人，讓他們與烏瑪人民一同生活。

他們看到烏瑪的倉庫，驚奇不已。因為共七座的大倉庫裡，金黃色的稻穀幾乎滿溢而出。烏瑪人毫不吝惜地將米糧分給他們，予以厚待。漫長的冬季結束時，他們已經恢復了生息。

到了春天，洛伊一族就成了勤奮的幫手，幫忙耕種凍得硬實的田地。

他們不懂犁田，但學著在他們帶來的馬套上香君大人製作的犁來耕種。田地變得肥沃，秋季結穗累累，眾人齊力收割。

看見在凍結的大地成長茁壯的歐阿勒稻，洛伊一族了解烏瑪人是蒙受神明眷顧的民族，同時也體認到香君大人的神力，明白自己是蒙活神拯救。他們誠心懇求留在此地，在香君大人的庇護下永遠生活下去。香君大人接納了他們的願望。

然而洛伊一族當中，卻有一人懷有惡心，也就是哈爾敦的叔叔烏努恩。烏努恩想在拉馬爾人民中重建自己的威信，待歐阿勒稻收割結束後，便祕密離開，回到拉馬爾王身邊，密告他找到了一塊在酷寒中也能累累結出金黃稻穗的土地。

聽到這個消息，長年在飢苦中掙扎的拉馬爾王歡喜無比，率領多達千名騎士，準備侵攻烏瑪的土地。

然而在烏努恩引路下，來到烏瑪土地的拉馬爾王一行人，看到的卻是人去樓空的香君宮及王城，甚至連民家都成了空殼。七座倉庫亦空空如也，僅有一座倉庫留下了一小堆稻種。稻種旁還有一堆肥料，彷彿在叫他們以這些稻種和肥料種稻。

拉馬爾王、烏努恩及重臣們進入這座大倉庫，這時哈爾敦從那堆稻殼後方現身，聲如洪鐘地說：

——香君大人對凍餒的拉馬爾人施以溫情，你們這些恩將仇報的貪婪之徒，以及因貪婪而附和此等邪惡之徒者，仔細聽好！
活神香君大人諭示，要給你們一次改惡從善的機會。
這些歐阿勒稻的稻種，是神授之稻。
由順應神意、心地純潔的人播種，即便是凍結的大地，亦會結出金黃的稻穀，
但由心存邪念的人播種，即會召來莫大的災禍。
重臣們聽好了，當稻子吐穗之時，你們將看清你們擁戴的王，
是否真正能為你們帶來富裕安康。

哈爾敦的雷霆之怒以及他的威嚴，讓眾人都如定住一般，無法動彈。
而哈爾敦則正大光明地穿過他們之間離去，不知消失到何處。
到了春天，拉馬爾王和他的部下耕作凍結的田地，播下倉庫裡留下的稻種。
歐阿勒稻熬過寒冷的夏季，順利茁壯，在秋天迎來了大豐收，稻穀不僅堆滿了七座倉庫，甚至還容納不下。拉馬爾王樂不可支，告訴人民，這是神明為他的王權背書的證據。
然而將稻穀脫穀一看，人們大驚失色。因為稻穀裡面全是空的，連一顆實心的米粒都沒有。拉馬爾人捧著空心的稻穀，驚懼交加，接著醒悟了——他們崇拜的王，就是一個空心草包。
目睹這無從置疑的神意，拉馬爾人推翻了王，將王和烏努恩綁起來放到馬上，驅逐至大雪紛飛的大平原。結果，飛舞的雪花另一頭出現一名騎著白馬的美人。她輕輕觸碰兩人

騎的馬，馬便乖乖俯首聽命。

拉馬爾人無聲地看著那名美人將兩名罪人牽了回來。

女人嫻靜地佇立在拉馬爾人面前，柔聲說：

——已經悔改的人，不需要鞭子。

願意在我的庇護下栽種金黃稻作的人，只須歸順效忠烏瑪王即可。」

聽完漫長的傳說，愛夏輕吁了一口氣。

「稻穀是空的，怎麼會發生這種事？」愛夏喃喃自語。馬修和歐莉耶對望了一眼。

歐莉耶輕輕點頭，馬修再次轉向愛夏，開口：「這個傳說裡說的空心稻穀，應該是一種比喻。實際上任何歐阿勒稻的稻穀都可以製成米。」

「不過」——馬修接著說。

「妳也清楚，這些米即使可以食用，也無法把收穫的稻穀當成稻種栽種。就算當成稻種播下去，也不會發芽。所以人們必須每次都用帝國分配的稻種來播種——也就是說，歐阿勒稻不僅帶來富裕，也帶來了服從。」

馬修的聲音忽然和父親的聲音重疊在一起。

——父王把歐阿勒稻稱為「歡喜與悲嘆的稻子」。

「歐阿勒稻有個祕密被嚴密守護，也就是『萌芽的祕密』。知道這個祕密的，只有香君和皇帝陛下，以及新舊兩喀敘葛家的當家及其直系子孫。

除此之外的人，如果得知『萌芽的祕密』，不論是得知的人或洩漏的人，都會當場遭到處刑，不必經過審判等程序。」

馬修的聲音很平靜，但這句話中的冷酷無情，深深刺入愛夏的心中。

馬修看著愛夏，說：「我要拜託妳的事，跟包括『萌芽的祕密』在內的歐阿勒稻的祕密，密切相關。所以如果妳聽到接下來的內容，並答應我的請求，便會踏入殺身之禍如影隨形的人生。」

「……」

「聽完我的話，如果妳不願涉入這樣的危險，請妳坦白跟我說。我們在這裡談過的一切，都會當作不曾發生過。雖然得請妳發誓，無論任何情況，都守口如瓶……」

馬修身上開始散發出複雜的氣味。嗅到那氣味，又看著馬修眼中浮現的表情，愛夏察覺到馬修為何要對她說這麼危險的事，卻又說她可以中途退出無所謂。

（我的一切都被他掌握在手裡。）

彌洽、老爺子，還有愛夏自己——如果馬修想除掉這三個人，手段多得是，也可以布置得就像西坎塔爾的內亂所導致。

這是極為冷酷的思維。但也因為如此，她願意相信馬修說的，她可以沒有後顧之憂地退出。愛夏不可能洩漏在這裡得知的祕密。在場的三個人都確定這件事，所以就算她聽過之後說想退出，他們也不會追究。

（歐阿勒稻的祕密。）

祖父拒絕的奇蹟稻子；包括母親在內，左右了許多人命的歡喜與悲嘆的稻子。

愛夏看著馬修，開口：「請告訴我吧。」

山間的天氣變幻無常，先前烏雲蔽日的陰暗天空，過了中午就轉為一片晴朗。

愛夏呼吸著甘霖滲透的草木香氣，穿過森林，來到西邊的田地。雖然她用跑的穿過森林，但自葉背滴落的雨水仍把頭髮、臉頰和衣物都打濕了不少。

雨停之後，森林才下起雨來——她忽然想起兒時母親歌唱般說過的這句話。

西之田的氣味還是一樣熱鬧滾滾。塔庫伯伯蹲在田裡，不曉得正在做什麼。

「伯伯！」

愛夏打招呼，塔庫伯伯直起腰桿子看過來，「噢」了一聲。

愛夏走到伯伯旁邊，望向生長得比其他地區慢許多的歐阿勒稻，綠葉仍帶著稚嫩。

之前看到的時候她也依稀覺得，但像這樣重新站在生育緩慢的歐阿勒稻旁邊，她清楚地感受到它們的氣味有多微弱。

（有什麼在安撫它們。）

這裡的泥土，氣味跟以前看到的種植地大異其趣。是摻雜在這些土中的事物改變了土質，讓歐阿勒稻變弱了嗎？主張地盤的氣味之聲變得溫和了一些。

閉上眼睛，就能感受到紛雜的氣味從泥土中冉冉升起，隨風散去。這些氣味中，有幾樣她熟悉的花草香。

「……伊奇草、西爾馬草、歐奇諾草。」

愛夏細數著，睜開眼，看見塔庫伯伯嘴巴半張地看著這裡。他正想開口，又清了清喉嚨，才說：「我都磨碎了摻在肥料裡灑下。妳光是站在那裡，就知道有哪些草嗎？」

愛夏點點頭。

伯伯嘆了一口氣，說「這樣啊」。

「那妳也知道，這些草的作用是什麼嗎？」

愛夏尋思該怎麼說，回答：「讓歐阿勒稻變弱，它原本散發出來的強烈氣味也減弱了。雖然很奇妙，但只要這些草在泥土裡面，歐阿勒稻的氣味就變得和原本不一樣了。」

愛夏說著，再次閉上眼睛嗅了嗅，睜眼說：

「可是伊奇草……怎麼說，有種不肯齊力戰鬥、為所欲為的狂暴氣味呢。我覺得伊奇草的氣味打亂了其他草類的氣味效果，讓它們無法充分發揮力量。如果想要抑制歐阿勒稻，也許應該找伊奇草以外的草，好配合其他的草。」

塔庫伯伯的臉慢慢地漲紅。他原本要以手撫臉，注意到滿手泥巴，便用衣角抹了抹手。

「……我的天。」

伯伯帶著嘆息低語，接著露出微笑——是打從心底欣慰的微笑。

看到他的笑容，一股灼熱陡然從愛夏的心裡擴散開來。

那是喜悅。自出生以來，一次都不曾感受過的火熱、深切的喜悅。

九、歡喜與悲嘆的稻子

「我花了好久的時間，才終於找到這三種草的組合。」塔庫伯伯一一拾起籃子裡的花草說，「不過，這樣啊，伊奇草是多餘的啊。真是奇妙，明明這玩意兒抑制歐阿勒稻的力量最強啊。」

愛夏拿起伯伯遞給她的伊奇草。

確實，這種草的氣味聲音很大，很像歐阿勒稻和歐夏奇。

「會加上其他的草，是因為單靠伊奇草不夠嗎？」

「嗯。只靠伊奇草，怎麼都無法完全抑制。但是灑上加入伊奇草和其他草混合的肥料，歐阿勒稻的生長就會變慢，種在周圍的其他穀類也發芽了，所以我還開心地想，這下成功了呢！」

塔庫伯伯在掌心把玩著伊奇草。

「歐阿勒稻只要一抽穗，周圍的穀類就會一下子枯光。就算從田裡清除歐阿勒稻，除非換掉全部的泥土，否則無法種植其他穀類。」

塔庫伯伯嘆了一口氣，望向歐阿勒稻。

「有時候，我會覺得這玩意兒就像怪物。」

塔庫伯伯小聲說著，望向愛夏。

「聽說妳的祖父，是拒絕歐阿勒稻的喀蘭王。」

愛夏一驚，全身緊繃。

塔庫伯伯微笑。「不必擔心。我不曉得妳有沒有聽說，我是拉歐的堂兄。我們從小就莫名氣味相投，連原本是絕密的事，都會忍不住說出來。我就像這樣，過著遁世離群的生活，就算我知道了什麼內幕，也不會有什麼改變。」

塔庫伯伯看著田地說：「西坎塔爾的藩王拒絕歐阿勒稻，被逐下王位，這件事我是什麼時候聽說的？噯，總之，聽到這件事的時候，我驚訝極了，心想：多麼有先見之明的明君啊！」

愛夏微微張口，看著塔庫伯伯。

這是她第一次聽到有人如此評論祖父喀蘭。想到父母、自己的際遇，以及祖父害死的黎民百姓，儘管覺得應該要反駁這話，卻無法抑制在心底靜靜擴散開來的暖意。

塔庫伯伯將視線移回愛夏身上。「據說西坎塔爾的『幽谷之民』忌諱歐阿勒稻，說它是被詛咒的稻作，喀蘭王也這麼認為嗎？」

一陣風吹來，歐阿勒稻的氣味一下子變濃了。

「我不清楚。先祖在我年幼的時候就過世了，我對他幾乎沒有記憶……只是，」愛夏想起父親的臉，接著說，「據說先祖把歐阿勒稻稱為『歡喜與悲嘆的稻子』。」

塔庫伯伯的表情一動。

「這……」伯伯說，「形容得太貼切了。」

不知不覺間，太陽染上紅色，柔柔地照亮伯伯的臉龐。

「剛才我說它是怪物，但歐阿勒稻也是寶物。光是想像哪天它消失不見，簡直令人喪膽。但歐阿勒稻仍然是怪物，它把人與大地都變得非依靠它不可……」

伯伯把伊奇草放回籃子說：「太可怕了。祖先們不應該做出這麼可怕的事，完全只仰賴一種穀物，打造出這麼龐大的帝國……雖然現在說這些也沒用了。」

愛夏回想起在帝都看到的莊嚴宮殿，那棟巨大的宮殿宛如聳立在歐阿勒稻金色稻浪上。瞬間，她一陣天旋地轉。當有天歐阿勒稻這塊基石消失，隨之瓦解的事物實在過於龐大，讓人不只感到恐懼，簡直是萬念俱灰。

歐阿勒稻消失，帝國崩壞——千萬百姓，一定連做夢都想不到這樣的惡夢竟會成真吧。

然而，馬修說成真的時間已迫在眉睫。

「家父總和《旅記》一起隨身攜帶《香君異傳》抄本，裡頭有這樣一節：

——饑雲蔽日，大地枯竭，果腹之物盡絕。

啊，香君大人，請藉風洞悉萬象，救度眾生……」

馬修淡淡地背誦，然而聽到這一節，不知為何，愛夏渾身慄然。她覺得自己似乎在久遠的過去，曾在某處聽過這段話。

「帝國始祖阿萊爾嘗試在南部的阿馬亞濕地種植歐阿勒稻時，出現了叫作大約螞的害蟲，對歐阿勒稻造成了莫大的損害。」

「咦？歐阿勒稻有出現過害蟲嗎？」愛夏吃驚地反問。馬修點點頭。

「歐阿勒稻應該不受害蟲侵擾，傳說中，大約螞是唯一曾對歐阿勒稻造成損害的害蟲。當時因為火速把大約螞連同整片歐阿勒稻田燒掉，得以無事，但是看到歐阿勒稻上的大約螞，阿萊爾嚇得面無人色，自言自語地說了前面那段話。」

馬修以食指撫摸著餐桌說：

「家父認為，阿萊爾看到侵略歐阿勒稻的大約螞，想起了故鄉曾經發生的慘劇。『幽谷之民』之所以會將歐阿勒稻視為受詛咒的稻子，深惡痛絕，就是因為歐阿勒稻爆發過大約螞蟲害，引發了人們餓死的重大慘劇。」

「在大崩溪谷嗎？」

「沒錯。在大崩溪谷的一隅，有一處經常出現約螞類。我們把那個地方稱為『里洽伊』，意思是溫暖的窪地。

那是一片廣大的窪地，附近有溫泉湧出。小時候家父帶我去過一次，那裡有一條古老的水路痕跡，應該就是把那裡的溫水引至窪地灌溉。我去的時候已經乾涸了，但家父讓我看那條水路的痕跡，說古時候你的祖先應該就是在這裡種植作物。他說，在比現在氣溫更為寒冷的時代，人們應該是利用溫泉水來種植作物。

可是，現在那裡已成了絕不能栽種作物的禁地。」

「怎麼會變成禁地？」

「不知道。但是得知那裡是耕作禁地時，家父一定很興奮。」

「……？」

「初代香君定下的香使諸規定中，有一條規定是：『當高溫多雨，約螞類增加時，須在肥料中添加希夏草』。這應該是為了避免大約螞出現而定下的規定。」

馬修懇切地說明：「遇上高溫多雨，有時約螞會大量繁殖。約螞大量繁殖的時候，如果吃了沒有加入希夏草抑制生長的歐阿勒稻，身體可能會發生變化吧——而有溫泉加熱的窪地，條件跟那類高溫多雨的種植地十分相似。」

愛夏漸漸明白馬修想要表達的意思，雙眼圓睜。

馬修點點頭，就像在肯定她的想法。「從前初代香君在那塊窪地種植歐阿勒稻，結果出現了大約螞，引發了人們餓死的大慘劇吧。」

歐阿勒稻會讓其他穀類枯萎。這樣的歐阿勒稻如果因為害蟲而枯萎，人們就沒有任何食物來源了。

「……可是，」愛夏不解地說，「蔬菜不受歐阿勒稻影響對吧？大崩溪谷裡也有山豬和野鹿，應該不至於落到『果腹之物盡絕』的地步吧？」

歐莉耶點點頭。

「第一次聽馬修說到這件事時，我也這麼疑惑。大約螞好像不吃蔬菜，而且用『大地枯竭』這樣的說法形容，光靠大約螞似乎無法解釋。」

馬修也點點頭。「初讀家父的手記時，我也這麼納悶。當時又不必納稅，在可以狩獵的大崩溪谷，只是歐阿勒稻遭到大約螞侵害，應該不至於引發饑荒。但如果開始在大崩溪谷種植歐阿勒稻已經有相當長一段時間，也許人口已經增加，到了蔬菜和野味不敷供應的地步。」

馬修撫摸著《旅記》說：「而且，我仔細重讀家父的手記，發現家父的寫法是『因為大約螞發生而導致』，而不是『大約螞造成』，這一點也讓我越來越在意。是不是大約螞的發生，引發了什麼別的事？造成讓人悲呼『果腹之物盡絕』的狀況。」

「別的什麼事……」

馬修點點頭。「我不知道那是什麼事，我想家父也沒有查到。但家父相信，由於大約螞出現，引發了某些慘劇。」

「可是，」愛夏又感到納悶了，「就算許久前發生過大慘劇，後來也沒有再發生了吧？令尊為何要那麼恐懼這件事呢？」

「因為，可能與大約螞有關的香使諸規定被修改了。」馬修說，「剛才說的，應該是初代香君為了防堵大約螞出現而制定的規定，現在也不再執行了。」

「咦？為什麼？」

馬修嘆了一口氣。

「是為了增加產量，讓農事更有效率。約螞到處都有，不管是帝國本土、各藩國、平原還是山間，到處都是。雖然遇上天暖多雨，草葉茂盛的狀況，約螞就會大量繁殖，但有些時候不會增加多少。

初代香君在世當時，國土狹小所以另當別論，但在版圖遼闊的現今，要在帝國全域調查約螞的增減，是一項大工程，而且在肥料裡添加希夏草，會減少歐阿勒稻的產量，收購多餘的希夏草也是一筆開銷。因此經過一年的實驗後，帝國認定這一條刪除也不致有大礙，便正式刪除了。」

「……」

「不過，實驗期間觀察種植地，約螞並沒有大量繁殖，我認為是因為條件不同。當約螞大量繁殖，加上成長未受抑制的歐阿勒稻，這兩項條件俱足的時候，究竟會發生什麼事？」

一絲寒意竄過背脊，愛夏擰緊眉心。

「……可是，現在歐阿勒稻卻沒有受到抑制？」

馬修點點頭。

「那麼，就有可能會出現大約螞呢。」愛夏說，結果歐莉耶開口：

「其實已經出現了。」

十、向晚的風

「大約螞已經出現了。在歐戈達藩國的拉帕地方。幸好在發現幾顆蟲卵的階段就立刻燒掉了，因此目前還沒有造成損害。」

愛夏鬆了一口氣，肩膀放鬆下來。「太好了！」

歐莉耶徐徐搖頭。「只是暫時而已。不曉得能撐到何時。妳想想，」歐莉耶說，「拉帕出現大約螞，代表其他地區也有可能會出現。因為符合約螞大量繁殖條件的地點，應該不只拉帕一地而已。」

「咦？那麼，除了拉帕以外，也有其他地方出現大量的約螞嗎？」

歐莉耶嘆息。「就是不知道啊。」

「……咦？沒有調查嗎？」

「有些種植地有調查，但不是所有的種植地都在掌握之中。」馬修開口，「以目前的香使人數，要全面掌握帝國全境的狀況，坦白說很困難。

拉歐老師制定了制度，要各地農村上報約螞數量的增減。以前是必須向香使回報，但現在已經不強制了，這樣忙碌的農夫還會詳細報告害蟲的增減嗎？應該有很多根本沒有回報吧。」

馬修望向窗外遼闊的天空。

「大約螞的出現，應該就像土石流吧。即使下了豪雨，也不一定就會發生土石流，但幾個條件重疊在一起，就會在某一刻突然爆發。就像歐莉耶說的，拉帕出現了大約螞，這表示在條件相同的地點，隨時都有可能出現。

發現大約螞的卵以後，我們強化了警戒，暫時應該可以安然無事，但要鉅細靡遺地持續監控帝國全境應該是不可能的事，遲早會出現漏網之魚。」

「……把大約螞的畫像分發下去，呼籲村人留意呢？」

愛夏說，馬修苦笑。「基於政治理由，沒辦法這麼做，頂多只能請農民回報是否有約螞大量繁殖的情況。」

馬修將視線從窗外拉回來，說：「儘管令人焦急，但我們能應對的手段有限。不過，萬一在缺乏有效手段的期間，沒發現大約螞，來不及焚燒，使其擴散到周圍的話——然後這種情況同時發生在帝國境內各地的話——後果將不堪設想。」

窗外的光淡淡地照亮馬修的臉。

「目前帝國的狀況，和過去的大崩溪谷截然不同。不光是帝國本土，加上藩國在內，有為數驚人的百姓依賴歐阿勒稻糊口。等到大約螞大量繁殖，即便傾全帝國之力展開防治，再快也需要好幾年才能收效吧。

大約螞出現的地點就燒掉稻田，其他地方則是在歐阿勒稻的肥料裡加入希夏草，或許就能預防大約螞出現。但基於政治上的理由，現在難以這麼做，而且如果在整個帝國推行，將造成稻米大幅減產。

即使還有牧畜、漁業、旱田作物、貿易，並釋出儲糧，竭盡一切手段在歐阿勒稻極端減產的狀態下，要確保能供應包括藩國在內全帝國人民一年的糧食，依然十分困難。

另外也會有鄰國趁帝國之危，大舉侵攻吧。依目前的局勢，如果大約螞在各地爆發，將會釀成重大慘劇。會有許多人餓死，並死於戰火。」

這過於慘烈的未來圖像，聽得愛夏只能呆望著馬修。幼時深陷飢苦、在暴風雪中蹣跚前行的記憶復甦，雞皮疙瘩爬滿愛夏全身。

歐莉耶開口：「當然，大約螞的損害有可能只是區域性的。但就像馬修的父親擔憂的，也許會因此引發其他的災禍。

我們就是害怕這天的到來，才會一直祕密擬定對策，在尤吉山莊這裡進行的事也是其中之一。塔庫伯伯他們一直在努力，想要種出即使少了歐阿勒稻的收成，也能供人們飽足的穀物。」

愛夏想起塔庫伯伯和雙胞胎們每天工作到很晚，回家後也忙著記錄什麼，才恍然大悟。

「歐阿勒稻來自異鄉，是我們無法用常識理解的稻作。」

馬修以沉靜的聲音說。

「正如妳也知道的，歐阿勒稻具有讓其他穀類枯萎的力量。歐阿勒稻會改變土質，而且改變的範圍極為深廣。一旦栽種了歐阿勒稻，即使連根拔除，除非把泥土徹底更換，否則其他穀物無法在該地萌芽。」

「……」

「歐阿勒稻如此狂暴，就是得靠專用肥料來抑制它。

一般來說，肥料是用來調整土質，讓蔬菜穀類健康成長，但歐阿勒稻的肥料卻不是如此。歐阿勒稻的肥料，目的是為了改變歐阿勒稻的性質。」

「改變性質……？」

「沒錯。如果種植的時候不施加歐阿勒稻專用肥料，歐阿勒稻就會爆發性地成長。它的繁殖力十分駭人，一眨眼就會讓周邊變得全是歐阿勒稻；而且這樣的歐阿勒稻收獲的米，具有強烈的毒性。歐阿勒稻專用的肥料，具有抑制歐阿勒稻這些性質的力量。」

愛夏聽著馬修說明，腦中浮現疑問。

「如果肥料能抑制歐阿勒稻的生長，那就施多一點，或是進行某些調整，不就可以減少歐阿勒稻對其他穀類的影響了嗎？」

歐莉耶點點頭。

「沒錯，我們也這麼想，首先就從調查肥料開始著手。而且目前使用的歐阿勒稻的肥料，有些地方讓我們覺得很奇怪。」

「奇怪？」

「對。雖然據說歐阿勒稻的肥料，是初代香君傳授的配方，但現在使用的肥料，和初代香君那時候似乎不同。」歐莉耶說，望向馬修。

馬修開口：「我讀了家父的手記，有一點讓我很驚訝。手記提到有一部記錄帝國初期庶民生活的書《庶民記》，從裡面的記述可以推測，初代香君在世的時候，人們不只種植歐阿勒稻，似乎也會種植小麥及蕎麥。」

「咦！」

「我連忙拜託拉歐老師，讓我進入宮殿的圖書寮倉庫尋找《庶民記》，找了一整天，終於找到這本書夾在書架最底層。《庶民記》是下級官員的日記，會特地調查這種東西的可能也只有家父了。書冊保管不善，蛀孔累累，破爛得難以閱讀，但確實有幾行提到庶民食用小麥和蕎麥。」

「……也就是說，當時雖然種植歐阿勒稻，但還是可以栽種其他穀類呢。」

「沒錯，就是這樣。」

「那，為什麼……」

「沒錯，為什麼現在卻種不出來了？」

馬修嘆了一口氣說：「家父在手記裡推測，理由與版圖擴大有關，我也這麼認為。初代香君死後，這個國家不斷地擴張版圖，因此必須提高歐阿勒稻的產量吧，必須更有效率地種得更多。實際上，從《庶民記》的記述，許多地方都可以讀出，當時歐阿勒稻一年只能一穫，產量也遠比現今更少。」

「……初代香君，」歐莉耶說，「一定是壓抑了歐阿勒稻的生長，讓它融入這塊土地。一方面確保有足夠的產量能讓小國人民溫飽，一方面又不至於讓其他穀類枯萎，讓它變成不會破壞該地植被的稻子。」

「可是初代香君死後，這個國家的當權者大舉改弦易轍，轉換成放寬對歐阿勒稻的抑制、增加產量的方向。剛才我提到的香使諸規定的修改也是如此，肥料的用途，轉變成增加產量及追求效率了。

這麼做的結果，導致其他穀類無法生長，但我認為這反而是帝國的目的。因為讓百姓只能依賴歐阿勒稻存活，就可以更進一步鞏固帝國的支配。」

愛夏啞然無語，只是注視著兩人。

「愛夏，」馬修說，「我們在尋找初代香君施行的、控制歐阿勒稻的方法，讓歐阿勒稻與其他穀類共存。」

「……」

「當然，初代香君在世的當時與現在，國家規模天差地遠，無法大幅減少歐阿勒稻的產量，所以單純增加肥料的量來抑制歐阿勒稻，這個做法是行不通的。因此如果初代香君進行的控制，是藉由調整肥料的量來達成，我們不能依樣葫蘆。但也不能放任現狀，只依賴歐阿勒稻一種作物。

所以我們先從調查肥料開始著手。因為我們認為只要詳加調查各別原料的作用，以及它們的搭配帶來的效果，就能找到不影響其他穀類，與歐阿勒稻共存的方法。

這個方向，我認為某種程度是對的。塔庫伯伯他們的努力有了成果，終於讓原本甚至無法萌芽的蕎麥發芽了。」

愛夏感覺突然看到了曙光，忍不住喊：「太厲害了！」

馬修的表情緩和了一下，但立刻搖了搖頭。

「但即使萌芽，也會在結實前就枯萎。我們困在這堵堅硬的高牆前面已經很久了，完全無法再邁進一步。而現在大約螞都已經出現，剩下的時間或許不多了。」

愛夏皺眉。「皇帝陛下沒有作為嗎？」

愛夏自幼就聽父親說，君主的使命就是拯救人民。明明大慘劇可能就在眼前，皇帝卻視而不見，這讓愛夏感到匪夷所思。

馬修和歐莉耶互看一眼。

「沒辦法……現階段沒辦法。」馬修說，「就連把出現大約螞的事稟告陛下，都只會徒然牽動千絲萬縷的政治情勢而已。」

馬修的臉浮現苦笑。

「等到任誰都看得出大慘劇迫在眉睫的階段，或許有辦法說動皇帝陛下，但目前的依據只有《香君異傳》和家父的手記，光是拉歐老師願意相信跟行動，就已經是奇蹟了。」

歐莉耶伸手，輕輕碰了碰馬修的手。接著她望向愛夏。

「愛夏，相信危機當頭的人真的寥寥無幾，而我們這寥寥無幾的幾個人想要做的事，卻有可能顛覆帝國的根基。帝國是以人們對奇蹟稻作的渴望團結在一起的。渴望歐阿勒稻的心是希望，也是欲望，同時還是接受從屬、低頭認命的枷鎖。」

歐莉耶輕嘆一口氣，接著說：「如果抑制歐阿勒稻的生長，變得也能栽種其他作物，長年來束縛人們的枷鎖就會失去力量。我們在做的事一旦成功，或許有可能粉碎這個大帝國的根基——皇帝陛下就不用說了，當權者有可能容忍這種行為嗎？」

（對奇蹟稻作的渴望。）

她的眼底忽然浮現香君宮的庭園，那些誠心誠意祈禱的人們。

這瞬間，愛夏想到一件事，驚愕莫名。

（要是人們對歐阿勒稻的渴望消失，歐莉耶大人會……）

「如果成功壓抑歐阿勒稻，人們可以不必依靠歐阿勒稻生活，那麼歐莉耶大人——香君大人——會怎麼樣？」

歐莉耶浮現哀傷的笑。她沉默著，似在尋思話語，接著從容地說：

「我只是個徒有虛名的香君，儘管如此，我仍背負著守護黎民的重要職責。如果有方法拯救百姓免於飢餓，我當然會選擇那條路。」

向晚的風拂過塔庫伯伯辛苦開墾的田地，清涼的風中帶著形形色色的氣味。這些氣味，只有自己才聞得到嗎？別人都感覺不到嗎？

（我到底是什麼人？）

就像馬修和歐莉耶想的那樣，我是真正的香君嗎？

（……不對。）

以氣味洞悉萬象，拯救眾生——愛夏不認為自己做得到這樣的事。當然，她不是活神，這一點她自己最清楚。

歐莉耶哀傷的笑容忽然浮現眼底。

——我只是個徒有虛名的香君，儘管如此，我仍背負著守護黎民的重要職責。

說這些話的時候，歐莉耶好美，美得令人無法直視。

（香君沒有什麼真假。）

如果就像馬修說的，就連第一個香君都不是神的話，那麼拯救眾人的香君形象，一定是人們透過祈禱形塑出來的樣貌。

（初代香君……）

她度過了怎樣的一生呢？

當她得知自己帶入塵世的歐阿勒稻，可能會在將來讓千萬人民餓死的時候，她怎麼想、又做了什麼呢？

塔庫伯伯把裝著伊奇草的籃子放到旁邊，跪在田土上，仔細檢查稚嫩的歐阿勒稻。夕陽的紅光溫柔地照出他的身影。

（如果初代香君不是神，）

她是否也在一生中歷經苦惱，努力思索？

她被視為拯救眾生的神明，一肩扛起這個重責，用對歐阿勒稻的知識以及能嗅出他人無法感受到的氣味的能力，來救助人們。

（然後她調配出肥料——為了讓歐阿勒稻可以跟其他的穀物共存。）

愛夏想起當她建議最好拿掉伊奇草時，塔庫伯伯驚訝的表情，以及繼而浮現的笑容，她心中有什麼活動了起來。

（……或許我也能做出貢獻。）

向晚的風中，歐阿勒稻的濃烈香氣瀰漫開來，「氣味之聲」充斥天地。

即使無法洞悉萬象，藉由聆聽這些聲音，或許她也能開拓出一條活路。

——我罪無可逭……

她耳邊傳來父親的聲音。

無能勸諫祖父的父親，因飢餓而病倒、脆弱離世的母親；因為祖父的決定而消逝的眾多生命，以及繼他們之後出生的自己。

（即使不是活神，）

也有自己能做的事。

「伯伯。」

愛夏在旁邊跪下來，塔庫伯伯驚訝地抬頭。

「請讓我幫忙你的工作。」

塔庫伯伯定定注視著愛夏。

「參與這份工作有多危險，」伯伯一字一句地說，「馬修告訴過妳了嗎？」

「是的。」

「這樣啊。妳都清楚，還是要幫忙嗎？」

塔庫伯伯仰望天空，再次低語：「這樣啊。」

十一、香君的「世界」

一場雨從夜半下到黎明。雨水滲透地面，走在山路上，登山鞋底時不時打滑。

歐莉耶慢慢走過山地，免得跌倒。

（要是在這裡跌倒受傷，又會給大家添麻煩。）

她想像自己摔跤而渾身泥濘的模樣，忽地微笑起來。

走出樹林，來到敞亮的光中，歐莉耶停步環顧山上的田地。

她看見愛夏在田地角落蹲身忙活，卻沒看見塔庫和他的一雙兒子。

正當歐莉耶要開口招呼，愛夏回頭。「歐莉耶大人！」

那張臉倏地綻放笑容。

一看到那張笑臉，她的心情就像陽光普照般明亮起來。歐莉耶舉起雙手揮舞。

投緣真是件奇妙的事。兩人結識時日不久，但只要和愛夏在一起，歐莉耶就會感到心頭和煦而明亮。

「塔庫伯伯呢？」歐莉耶走過去問。

「伯伯說今天要先去南之田看看再過來。要去叫他嗎？」

「啊，不用，別在意，也不是什麼急事。」

歐莉耶聞著田裡升起的泥土氣味，瞇起眼睛。「天氣真好。」

愛夏也微笑。「真的。」

愛夏開始幫忙塔庫的工作才一個月左右，但已經曬得黑黝黝的，鼻頭都脫皮了。
「帽子別掛在背上，戴起來吧。看妳鼻子脫皮成那樣，一定很痛吧？」
愛夏苦笑。「是很痛，可是帽子一下子就會被風吹掉，很麻煩。」
愛夏說到一半，忽地望向南方，舉手呼喚：「伯伯！」
往愛夏看的方向轉去，只見塔庫正登上南面斜坡走上來。
塔庫一看到歐莉耶，立刻加快腳步趕來。
「……怎麼了嗎？有什麼事嗎？」
聽到這話，歐莉耶搖搖頭。「也不是有什麼事，只是我很快就必須回宮了，想在那之前過來看看愛夏幫忙的樣子。」
「這樣啊。」塔庫微笑，看向愛夏，但不知想到什麼，笑容很快就消失了。
「我打擾到你們了嗎？」歐莉耶問。
塔庫一驚，搖手說：「打擾？沒有的事。」
接著他問愛夏：「怎麼樣？有沒有感覺到什麼變化？」
愛夏看向歐莉耶，她回應：「作業內容我都知道，不用特別說明。」
塔庫等人利用歐阿勒稻的肥料進行什麼實驗，歐莉耶很清楚。
塔庫他們首先開墾出五塊條件盡可能相同的田地，但這項工作非同小可。
雖然都是小田，但不光是土壤的條件，舉凡日照、通風、冬季的積雪程度、水利等條件都必須調整，而且彼此之間必須拉開夠遠的距離，因此光是要找到合適的地點，就相當困難。

幫忙開墾這些田地的，是當時還是青少年的馬修。在塔庫的指示下，馬修和塔庫的兒子們先開墾出五塊條件相同的田地，接著再開墾了五塊條件不同的田地。馬修離開這裡後，塔庫一家仍繼續開墾田地，接著便開始正式栽種穀物。

歐阿勒稻的肥料，能夠抑制歐阿勒稻的生長。

那麼只要善用肥料，也許就能抑制歐阿勒稻的影響，種植其他穀類。他們懷著這樣的想法，改變肥料的條件，種植歐阿勒稻，並嘗試在周圍種植其他穀類。

但這項工作需要的時間，漫長得難以想像。

過去好幾年，一行人已經在調整過歐阿勒稻肥料分量的田地，以及肥料原料不同組合的田地種植歐阿勒稻，並且在周邊栽種穀物。而最近終於出現了些許效果，去年蕎麥萌芽了；雖然萌芽，卻未能結實。

蕎麥在貧瘠的土地也能生長，而且種植時間短，是預防饑荒的絕佳作物。但由於歐阿勒稻在惡土同樣也能旺盛成長，因此不管帝國境內還是藩國內，過去栽種蕎麥的土地，現在全都種滿了歐阿勒稻。

在歐阿勒稻的影響下，還有辦法栽種其他穀物嗎？歐莉耶知道，就連長年全心全意投入這項實驗的塔庫，內心都毫無把握。

「伯伯，這塊田裡西奇迷的分量……」

愛夏指著生長歐阿勒稻的地方。比起一般歐阿勒稻，這邊的莖細瘦許多。

「嗯，不夠嗎？要再多加一些嗎？」

「不是，」愛夏搖搖頭，「我覺得再少一點比較好。」

塔庫揚眉。「少一點？那樣會壓不住吧？」

「這不太好解釋，雖然必須壓抑，但我覺得壓抑過頭也不行。」

愛夏露出無法解釋清楚而焦急的神情。

「……愛夏，」歐莉耶忍不住開口，「不好解釋，是因為有我們聞不到的氣味是嗎？」

愛夏一臉困惑地解釋：「這……因為我不清楚兩位聞不到哪些氣味，所以也無從回答。」她接著說，「氣味沒有顏色，也沒有形狀，所以只能用其他氣味來比喻，說類似某種味道這樣。但即使這麼說明，也沒辦法確認別人聞到的味道跟自己一樣呢。」

「啊，」歐莉耶點點頭，「說得也是呢。」

「我會覺得西奇迷的量太多，是因為氣味漸漸改變了。」

「氣味改變？是像果實逐漸成熟那樣嗎？」

「啊，是呢，有點接近……」

看著愛夏一臉為難地沉思，歐莉耶忽然有股強烈的衝動，想知道愛夏到底聞到了什麼，又感覺到了什麼？

「我說，愛夏。」

「是。」

「或許難以用話語形容，不過可以請妳努力形容看看嗎？現在站在這塊田地、聞到充斥著這裡的氣味，妳有什麼樣的感覺？」

愛夏的眼睛浮現明亮的光。「啊，或許這樣最快呢……雖然可能不好理解。」

歐莉耶微笑。「沒關係，就用妳的話說說看。」

愛夏點點頭，閉上眼睛。接著深吸一口氣，慢慢說起來：

「現在聽得最清楚的，是蕎麥旁邊草的氣味發出來的聲音。盛夏過去了，天氣漸漸轉涼，所以蚜蟲越來越多，草葉被啃食了。那些草一直喊著好痛好痛，聲音大得刺耳。

一聽到這些聲音，從剛才就有吃蚜蟲的瓢蟲跑來，開始吃起蚜蟲。而螞蟻就在旁邊，所以或許可以看到螞蟻在驅趕瓢蟲。」

歐莉耶望向生長在蕎麥旁邊的草。

（……瓢蟲。）

確實有瓢蟲。瓢蟲一邊吃著蚜蟲，一邊爬上草莖。

「聽到這種草的氣味聲音，蕎麥也改變了氣味。它們不是在呼喚瓢蟲，而是像在對蚜蟲說：你不要來喔，我一點都不好吃……可是，」愛夏仍閉著眼睛，伸手朝歐阿勒稻指去，「可是，比起蚜蟲，蕎麥似乎更在乎歐阿勒稻的氣味。隨著歐阿勒稻的氣味轉弱，蕎麥的味道也轉變了。」

愛夏閉著眼指向蕎麥。「我現在感覺到蕎麥根部的氣味，味道非常複雜。感覺像是有許多非常非常小的東西，一定是根部有隨著蕎麥一起生長的東西。
這種氣味很明顯的時候，蕎麥長得很好，所以也許是它們在支持著蕎麥。
大崩溪谷也有種植蕎麥，以前『幽谷之民』的阿姨帶我去看過，那裡蕎麥的根的氣味比這裡要更分明。」
歐莉耶和塔庫都呆看著愛夏，聽著她的話。
「但如果蕎麥長在歐阿勒稻旁邊，這種氣味就會變淡。這樣一來，蕎麥就會衰弱下去。」
塔庫瞇起眼睛。「原來如此，蕎麥無法順利成長，就是這個緣故嗎？」
愛夏睜開眼睛，接著有些為難地說：「……呃，我是這麼認為，但好像不光是這樣而已。伯伯，南之田的蕎麥還沒長到這麼大，就已經枯死了對吧？」
「是啊，那裡用的肥料配方跟這裡不一樣，沒辦法抑制歐阿勒稻的長勢，所以蕎麥一發芽立刻就枯死了。」
愛夏點點頭，說「就是呀」。
「我聞過那邊蕎麥的氣味，再聞這邊蕎麥的氣味，就發現，啊，根的味道不一樣呢。這邊蕎麥根部的氣味，雖然比大崩溪谷健康成長的蕎麥更弱，但還是比那邊一下子就枯萎的蕎麥更強。」
愛夏蹲下來，輕觸蕎麥說：「這塊田比南之田更強力地抑制了歐阿勒稻的長勢，所以支撐蕎麥生長的事物沒有完全消失，這就是為什麼這裡的蕎麥或許不會枯萎，可以存活下來——可是，這些蕎麥還是越來越衰弱。」

愛夏觸碰泥土。

「我一直在思考到底是什麼原因？如果問題只出在根，歐阿勒稻的長勢已衰弱不少，蕎麥應該要再更健康一些才對，然而卻反過來日漸衰弱，讓我覺得很納悶。」

「……」

「然後，今天早上我想到了一個可能性，想說可能是泥土的關係。」

「泥土？」

「對，泥土裡面，也有非常多眼睛看不見的微小事物。我想到，或許是這些泥土裡的事物有變化，所以造成了影響。」

「……」

「然後我過來這裡之前，去南之田聞了一下泥土的味道，發現果然跟這裡不一樣。」

愛夏站起來，看向塔庫。

「伯伯，歐阿勒稻會改變泥土對吧？」

「對啊。」

「雖然不知道是改變了什麼、怎麼改變，不過我猜想，歐阿勒稻會不會是壓抑或削弱了泥土裡面的東西——也就是會壓抑妨礙自己成長的東西？」

愛夏將視線移向田地，繼續說：「假設，泥土裡對歐阿勒稻有害的事物，對蕎麥也有害的話呢？如果只有這個部分，歐阿勒稻和蕎麥的利害一致的話呢？」愛夏慢慢說著，就像在釐清思路，「歐阿勒稻雖然會抑制蕎麥生長，但另一方面，可能也會壓抑泥土裡面對蕎麥有害的物質。所以如果歐阿勒稻衰弱了，無法抑制那些物質，蕎麥也會跟著衰弱下去。」

塔庫彷彿突然了悟一般，瞪大雙眼。

愛夏看著泥土說：「有的時候，健康的時候一切都好，病來卻如山倒，對吧？大崩溪谷蕎麥田的泥土氣味，跟這裡的很像。也就是說，其實也有很多有害的東西。但大崩溪谷的蕎麥卻能撐下去，健康地成長。『幽谷之民』的阿姨說，這是因為蕎麥很強，但我想如果沒有被歐阿勒稻影響生長，這裡的蕎麥也能在這裡的泥土長得很好。

可是，現在蕎麥生病了，那麼要在這塊土地生長，就會捱不住。」

塔庫的臉頰紅了起來。

「這個發現太寶貴了！」塔庫難得語氣激動地說下去，「妳的意思是，雖然必須壓抑歐阿勒稻，但也不能壓抑過頭，對嗎？如果我們的目標是其他植物要和歐阿勒稻共存共榮，那就不能只是一味地壓抑歐阿勒稻呢。」

愛夏點點頭。

「可是，從歐阿勒稻釋放出來的某些物質，不只是蕎麥的根，還削弱了蕎麥整體，所以壓抑歐阿勒稻也非常重要。不過，該怎麼說呢，如果能理解泥土和根等許多事物是怎麼影響的，或許能有重大的改變。」

愛夏眼睛發亮地說：「伯伯，我想再好好地聞一下蕎麥在沒有歐阿勒稻的狀態下，生長的氣味。我想把長著健康蕎麥的泥土氣味，和這裡的泥土作比較。」

塔庫對愛夏微笑。

「好。雖然沒辦法立刻辦到，但我會安排讓妳比較兩邊的氣味。對了，還有，總之先改變西奇迷的量吧。我會一次調整一點分量，請妳每次都聞一下氣味的變化吧。」

明亮的笑容在愛夏臉上擴散開來。「好！」

一陣風吹來，拂起髮絲。風中飽含初秋山野的氣味。

（……愛夏她，）

在這道風中嗅出了無數氣味，跟自己感受到的截然不同——歐莉耶心想。

不光是這樣而已，愛夏還知道那無數氣味所代表的意義。

遭害蟲啃蝕的草木散發氣味，引來害蟲的天敵。

草木以氣味引誘昆蟲，而泥土也因草木而改變。令人目眩神迷的複雜對話，就在無數事物之間進行著。此時此刻，這些對話也正在這個世界發生嗎？

晴朗的天空中，雲朵悠悠流過。歐莉耶漫不經心地看著，嘆了一口氣。

（這就是，）

她感覺到一股寒意逐漸覆蓋全身。

（香君所置身的『世界』。）

以氣味洞悉萬象——這究竟是指什麼？自己現在正一窺堂奧。

忽地，她和塔庫對上眼。

看到塔庫的表情，歐莉耶才了解當她說要來看愛夏的工作情況，塔庫為何神色黯然。

愛夏也看著她，眼神嚴肅而哀傷。

歐莉耶苦笑著說：「別在意。」

她伸手替愛夏撩起落在額上的髮絲，把浮現內心的話直接說出口：

「我很清楚，我有我自己的職責與價值……我說，愛夏，」歐莉耶觸摸著那張溫暖的臉頰，「現在，這一刻，妳能在這裡，真像美夢成真……」

她再也說不下去，唯有兩行熱淚滑落臉頰。

第四章　歐戈達的祕密

一、大約螞

打開馬車車窗，溫暖的風撲面而來，尤吉爾茫然望著廣大的焦土。

受到溫暖氣候的眷顧，歐戈達藩國的拉帕郡一年能收成三次之多，是歐阿勒稻的富庶穀倉地帶。然而往年本該迎接抽穗時期的稻田，現在別說稻子了，連根雜草都不見蹤影——為了驅逐害蟲，只能把整片田地徹底燒毀。

「不忍卒睹，對吧？」坐在對面的拉帕郡司出聲，「大約螞出現後三年，損害已經擴大到這種程度了。前年還只有拉帕郡南部一部分，但去年連這一帶，一次都沒能收成。即使祈求著這次一定要撐過去，插下秧苗，抽穗時期也只能眼睜睜看著大約螞爬滿歐阿勒稻，然後流淚放火……就這樣一再上演。

還請務必將這副慘狀轉達給令尊——富國大臣伊爾．喀敘葛大人。看到這片一望無際的焦土，您應該也能感受到，拉帕的人民千真萬確，已經朝不保夕了。還請大人……」

尤吉爾盡力克制內心的起伏，平直地將視線轉向郡司。

「依照命令是要連河原也燒掉，這也徹底執行了嗎？」

陳情被打斷，郡司露出有些掃興的表情，但立刻點點頭。

「是的。接到香使大人的指示後，立刻完全燒掉了。河原的茅草是農耕牛與家畜的飼料，也是鋪屋頂必要的材料，要說服百姓聽從命令，著實費了好一番工夫，但已經徹底燒掉了。對農民來說，也等於是燒掉了許多保命的糧食，我自己也於心不忍……」

郡司露出萬般不得已的表情，但尤吉爾知道，這名郡司對不服從燒毀命令的村人，施以了殘酷的懲罰。

尤吉爾看著郡司說：「前年和去年，拉帕南部有四座村莊有人餓死，但今年拉帕全境都會有人餓死吧。加上村人相繼逃散，有些村子已經成了廢村。

歐戈達有許多島嶼。靠海的地區無法栽種歐阿勒稻，因此拉帕這裡，原本是整個藩國的穀倉——也就是救命繩索。欺騙帝國的代價實在太慘重了。」

郡司的臉彷彿凍結住。

「那是……」郡司倉皇地眨著眼，「這誤會大了啊，大人。如同報告，拉帕郡司絕無欺騙帝國之情事！那是敗德商人的惡行，他們花言巧語向愚民推銷私製肥料。

沒能識破他們的惡行，確實是前郡司等郡衙官吏怠忽職守，因此就如同大人所知道的，前郡司一族已經遭到放逐了。」

尤吉爾面露冷笑。「你的意思是，這樣就能一筆勾銷了？」

他把臉稍微湊近神情緊繃的郡司，沉聲道：

「你似乎沒把我放在眼裡，因為看我還是個毛頭小子？」

郡司嘴唇顫抖。「不，小的不敢……」

「你所謂的敗德商人，不只是他們的名字，連他們的出身、組織、組織相關人員的來歷，我全都一清二楚。」

郡司瞠目結舌。

「不只拉帕郡，這整個歐戈達藩國私下在策畫些什麼、範圍多大，我們瞭若指掌。即使這樣，我們還是睜隻眼閉隻眼，讓你們放逐前郡司一族、處刑參與者就算完事了——這其中的理由，你不會不明白吧？」

郡司沒有回答，尤吉爾慢慢靠回馬車椅背。

「既然明白，那也清楚看我年輕就想動之以情，是白費工夫吧？」尤吉爾再次望向窗外，「確實，這副景象慘不忍睹，但這就是你們的作為帶來的惡果，而且事情不會這樣就完結了。」

「……」

「大約螞有翅膀。要是大約螞翻山越嶺，飛到其他郡，甚至是隔壁的東坎塔爾，就不只是拉帕郡一地遭罪而已了——你們將成為千夫所指的罪人。」

尤吉爾瞥一眼面色蒼白的郡司，低聲說：「這全是因為你們背棄了神。」

門外傳來聲響。

「尤吉爾大人，上級香使歐拉姆求見。」

尤吉爾放下筷子，出聲：「進來。」

門打開來，一名壯年男子入內，來到餐桌旁單膝跪地行禮。

「歐拉姆，辛苦了。你一定累了，那裡坐吧。」

尤吉爾笑著慰勞，指著自己對面的座位。

「晚飯吃了嗎？」

「還沒有。」

「這樣，那在這裡一起吃吧。」

尤吉爾命令守在門邊的侍者為歐拉姆準備晚飯。

「謝大人。」歐拉姆行禮，在指示的椅子坐下，接著看了看一桌子適合下酒的新鮮海味等珍饈，說，「……真豪華呢。」

尤吉爾無奈地笑。「看到這些，就明白新任的拉帕郡司是怎樣的貨色了吧？」

歐拉姆點點頭。「確實，是典型的地方官呢。」

「不經思考，就覺得接待上賓就是要擺出這樣的排場，也不知道更用心安排，就只是這樣的小角色。他完全搞不清楚富國省派視察官來訪時應該要做什麼。」

尤吉爾用筷子夾起仍濕潤泛光的鮮貝肉。

「距離這裡最近的港鎮是牙卡嗎？要把生的貝類以這樣的狀態從牙卡送過來，需要不少工夫和花費吧。郡民都因為饑荒餓死了，這個郡司完全不懂得錢該用在哪裡。」

歐拉姆嘴唇扭曲。「他反而覺得錢這樣花，才最有效益吧。他一定認為博得尤吉爾大人的歡心，才是獲得救濟的捷徑。這也難怪。」

尤吉爾板起面孔。

「那麼，這也是我們的過失。如果我們被別人認為和歐戈達特權階級那些庸碌之徒是一丘之貉，表示我們的意志完全沒有正確傳達下來。」

歐拉姆為難地眨了眨眼。「確實就像大人說的，不過……」

看到歐拉姆的表情，尤吉爾展顏輕笑了一下。「我的想法太嫩了嗎？」

「不是這樣的，不過嗯，實際上實在是無暇顧及這些。」

尤吉爾嘆了口氣。

「我想也是。但一些本可以延後的瑣事不斷堆積，我總覺得反而阻礙了事物圓滑推行。」

這時，房間外傳來聲音，詢問送餐侍者能否入內。尤吉爾回應「進來」。

雖然菜色比尤吉爾餐桌上的料理少了幾樣，但看見擺滿山珍海味的托盆，尤吉爾和歐拉姆相視苦笑。

「……看來這新郡司照料起來可不容易，咱們小心點吧。」

待尤吉爾動筷，歐拉姆也拿起筷子。

「你是去巡視山區吧？狀況怎麼樣？」

歐拉姆臉上的笑意消失。「慘啊。詳細狀況回頭我會呈上文書，但就如同大人知道的，即使是山區，所有能耕種的土地也全都拿去種植歐阿勒稻了，所以損失慘重。」

「已經開始焚毀了吧？」

「是的。前年尚未發現大約螞，眾人靜觀其變，但去年山區也出現了大約螞，因此從去年開始，為求萬全，連還沒發現大約螞的田地也都燒了。」

「山區五座村莊全部的田地嗎？」

「不，最南端的兩座村子沒有燒。那一帶與周邊隔絕獨立，即使發現大約螞，要擴散到周圍應該也需要一些時間，因此拉歐老師交代不要貿然焚毀，再觀察看看。」

尤吉爾的臉色一沉。「拉歐老師應該不至於判斷錯誤，但繼續觀察不會有問題嗎？我覺得全部燒掉比較保險。」

「拉歐老師也說，這是逼不得已的決定。如果連那裡都燒了，今年餓死的人數，恐怕會不下去年的兩倍。」

「這我明白……但就算必須減少賦稅，也應該燒掉吧？」

歐拉姆點點頭。「我也這麼認為，不過米季瑪大人正在嚴密監控中，應該不會放過大約螞出現。」

尤吉爾的表情轉為明亮。

「這樣，米季瑪姑姑在那裡啊……那就不怕有什麼差錯了。」

說完，尤吉爾露出想到什麼般的眼神。「我也好想多一些香使的經驗哪。」

歐拉姆淺淺微笑。「大人身分不同。」

「是嗎？米季瑪姑姑也是舊喀敘葛家當家拉歐老師的女兒啊。雖然她嫁進奧爾喀敘葛家，但拉歐老師的孩子，就只有米季瑪姑姑和長女瑪琪雅大姑姑而已。如果瑪琪雅大姑姑出了什麼事，米季瑪姑姑就會繼承舊喀敘葛家。」

「呃，確實是這樣沒錯……」歐拉姆為難地搖了搖頭，微微壓低音量說，「香使這份工作伴隨許多危險。尤吉爾大人是獨子，將來一定會成為富國大臣，而米季瑪大人則是有可能繼承舊喀敘葛家而已，兩位的身分還是無法相提並論的。」

尤吉爾看著歐拉姆曬黑的臉，很快地低聲說：「今天視察村落的時候……」

「是。」

「我看到餓死的人了。」

歐拉姆的臉色變得憂愁。「是郡司刻意讓大人看到的呢。」

「八成是。他想讓我看到情況有多悲慘，對我動之以情吧。」

尤吉爾面容扭曲，搖了搖頭。「那真是太慘了。看到還在襁褓的嬰兒還有幼童的遺體，太教人難受了。」

尤吉爾用力抿住嘴唇，眼神空洞地望向餐桌。「確實很悲慘。」

歐拉姆沉聲說：「我擔任香使多年，但也是在前年才第一次看到餓死的人，有好陣子都忘不了那一幕，甚至做了惡夢。」歐拉姆吸了一口氣，又說，「但另一方面，我也再次體認到自己的職責所在——藩國的百姓，也是帝國的人民。我重新意識到，歐阿勒稻的收成，緊緊牽繫著每一條生命。」

尤吉爾深深點頭。

「完全沒錯，今天我也想到了一樣的事。親眼目睹和在文書上讀到，實在天差地遠。過去我都透過報告得知餓死的人數，但從未想過那些數字代表的每一張臉孔。」

說到這裡，父親的臉忽然浮現腦海，他的聲音在耳中復甦。

——掌國政者，要把百姓當成數字，不要去想每一張臉。

若把焦點放在個人身上，就會看不清整體；看不清整體，帝國就會傾斜。

你容易為情所惑，這一點務必銘記在心。

（……所以，）

父親才不允許自己成為香使也說不定。

如果看到每一個人，深入了解他們的生活，就會對每一個百姓生出情感。若是知道他們將會餓死，就難以做出燒田的命令。行為不果斷，便有可能導致做錯決定。

（父親大人一定會關注我這次的視察有何想法。）

即使自己見識到血淋淋的現實，仍能綜觀思考全局——如果不表現出這種樣子，縱然自己是獨一無二的嫡子，父親也會毫不留情地割捨吧。

忽地，他眼前浮現隨著先帝駕崩，登上皇位的皇太子歐德森，那緊張而僵硬的表情。

典禮期間，他的眼神不時往這裡飄。當然不是在看尤吉爾，而是在看尤吉爾旁邊的父親——伊爾．喀敘葛的臉色。

直到不久前，外界都認為皇太子歐德森與皇弟拉戈蘭勢均力敵，彼此抗拮；然而不知不覺間，拉戈蘭的支持者減少，回神一看，歐德森的根基已穩若磐石。

歐德森應該很清楚，自己是仰仗伊爾的力量坐上皇位的；若是惹怒伊爾，就算自己貴為一國之君，地位也將隨之震盪。

（……皇帝陛下也跟我一樣……）

尤吉爾在心中想著，感到胸口滋生出諷刺的情緒。

（往後我必須永遠看著父親大人的臉色活下去吧。）

尤吉爾嘆了口氣，抬起頭來。

「我很久沒見到米季瑪姑姑了，她都好嗎？」

歐拉姆點點頭。「是的，米季瑪大人十分健朗。」

「她還是一樣單獨行動嗎？」

「啊，不……」歐拉姆眨了眨眼，「她帶了個徒弟。」

尤吉爾揚眉。「徒弟？香使見習生嗎？」

「不，是已經有香使資格的人。雖然出身藩國，卻以特例進入『黎亞農園』修習，後來更以前所未見的速度陸續通過『香使之試』……」

「啊，是那個姑娘嗎！」尤吉爾打斷歐拉姆，「馬修叔叔帶回來的那個姑娘？」

「是的，就是那女孩。」

「我記得她叫愛夏・洛力奇，是吧？」

歐拉姆驚訝地看著尤吉爾。「大人連她的名字都知道？」

尤吉爾浮現靦腆的笑容。「聽說叔叔帶了母親那邊的親戚回來，所以我很好奇……這樣啊，那姑娘跟著米季瑪姑姑啊。」

尤吉爾回想起以前對那女孩側臉的驚鴻一瞥，輕嘆一口氣。

（真羨慕。）

他這麼想，緊接著又轉了念——在當前的慘況下，巡迴山地村落一定是件煎熬的工作。尤吉爾想像嬌小的米季瑪，以及跟在她身後的女孩身姿，再次吃起已經涼掉的晚餐。

「難得有機會過來這裡，如果米季瑪姑姑就在附近，我想直接和她談談。」

「……」

歐拉姆沒有立刻回答，因此尤吉爾抬頭看向他。

「有什麼問題嗎？」

「啊，不是，我剛想起來要報告大人的事。」

「什麼事？」

歐拉姆放下筷子，從懷裡取出一張折起的紙。「這還只是調查階段的粗略數字，接下來還會詳加調查，再重新報告，不過大人看到這些數字，有什麼想法？」

打開歐拉姆遞過來的紙，上面以他流利的筆跡，寫著山區五村的餓死人數。前年沒有人餓死，但去年有兩座村子分別有數人餓死。

然而剩下的三座村子，卻無人餓死。

「這三座沒有人餓死的村子，是沒有燒田的村子嗎？……不，不對，只有兩座村子沒有燒田。這其中一村——雅拉村，本來就有儲糧嗎？」

歐拉姆搖搖頭。「不，雅拉村是山區五村裡地點最荒僻的一村，也是最窮的一村，不可能有多餘的儲糧。」

「而且還燒了田？」

「燒了田。」

「然而卻沒有人餓死？……他們應該有繳稅吧？我記得平地許多地方都遲繳，然而山區五村卻按時繳了稅。」

「是的。雅拉村原本能夠栽種歐阿勒稻的田地面積就很小，產量比其他村子更少，因此獲准以藥草等特產來抵稅。」

「對，我想起來了。就算是這樣卻沒有人餓死，表示山上有足以支撐村中人口的山產嗎？」

「不，山產方面，其他村子也都半斤八兩。」

尤吉爾蹙起眉頭。「那，它到底有什麼特別之處？」

「我對此也很好奇，調查了一下，卻得不到明確的答案。」

「位置呢？有沒有可能走私藥草到帝國本土，獲取違法利益？」

「這是我最關心的一點，所以進行了相當縝密的調查，但似乎沒有這樣的事實。只是……」

「什麼？」

歐拉姆支吾其詞，接著立下決心似地開口：「村裡的孩子們對我說了古怪的事。有個孩子說神明派使者過來，救了他們。他剛說出口，其他孩子立刻臉色大變，罵他要是說出去，神明的使者就不會再來了，不可以說出去。

因為是無知小童的話，不足採信，但童言童語中，有時也會反映大人所隱瞞的事，因此我十分重視。我不著痕跡地對大人提起這件事，所有人都勃然色變。」

「勃然色變，卻什麼也不說？」

「是的。」

尤吉爾的眼睛亮了起來。「有意思……」

說到一半，尤吉爾的表情卻轉為沉思。歐拉姆默默看著尤吉爾，等待他再次開口。

不久後，尤吉爾緩緩搖頭，臉上已經沒有半分笑意。

「這事不是一句有意思就可以帶過的呢。如果有人佯裝神明的使者，設法減少了餓死的人，這事非同小可，絕不能坐視不管……」

尤吉爾看著歐拉姆。「歐拉姆。」

「是。」

「你可以去查查這件事嗎？行事千萬小心。」

歐拉姆點點頭。「遵命。」

二、「祈願鴿」占卜師

陰暗的樹林間，有什麼正鬼影幢幢地動著。

「……來了。」村長穆茲赫低語，背後的男人們一陣緊張。

山邊還掛著一絲夕陽餘暉，但天空已逐漸轉為夜色。暮靄流淌，森林深處的人影也顯得朦朧搖曳。

不久，森林邊緣處冒出人影，那條清瘦的人影筆直朝這裡走來。

終於看見來人清楚的身影，村人同時倒抽一口氣——人影不僅蒙著頭巾，臉上還罩著一塊黑布。一片昏暗之中，這人甚至沒有拿提燈，臉上罩著黑布應該連腳下都看不見才對，然而人影卻踩著極其自然的腳步，走下細窄的山路，穿過田地之間，朝這裡走來。

村人都像凍住一般，一動不動，注視著人影來到他們旁邊，停下腳步。

一陣風吹來，罩住整個人影的黑色披風微微飄動。

「晚安。」人影發出來的，是年輕姑娘的嗓音。

「我是收到祈願鴿的通知，來到這裡，請問村長是哪位？」

聽到歐戈達語的問話，穆茲赫上前一步。先前的種種仍馳騁在他的腦海，彷彿在一瞬間做了一場漫長的夢。

有名帶著「祈願鴿」的占卜師——穆茲赫好久以前就聽過這個傳聞。

儘管不知道是從哪傳出來的，但最先聽到的是，有名男子背著裝鴿子的籠子，帶著一名以頭巾覆臉的年輕姑娘，在各個山村出沒，而姑娘的占卜神準無比。

最早的傳聞說，她找到下落不明的小女孩，讓她回到父母身邊，還說她能指出竊賊是誰、找到失物，總之姑娘的占卜百發百中，令人驚奇。若只是這樣，也不過是偶爾會出現、指點失物的占卜師之流，娛人耳目，但聽說那名姑娘分文不取。

村人感到驚訝、狐疑。詢問理由，姑娘說：「我是某位大人的使者，救助你們的不是我，我也不是為了謀利而幫助你們。」接著必定會留下相同的話：

——拉帕將遇上饑荒。可怕的蟲害，會將歐阿勒稻啃蝕殆盡。

屆時，做好吃苦準備的人，請放出祈願鴿求援。

不過，若把這件事洩漏給官員或帝國人員，援助將不會到來。

有些村子細心照料姑娘留下的鴿子，但大部分的村子，都在姑娘離開後就忘了這事。姑娘未曾拜訪歐拉尼村，因此村長回頭就把這件事給忘了。

聽到拉帕的平地稻田出現害蟲大約螞的混亂後，村長想起了「祈願鴿」占卜師的事。

大約螞為害慘烈，本該不怕害蟲的歐阿勒稻全數遭到侵襲，到處都有田地顆粒無收。

這件事山村裡也聽到了，但當時村長也只是稍微想起了「祈願鴿」占卜師的話，儘管懷疑她的預言，但那畢竟是遙遠平地的稻田，他只覺得與他們並不相關。

然而大約螞蟲害不僅侷限於平地而已。

去年，山裡也有幾座村子的歐阿勒稻冒出了大約螞。官員們找上門來，命令村人把田燒掉，引發了軒然大波。村長聽說平地的村子有人餓死，而山裡的村子，去年終於也有人餓死了。

幸虧歐拉尼村尚未出現大約螞。但帝國的香使前來調查時，村長還是差點嚇破了膽。

即使在山區，歐阿勒稻也是主要糧食。

在引入歐阿勒稻以前，山裡種了旱稻、約吉麥、約吉蕎麥等各種作物，但開始種植歐阿勒稻以後，這些作物就算播種也長不出來了。即使如此，歐阿勒稻這種稻子依然無可挑剔，生活變得輕鬆寬裕，是從前根本無法想像的富庶。

聽到其他村子燒掉歐阿勒稻，村長看著眼前這片結實累累、隨風搖曳的歐阿勒稻金色稻穗。他光是想像要燒掉它們，便感到背脊一陣冰涼。

就在這時，他忽然想起「祈願鴿」的占卜師。

燒掉歐阿勒稻的山村裡，唯有一座村子——雅拉村沒有人餓死。

聽說雅拉村的人悉心照料鴿子，一得知平地的慘狀，便立刻將鴿子放了回去。

倘若傳聞是真的，我們村子是不是也應該弄來「祈願鴿」並放回去？穆茲赫琢磨著。

一想到這點子，他再也坐不住，要做就要快。他手上沒有鴿子，而且既然遙遠平地的大約螞都飛到山間稻田來了，從鄰村飛到這裡更是輕而易舉，搞不好明年就得燒田了。

幸好雖然關係頗遠，但雅拉村的村長和穆茲赫是親戚。

穆茲赫立刻帶著一份禮品，拜訪雅拉村，懇求雅拉村村長送他們一隻「祈願鴿」。

雅拉村的村長為人豪爽，一邊聽穆茲赫說，一邊點頭。

接著他說，村子裡養了五隻鴿子，送他一隻是無所謂，接著露出觀察般的眼神，看著他問：「你們那兒還有約吉麥的麥種嗎？」

「約吉麥？」穆茲赫忍不住反問。

以前約吉麥曾大量種植，但自從開始種歐阿勒稻以後，就再也沒人栽種了。與其說是不種了，正確來說是即使播種也長不出來了。

「不清楚，應該還有些村人有吧。為什麼問這個？」

雅拉村的村長直盯著穆茲赫，說：「『祈願鴿』的事也是，你可以發誓，我們現在在談的事，你絕對不會說出去嗎？」

「那當然了，你可以相信我。」

「你能徹底保密，連對村人也不洩漏半個字嗎？」

「沒問題。」穆茲赫點著頭，感到心跳加速。

雅拉村的村長微微傾身，壓低嗓音道：「我們村子之所以沒人餓死，全靠約吉麥啊。」

歐拉尼村的村長吃了一驚，揚眉說：

「約吉麥？你是說你們在種約吉麥？怎麼可能種得出來？」

雅拉村的村長本欲開口，尋思一陣後低吟般說：「這件事，我跟你說了也沒意義吧。」

「這又是怎麼說？別賣關子了，拜託，告訴我吧！」

「不，我不是賣關子，而是聽說每個村子做法不同，所以我把我們村子的狀況告訴你也沒有意義啊。」

「做法不同？」

雅拉村的村長點點頭。「這事密使大人特別提醒過我。」

「密使大人？」

「『祈願鴿』的占卜師啊。她是某位大人祕密派遣來的，我們村子都稱她密使大人。」

聽到這裡，穆茲赫忽然想起重要的事，探出身子問：

「說到這密使大人，聽說她不收取謝酬，是真的嗎？」

「是真的。我們真是發自肺腑，對她感激不盡，提出各種謝禮，希望她能接受，但她全都拒絕了。」

「這樣啊……」

穆茲赫怎麼樣就是覺得可疑，微微沉吟。「……那，密使大人怎麼說？救了你們的那個法子，不能如法炮製，也拿來救我們的村子？」

雅拉村的村長點點頭。「密使大人交代，如果有其他村子想要放出『祈願鴿』，說出我們村子是因為種了約吉麥而倖免於難，這倒無妨，但這是只屬於雅拉村的做法，其他村子就算採用相同方法，約吉麥也不一定長得起來。所以想要得救，就放出『祈願鴿』。她要我告訴這些人，只要鴿子到了，大人就一定會派人去救村子——密使大人是這麼說的。」

穆茲赫板起臉孔。「真有這樣的事？我聽了怎麼只覺得是在故弄玄虛。啊，不是說你，是說那個密使大人。」

雅拉村村長聽了搖搖頭。「不是這樣的。你還沒有親眼看見才會這樣說，等你實際見到密使大人，就會明白了。」

接著他以嚴肅的眼神看著穆茲赫。

「我還是要仔細叮嚀你，千萬不可以懷疑密使大人，也不要瞧不起大人。你也明白，不管是麥子還是什麼，作物成長都需要時間，有許多瑣碎的活要幹，但重要的正是這些瑣碎的活。或許會有一兩個村人心裡有些懷疑，覺得那些細活太麻煩了，偷懶漏掉一兩項。我們村子也有這樣的傢伙，結果可慘了。

所以我才要提醒你，你要好好聽清楚。

重要的是，首先村長自己要發自心底深信不疑，要村人照著密使大人交代下來的去做。就算耗時間、費功夫，有人怨聲載道，也要一一做好。這麼一來，約吉麥就一定會結實。我們村子沒有半個人餓死，這就是最好的證據。」

雅拉村村長身子略略前傾，深切地訴說。穆茲赫被他認真的口吻鎮住。

「這樣啊，既然你都這麼說，我就相信好了。」說完，他赫然想起來，「可是，咱們村子已經沒有約吉麥的麥種了。」

雅拉村的村長說：「這樣的話，我分一些麥種給你們吧。」

「咦，你肯幫這個忙嗎！」穆茲赫忍不住面露喜色，又連忙補充，「可是，你們這裡今年也不能種歐阿勒稻吧？那約吉麥不就是你們的救命糧食了嗎？就算只分一些，我也實在過意不去啊……」

雅拉村村長微笑。「別在意，這種時候本來就該有難同當，而且咱們村子今年不止種約吉麥，也在試著種蕎麥。」

「咦！」穆茲赫吃了一驚。

雅拉村的村長神色肅然，以感慨萬千的語氣說：

「你們也是，真的實際做下去，可要歷經非同小可的辛苦。首先得開墾一塊隱密的田地，免得被官員和香使發現。一切都得從長計議。」

「您是村長穆茲赫嗎？」

被密使問道，穆茲赫點點頭。「感謝大人遠路迢迢前來，請先過來這裡歇息一下吧。屋子簡陋，實在不配恭迎大人，不過還是請進吧。」

「多謝。」

密使隨著穆茲赫往前走，男人們都退到兩旁，讓兩人經過。

在玄關窺看的穆茲赫之妻連忙進入屋內，穆茲赫請密使進入泥土地的屋裡另一頭設有地爐的木地板空間。

進入屋內，密使仍未脫下一身黑衣，也沒有取下頭罩面罩。她把腳上走山用的靴子裝進袋子裡提著，走上木地板，在客位坐下。

村中有職位的男丁都魚貫入內，圍著地爐，與密使面對面坐下來。

「在這裡的都是歐拉尼村的村幹部……」

穆茲赫逐一介紹男人們，這段期間，穆茲赫的妻子和兒子們端來菜餚茶水，擺到眾人面前。

穆茲赫請密使先潤潤喉，但密使只是恭敬地道謝，請穆茲赫的妻子撤下茶水和菜餚。妻子吃了一驚，遲疑不決，密使以平靜的口吻說：「抱歉必須婉拒這番盛情招待，但這是祕密會議。萬一有官員來訪，會從茶水和菜餚的數目，看出除了各位以外還有另一人。」密使看向穆茲赫等人，「我的傳話，已經轉達給各位了吧？」

男人們紛紛點頭。

「是，我們都明白，只是覺得不招待未免過意不去……喂，把東西撤下去。」

妻子收拾的時候，穆茲赫想起另一個指示，漲紅了臉起身，說著「得罪了」，坐到密使旁邊。

待他坐下之後，密使開口：「時間緊迫，要做的事很多，完成也需要時間，我就開門見山了。我先前傳話過來，請各位去勘察西之谷，各位已經看過了嗎？」

「啊，是，已經看過了……」

穆茲赫說著，望向男人們。其中一人意會，開口：「不好意思，那一帶代代都是我們家的山，所以由我來說。要把那裡開墾成約吉麥田，我覺得有點難。

那座山谷開出來的馬奇花是藍色的。自古以來就說，淡紅色馬奇花的土地，適合種約吉麥，但約吉麥在開藍色馬奇花的土地上，長不出來。」

密使偏頭說：「約吉麥？我應該沒有說過要把那裡開墾成約吉麥田。」

穆茲赫慌了。「咦？不是嗎？雅拉村的村長說他們種了約吉麥，所以我一直以為是要找種約吉麥的候補地點……」

密使搖搖頭。「不是的。開藍色馬奇花的土地，麥子不易成長是事實，這也是一點，但比起雅拉村，我更晚才來到這座村子，所以沒有時間了。這座村子要種的是約吉蕎麥。約吉蕎麥可以很快收成，最重要的是，在西之谷那片土地也可以成長。」

眾男子一陣譁然。村人手上還有雅拉村村長分給他們的約吉麥麥種，但若要種約吉蕎麥，他們已經沒有種子了，而且西之谷離村子太近了。許多人面露難色，認為要在那裡祕密種田，根本不可能。

「呃，小的僭越，比起西之谷……」

「各位更想開墾歐戈谷是嗎？」

聽到密使凌厲的反問，穆茲赫大吃一驚。他確實正準備如此提議。

「是，那裡比較——」

「離村子更遠，不會被官員發現，而且距離夠遠，不受歐阿勒稻影響，種植面積更大？」

理由被逐一搶先說出，穆茲赫把話吞了回去。

密使搖頭。「歐戈谷或洛奇塞山的窪地、尤馬奇平原都不行。」

男人們再次喧嚷起來。因為這些地方，全都是他們以為可以成為候補地點的土地。

「……為什麼那些地方不行？」

「歐戈谷、洛奇塞山的窪地、尤馬奇平原都離村子太遠了，而且必須從頭開墾。但西之谷的話，只需要把現在種菜的梯田改為種穀物就行了。」

穆茲赫皺眉。「不，可是那塊田離歐阿勒稻的田太近了，什麼都種不起來。雖然中間隔了一片雜木林，但那裡就在搬運歐阿勒稻的路線旁邊，我在那裡拔過好幾次自己長出來的『歐阿勒落稻』。」

穆茲赫嘀咕，幾名男子也七嘴八舌地說「我也拔過」。

帝國恩賜的稻種會由馬車運送，沿路經常會看到不是刻意栽種、而是自己長出來的歐阿勒稻。老鼠特別喜歡歐阿勒米，有時會溜進貨運馬車裡咬破米袋。即使嚴格防堵仍無法做到滴水不漏，有時稻種不知不覺間掉出來，就會落地發芽。

這稱為「歐阿勒落稻」，香使指導村民一旦發現，就一定要拔除並燒掉。因為如果沒有發現，放置不管，便會越長越多，周圍的草地將枯萎，無法放牧家畜。

生長在野外的歐阿勒稻稻殼特別硬，米粒很小，傳說偷吃的人會痛苦萬分，最後死去，因此慣例上一發現就會仔細拔除並燒掉。

「而且離歐阿勒稻太近，可能會被香使大人發現。」穆茲赫說。

密使搖了搖頭。「反倒是因為近……」

說到一半，密使突然打住了話，轉向玄關。

接著她倏地起身，拎起自己坐的稻草坐墊，壓低聲音對穆茲赫說：

「香使來了。」

「咦！」

「我給你的信裡，提過這種情況要如何應對吧？請依照指示行動。後門在哪裡？」

穆茲赫被密使迫切的口吻震懾，指向木地板右邊的拉門。

「那裡是廚房，廚房後面就是後門。」

密使點點頭，拎著坐墊迅速開門，消失在門後。

好一陣子，一眾男人只是呆望著密使消失的方向，但玄關很快響起敲門聲，把他們嚇得渾身一震。

「……我是香使歐拉姆，可以開門嗎？」

聽到這話，其中一名男人瞪圓了眼，喃喃道：「還真的來了。」

穆茲赫慌忙起身，走下泥土地去開門。

香使歐拉姆站立在黑暗中。他提起燈籠吹熄了火，疊起來說：「啊，穆茲赫村長，抱歉夜裡打擾，我聽說今天這兒在開會，所以過來看看。」

「啊……是這樣啊。啊，請、請進來坐吧。」

穆茲赫擔心著撞擊胸口的心跳聲會不會被聽見，但仍勉強擠出笑容，請香使入內。

「打擾了。」

歐拉姆行了個禮，進入泥土地，脫下高筒靴走上木地板。

他環顧整個木地板間，笑著問：「村裡的幹部都到齊了呢，是在開什麼會呢？」

男人們表情僵硬地仰望他，一名長老資格的男子清了清喉嚨開口：

「哦，就是……我們在討論往後該怎麼辦。」

歐拉姆看那名老人。「莫拉多老爺子，你怎麼啦？滿頭大汗的，是身體不舒服嗎？」

「……不不不，沒有哪裡不舒服。」

老人搖著手支吾其詞，一旁其他男人伸出援手。

「老實說，看到香使大人上門，咱們真是怕死啦——害怕會不會這回終於要輪到咱們村子燒田了。」

聽到這話，歐拉姆輕輕「噢」了一聲。

「原來是這樣，也難怪你們看到我就像見到鬼。」

站在歐拉姆身後的穆茲赫出聲：「噯，大人請坐。」

穆茲赫說著，注意到客座沒有坐墊，朝裡頭招呼：「喂，拿張坐墊過來！」

穆茲赫一邊吆喝，內心對密使帶走坐墊的天衣無縫咋舌不已。

三、擄掠

泛著藍色的黑暗中，黑色人影緩緩行動。

可能是因為沒帶燈火的關係，人影踩著謹慎的腳步，慢慢走下山路。

香使歐拉姆躲在樹後，監視著人影的動靜。

（……只有一個人？）

他原本以為如果要去，應該是數人結伴，因而感到意外，但很快地，人影背後出現其他人影。

（一個、兩個……三、四、五……五個人嗎？）

和領頭的人一樣，五名男子黑燈瞎火地下山來，每個人手中都拿著或扛著東西。

太黑了，完全看不清五官，歐拉姆沒能認出這些男人誰是誰，但他不在乎，因為不管是誰，都一定是雅拉村的人。

在尤吉爾下令之前，歐拉姆就已經派部下調查了這座村子的周圍。

儘管燒了歐阿勒稻，雅拉村卻無人餓死，肯定是透過某些手段獲取糧食。那麼可能性最高的，就是私下開墾，種植作物。但話說回來，沒有香使指導，即使有隱田，也無法種植歐阿勒稻。

歐阿勒稻的稻種受到嚴格管理，肥料的分配也在嚴謹的管理下進行。假設山村的村人有辦法在未報的隱田種植作物，那就是種豆子、約吉麥或約吉蕎麥吧。

但約吉麥或約吉蕎麥的原種都無法抵禦歐阿勒稻。豆類雖然種得起來，但產量應該不足以糊口。無論哪種作物，想要獲得充足的收穫，都必須在離村子相當遠的地方栽種才行。

但這一帶山勢險峻，能耕種的面積很少。歐拉姆不認為遠離村子的地方有能夠開墾的土地，但還是派屬下的香使們在足夠遠離村子的田地、不受歐阿勒稻影響的地方，尋找適合祕密耕種的地點，不過截至目前，雅拉村周邊尚未發現隱田。

（如果不是隱田的話……）

只能是透過某些手段，祕密交易來獲取糧食了。

孩子們說的「神明的使者」，聽起來也像在暗示有人與雅拉村村民接觸。

因此歐拉姆不再尋找隱田，改為和眾香使輪流監視村子。尋找隱田的工作，可以在平時的職務空檔進行，但如果要每天監視村人的行動，在只有少數部下可以差遣的情況下，可謂相當困難。歐拉姆便懷著僥倖的心態觀察，期待監視的日子會發現動靜，看來他運氣很好。

歐拉姆跟在下山的男人們後面，忽然感到不對勁。

天已經開始亮了吧。一行人的身影看得比先前更清楚了，也能辨識出前方的男人們攜帶的工具輪廓，看得出是農具。

（……那麼，不是走私交易，果然有隱田嗎！）

他的心跳猛烈加速。

確定男人們返回村子後，歐拉姆循著山路走去，很快地，他發現隱田就在意想不到的地點。

歐拉姆無法相信眼前的景象。

（怎麼會……）

結實了？

歐拉姆撫摸著已經抽穗的約吉麥，茫然環顧這塊隱田。

這裡原本是種菜的地方。即使現在他也相信這裡一定是菜園，所以從來不曾前來調查；而且緊鄰這塊田的南側，就是原本種植歐阿勒稻的梯田。稻子已經燒得一乾二淨，現在空空如也，但原本距離這麼近的地方就種著歐阿勒稻。

是因為歐阿勒稻燒掉之後，已經過了一段時間？

（不。）

不可能。歐阿勒稻讓其他穀類枯萎的力量非同小可。每年栽種歐阿勒稻的田地周邊，即使後來歐阿勒稻因為某些理由改種到其他地點，此後仍會有多年無法種植穀物。這對香使來說是常識。如果徹底挖除舊土，換上新土，或許有辦法種新的穀物，但適合耕種的地點，多半都已經種上歐阿勒稻了。

歐阿勒稻改變土質的力量極強，不光是種植地，甚至會影響周邊的土質。

未遭受大約螞侵害的地區，必須以栽種歐阿勒稻為優先，因此即使找遍全歐戈達藩國，應該也難以取得足量未受歐阿勒稻影響、適於耕種的土壤。

為了挽救歐戈達的饑荒，歐拉姆等人也提議從帝國本土運輸土壤，更換燒掉歐阿勒稻之後的泥土，但這個方法所需的花費和勞力非同小可；加上帝國認為歐戈達擅自製造肥料，沒有道理予以救濟，因此未能實現。

歐戈達藩王為了救助人民，在部分地區開始更換土壤，但仍以救濟藩國的穀倉地帶為優先，無暇顧及山村，況且土壤價格也水漲船高。這些山村的人，不太可能憑自己的力量從別處弄到土壤更換，而且若是這麼做，應該早就曝光了。

（怎麼會？——到底是怎麼種出約吉麥的？）

事態嚴重了——這個想法自深處湧上心頭，歐拉姆一陣哆嗦。

歐拉姆長年擔任香使，也會武術，但在探查歐戈達時也總是小心再小心。這種藩國雖然從屬於帝國，卻仍伺機茁壯國力。

然而唯獨這個片刻，歐拉姆完全沉浸在自己的思考當中。有人抓住了這個破綻。

他感覺到數人直奔而來，回過頭時已經無暇脫身了。

繩索般的東西迎面撲來，歐拉姆反射性地抬手格擋，但下一秒已被來自四面八方繫著秤砣的繩索纏身，動彈不得。

歐拉姆整個人被拽倒，約吉麥尖銳的葉緣刮過臉頰和手臂。他被推倒在田地上，仰頭望去，一眾男子背對著初升的朝日，正咬牙切齒地俯視著自己。

歐拉姆只能乾瞪著臉頰有刺青、凶猛的歐戈達武人。

愛夏感覺到烏來利的氣味，起身去開藏匿處的門。

她等待敲門聲響起後再開門，夾雜著雨絲的寒風也吹了進來。

「馬修在嗎？」烏來利連聲招呼也沒有，一臉緊張地問，濕髮貼在額頭和臉上。

「沒有，不在。他說有事，今早去帝都了。」

烏來利臉上盡是失望的神色。

愛夏回到房間，取來厚手巾遞給烏來利，再接過濕雨衣，在室內的泥土地晾起來。

「我來泡茶，請先暖暖身體吧。」

烏來利點點頭，進了房間。

這個藏匿處是客棧改建的，有許多房間，可容納多人休息。馬修準備了許多這類藏匿處，愛夏在身為香使的職務間執行密使的任務時，會利用各地的藏匿處。

烏來利現在已成為重要的「夥伴」之一，為馬修工作。烏來利還有藩國視察官的任務，因此無法專注於這邊的工作，但兩人現在都負責視察歐戈達藩國，對任務極有助益。

大禍在即，為了推動計策克服這場災禍，拉歐老師和馬修討論之後，歷經漫長歲月精挑細選，召集來一群人，也就是他們的「夥伴」。

首先是米季瑪及塔庫一家人。米季瑪是拉歐老師的女兒，塔庫是拉歐老師的堂兄。兩人與馬修共同參與這個計畫最久，是活動的中樞人物。

烏來利和歐洛奇則是在大約螞蝗災正式爆發後才加入的新人，但兩人是和馬修出生入死多年的戰友，彼此有著堅定的情誼；而且兩人武藝高強，擅長各種諜報工作，極為可靠。

加上馬修和拉歐老師，「夥伴」僅有十二人，但每個人都理解活動的意義，儘管明白可能蒙上重罪，仍願意參與。

不過知道香君歐莉耶也是「夥伴」，以及愛夏是「夥伴」的真正理由的，就只有米季瑪和塔庫一家，烏來利和歐洛奇並不知情。愛夏和馬修擁有異於常人的嗅覺，與香君的存在有千絲萬縷的關聯，頗為敏感，馬修似乎認為現階段沒有必要刻意說出來。

烏來利和歐洛奇只知道愛夏可能是馬修的表妹。聽到這件事，兩人都驚訝得瞪圓了眼，但隨即露出領悟的表情。他們應該是認為，馬修會甘冒危險拯救愛夏等人，就是基於這層關係吧。

犬師歐洛奇木訥寡言，幾乎不會顯露出情緒，但烏來利表情豐富。以前在故鄉西坎塔爾遇到他時，愛夏就覺得他是個血性漢子；一起共事後，她有時會擔心烏來利武人的身分，是否讓他備感煎熬？

愛夏送上加入蜜汁的熱茶，坐在暖爐邊取暖的烏來利道謝接下，啜了一口，嘆了口氣。

「出了什麼事嗎？」愛夏問。

烏來利低吼：「歐拉姆被抓了。」

愛夏驚訝地反問：「被抓了？」

「對。潛入『歐戈達曉光』的密探回報說，今早歐拉姆在調查雅拉村的隱田時，遭到

『歐戈達曉光』攻擊。」

愛夏想起歐拉姆半白的頭髮及和藹的表情，感覺到自己的臉血色盡失。

歐拉姆是上級香使，與新喀敘葛家有血緣關係，奉伊爾‧喀敘葛及其子尤吉爾之命行動，但愛夏十分尊敬他身為香使的見識，也對他的為人感到親近，因此這個消息讓她宛如胃被一把揪住般不安。

歐拉姆被抓的地點也令人擔憂。

「看來歐拉姆大人找到隱田了呢。」

烏來利表情嚴峻地點點頭。「從歐洛奇的回報來看，他們一直在我們的誘導下，往不相干的地方找，所以原本還放心了……」

愛夏蹙眉。「到底是怎麼回事呢？既然是在隱田被抓的，表示『歐戈達曉光』也知道雅拉村有隱田嗎？」

烏來利沉吟。「不確定。有可能是打算抓歐拉姆而尾隨他，一路跟到了隱田；但也必須考慮雅拉村有人和『歐戈達曉光』勾結，為了保護隱田而抓走歐拉姆的可能性。這種情況，表示『歐戈達曉光』也已經知道讓村人開墾隱田的『密使』存在。不過村人知道的情報有限，現階段應該不必過度擔心，但往後行事必須更加謹慎才行。」

「歐戈達曉光」是以歐戈達獨立為目標的武人組織，它的真實情況完全成謎。歐戈達藩王對帝國宣稱他們是叛國賊，一旦發現會予以嚴懲。但馬修說，組織的領袖很有可能就是藩王的親人。

儘管標榜追求獨立，但「歐戈達曉光」目前沒有發起任何叛變行動。他們在歐戈達藩內僅發動了一些零星行動，像是攻擊利用帝國權威、過度壓榨歐戈達商人的烏瑪人商館，以及為了討好帝國，剝削歐戈達農民、賄賂帝國的農業官員等，因此帝國對他們一向未多加留意。

烏瑪帝國的掌權者會開始留意「歐戈達曉光」的動向，是在發生烏糞石走私事件之後。因為對帝國而言，歐阿勒稻是支配屬國的根基，意圖私自栽種就是滔天大罪，是最應該關注的活動。

皇帝把「歐戈達曉光」的調查工作交給伊爾・喀敘葛掌管的富國省，同時把馬修從西坎塔爾召回，將他任命為歐戈達藩國視察官，要他也探查歐戈達的狀況。皇帝知道馬修與舊喀敘葛家當家拉歐十分親近，為了不偏袒新舊喀敘葛家任何一方，維持均衡，經常如此行事。

對馬修來說，這樣的安排求之不得。

因為當時，他已經預料到大約螞將會對歐戈達的歐阿勒稻造成莫大損害，遂將計畫付諸實行，讓愛夏扮演「祈願鴿」占卜師，拯救農村。

「歐拉姆大人現在在哪裡？他有沒有受到危害？」

愛夏臉色蒼白地問，烏來利搖搖頭。

「不知道，密探也還沒找出他被帶去哪。至於危害嘛……這也不清楚，但歐拉姆是上級香使，對方應該也清楚如果殺害上級香使，會引來帝國報復，非同小可。我不認為他們會貿然行動，拖累整個藩國。」

「會不會因為這樣，反而更危險？」

「……」

「光是對香使動手，就已經是大罪了，他們難道不會想要隱瞞擄人這件事嗎？」

烏來利沒有回答，但從他的表情可以看出，他也正擔心這一點。烏來利望向茶水，沉默片刻，接著說：「假設是為了不讓帝國得知隱田的存在而抓走他……沒錯，應該會索性把他殺掉吧。但是，不可能立刻就動手。如果只是不想被帝國發現隱田的存在，直接在田裡殺了他埋掉就沒事了；會把歐拉姆抓走，應該是想留他活口，加以利用吧。」

即便如此，歐拉姆接下來的命運也不會改變。

（居然會發生這種事……）

愛夏低頭，咬住嘴唇。

這幾年來，為了把歐戈達人從飢餓中拯救出來，愛夏拚了命地奮鬥。

她教導山村人民開墾隱田的方法，這無疑是份危險任務，但是歐戈達的掌權者無法讓百姓免於這場慘禍，在這種狀況下她能伸出援手，對愛夏來說，簡直就像在拯救自己一樣幸福。

遭到大約螞侵襲的農村，百姓的處境慘絕人寰，在執行香使任務的過程中，愛夏徹底了解到百姓面臨飢苦是怎麼一回事。如今她也能深切地體會到父親的感受。

即便歐阿勒稻是帝國用來支配藩國的工具，愛夏覺得換作自己，也絕對無法拒絕，讓百姓置身餓死的危險中。對於在飢餓中受苦的每個人而言，生命都是獨一無二的，一旦失去就再也不可能挽回。

雖然無法藉此彌補因祖父的決定而失去的那些生命和痛苦，但她想要設法救助眼前這些人。不過，這場歐戈達的悲劇，背景錯綜複雜，即使想將百姓從飢餓中解救出來，也不是直接實行就好了——因為這場災禍的根源，與帝國支配藩國的結構密切相關。

對烏瑪帝國而言，歐阿勒稻是不必征戰就能拓展國土的夢幻稻作。然而現在，大約螞僅憑小蟲之力，便輕易開始顛覆這個支配的前提。

拉帕的水田出現大量害蟲讓歐阿勒稻枯萎，消息一出震驚全帝國，將人民推入驚惶的深淵。最初發現蟲卵時，只是燒掉周邊的田地就防堵了大約螞；拉歐老師也嚴格指示香使不可放過約螞大繁殖的情形，若是做出燒田的處置，也會補償農民的損失，因此之後很長一段時間，都沒有再看到大約螞出現。

然而近年各地高溫多雨的狀況頻繁，監視日趨困難。尤其在溫暖的歐戈達南部，約螞三番兩次大爆發，很快地，有種植地未留意到出現蟲卵，已有大約螞孵化了。

大約螞一旦出現，擴散速度異常迅速。眾香使嘗試各種殺蟲藥都無法消滅大約螞，除了將出現大約螞的歐阿勒稻田徹底燒毀外，別無驅除之法。

對於根本無法栽種歐阿勒稻以外穀物的歐戈達人而言，命令他們燒掉歐阿勒稻，無異於叫他們餓死。而歐戈達人民已經發現了——如果當初不歸順帝國、不種植歐阿勒稻，根本就不會發生這樣的悲劇。

在獲得歐阿勒稻以前，歐戈達的百姓種植約吉麥和約吉蕎麥等各類穀物為生。儘管相較於歐阿勒稻，產量只有幾分之一，但仍勉強足以供應人民溫飽。但已經種過歐阿勒稻的現在，不管是約吉麥還是約吉蕎麥，都再也無法栽種了。歐戈達人民被拋棄在莫大的恐懼之中。

帝國對外宣傳，說這場災禍是肇因於歐戈達藩國的造反行為。

帝國表明，只要正確種植歐阿勒稻，就不會有任何病蟲害。歐戈達就是用自己的方式私造帝國禁止的肥料，用在歐阿勒稻上，才會造成大約螞肆虐。

歐戈達的當權者觸犯禁令，私造肥料是事實，因此目前人們都相信帝國這番說詞。如果這就是害蟲出現的原因，損害就只會侷限於歐戈達一地；其他藩國也想如此相信，因此暫時應該也只能藉由這番說詞，維持對藩國的支配。

不過，萬一大約螞出現在帝國本土，這個說詞就再也無法說服人了。

皇帝和伊爾．喀敘葛也心知肚明，但他們現在依然繼續宣稱，在歐戈達以外的土地只要以正確方式種植歐阿勒稻，就不會遭受蟲害。

——帝國就像一大群牛。

馬修這麼說過。

——即使領頭的牛發現危險，要改變一整群牛的方向，也不是件易事。有時改變方向，反而會引發別的損害。所以皇帝陛下不能貿然改變方向，而是要摸索出可以不必改變方向的方法。即使來自藩國的批判變得更強烈，帝國也絕對不會承認己非。他們應該會繼續把責任轉嫁給歐戈達，聲稱就是因為歐阿勒稻被施了錯誤製法調配的肥料而變質，約螞吃了才會變異成大約螞。

馬修說著，嘆了一口氣。

——這個說法，或許暫時能塑造帝國沒有過錯的印象。但根本的問題還是存在——人民在挨餓。

和塔庫等人試驗的肥料改良，在三年前終於有了重大突破。他們成功讓約吉麥和約吉蕎麥這些歐戈達的傳統作物結實了。

開始用「祈願鴿」占卜師這種有些裝神弄鬼的方法幫助歐戈達山區的村民時，歐莉耶傳給她一封鴿書——上面只用暗號寫了一句「謝謝」——愛夏現在仍十分珍惜，收藏在懷裡隨身攜帶。

她忘不了看到隱田裡結實的約吉麥時，村人無法克制的歡呼和笑容。

即使和危險比鄰，愛夏也從未感到退縮。

（可是……）

沒想到這樣的行為，竟會讓歐拉姆身陷險境……不安與焦慮湧上心頭，愛夏咬住下唇。

或許已經太遲了。但即使只有一絲希望，她都想救助歐拉姆。

愛夏抬頭看烏來利。

「烏來利大人，可以請你去米季瑪大人那裡嗎？」

烏來利訝異地看向愛夏。「去米季瑪大人那裡？為什麼？」

「如果讓『歐戈達曉光』認為發現隱田的香使不止歐拉姆大人一個人，會怎麼樣呢？」

烏來利的眼睛浮現領會的光采。「有道理。」

如果隨便放出風聲，他們在「歐戈達曉光」內部安插密探的事便可能被發現，必須步步為營，但對烏來利來說，操縱情報是家常便飯。

不過烏來利的表情很快又暗了下來。

「如果想拯救歐拉姆的性命，這麼做確實有效……」說著他搖了搖頭，目光從愛夏身上別開，「我無法作主，必須傳鴿書回報，等馬修回信。」

烏來利還沒說出這句話，愛夏就想到了一樣的顧慮。

如果救了歐拉姆，隱田就會被新喀敘葛家得知。而憑伊爾．喀敘葛的本事，用不了多久就能查出雅拉村到底在幹什麼勾當。如此一來，過去的隱密行動將全數化為泡影。

雅拉村的村人也會受罰，而且如果從他們身上追查到愛夏等人，不光愛夏，所有同伴的生命都會受到威脅。不僅如此，防堵大災禍的計畫也有可能被斷絕執行之路。

（要是馬修大人在這裡……）

他會怎麼說？

想到這裡，一抹冰冷的想法忽然撫過心底。

發現隱田的歐拉姆，被「歐戈達曉光」暗中抹殺，對他們來說，這會不會是個巧到不能再巧的好事？

不必弄髒自己的手就能除掉歐拉姆，而且即使事跡敗露，既然下手的是「歐戈達曉光」，也可以讓上頭以為隱田也是他們開墾的。畢竟歐戈達人都想自己做肥料了，偷偷開墾田地也是順理成章。

愛夏被這種陰冷的想法攫住，摩挲蒼白的指頭。

（這會是……）

馬修畫出來的藍圖嗎？

愛夏不願相信馬修竟冷酷到這種地步，但算無遺策的馬修在執行「祈願鴿」這個危險的計策時，不可能沒有防範被新喀敘葛家發現的危險。

這如果是馬修的預防策略，即使送出信鴿也不可能救得了歐拉姆。

烏來利從櫃子裡取出鴿書用的紙振筆疾書，一旁的愛夏不斷搜索枯腸。

即使有辦法，也不能去救歐拉姆吧。救了歐拉姆就會害許多人失去性命，況且歐拉姆可能早就被殺了，自己一個人無能為力。

縱然這麼想，想要救助歐拉姆的衝動仍反覆浮上心頭，就像爐火中的鍋底不斷冒出氣泡般，搖撼著全身。

一想到自己一直以來的作為竟會害死歐拉姆，她實在坐立難安。

她為了救人，一路拚命至今，然而卻從沒有想過這些行為竟會造成這樣的後果。自己的天真，讓她無比懊悔。

「我去送鴿書。」

烏來利的聲音讓愛夏猛然回神。

他披上仍濕答答的雨衣，說：「謝謝妳的熱茶，很好喝。」接著便出門了。

門關上，愛夏怔怔地望著那道門，感覺到烏來利的氣味逐漸遠離。同時她也發現一個想法浮上心頭，逐漸凝聚。

（歐拉姆大人現在怎麼樣了？至少也要弄清楚這一點。）

即使已不幸遇害，也要讓他入土為安，並為他祭拜。縱然這麼做只是為了讓自己心安，愛夏也絕不願意讓歐拉姆就這樣下落不明、結束一生。

愛夏站起來，迅速整裝。

四、追蹤

抵達隱田的時候，雨已經停了，但風勢依舊強勁。

看著午後陽光照耀下的隱田，愛夏對抗著逐漸淹沒全身的失望。

一下雨，森林的草木、泥土等，所有的氣味都會改變。風摻雜著動物濕毛皮的氣味，各種紛雜的氣味吹來，其中卻感覺不到歐拉姆的味道。

（……他是在哪一帶被攻擊的？）

愛夏在田地與森林的境界緩步前進，來到一處被高筒靴踩亂、田土凹凸不平的地點。雖然有可能是雅拉村男丁的腳印，但被踩得亂七八糟，有些腳印還相當深。

她眼前浮現一群人抬起歐拉姆，高筒靴陷入田土的景象。愛夏感到胸口一陣激動。

她蹲下來想要好好嗅聞味道，這時意外聞到一股稀薄的氣味。是糕點的甜香。不知為何，其中一個長筒靴的腳印，依稀散發出糕點的香料味。

（……這是披夏糕的味道？）

披夏糕是一種昂貴的糕點，加入披夏這種貿易品香料製成，山村裡絕對看不到。據說在有貿易商船往來的南部港鎮，富人在婚禮或慶祝升遷時，會以披夏糕宴客。烏來利曾經從他收到的糕點禮盒裡，分了兩塊給愛夏。

想到這裡，一抹思緒掠過腦際，她瞇起眼睛。

（是什麼呢？）

關於披夏糕，她依稀感覺好像有過什麼神奇的回憶。愛夏拚命回想，馬匹和稻草的氣味終於在腦海裡漸漸復甦。

（……啊！）

對了，她曾經在山村聞到過一次披夏糕的味道，不是在雅拉村，而是在靠近平地的阿吉拉村。跟載運歐阿勒稻草的馬車擦身而過時，聞到了披夏糕的香氣，當時她十分意外，這麼偏僻的地方怎麼會有披夏糕？

（載稻草的馬車。）

愛夏心跳加速。

收購稻草和茅草的商人會巡迴各個村莊，是最不會啟人疑竇的行商，而且貨車上的稻草堆積如山。現在歐阿勒稻已經燒掉，因此不是來收購稻草，而是載運用來堆肥的野草和落葉等，但不管是什麼，不都是最適合偷偷搬運一個人的工具嗎？

愛夏起身往前跑去。

這一帶的山路路幅狹窄，小型馬車還能通過，大型馬車就沒辦法了。如果想把人搬到停放馬車的地點再放上車，最有可能的地點，應該是三號水車小屋後方的路。水車小屋後方的路與山路相交。

村人使用水車的時間差不多固定，而且三號水車離村子很遠，沒什麼人會去。

愛夏很想立刻過去確定一番，但她沒有穿密使的服裝，無法靠近雅拉村，而且雅拉村不是她身為香使的職權範圍，如果被村人看到只會引起懷疑。她來的時候也是繞過村子，從山裡過來的。

不過還是有能做的事。從雅拉村出去的路只有兩條，雖然不知道他們是走哪一條，但下去平地的路，會通往以前她聞到披夏氣味的阿吉拉村。幸好阿吉拉村是她的職權範圍，即使她去拜訪也名正言順。愛夏在心中祈禱，決定賭一把。

山路前方傳來馬匹的氣味。她把租來的馬留在山裡過來，原本有些擔心，但看來馬沒有被狼攻擊，平安地等著她。

抵達阿吉拉村的時候，太陽已經西斜，家家戶戶的稻草屋頂在夕陽下閃爍金光。即使變成了稻草，歐阿勒稻的氣味依舊濃烈。一般稻草沒有茅草那麼耐用，但歐阿勒稻的稻草不僅不會長蟲，還比茅草更堅固耐用。看著歐阿勒稻的稻草屋頂宛如懷抱著家家戶戶般守護著它們，愛夏往集會的廣場走去。

晚飯時間近了，廣場空空蕩蕩，但有幾名商人正在整理賣剩的商品。

愛夏看到熟稔的鞋販子，下馬之後牽著馬走過去。鞋販子注意到她，立刻滿臉堆笑。

「啊，香使大人。這麼晚了還在工作，辛苦您了。」

愛夏也微笑點頭。

「叔叔才是，做生意做到這麼晚，辛苦了。今天下過雨，一定很冷吧。」

「唔，是啊，噯，習慣啦。」

鞋販子說著，把手放在收起商品的盒子上問：「香使大人要買鞋嗎？」

「啊，抱歉，不是的。我有些事，正在找稻草商，叔叔今天有看到嗎？」

「稻草商？我想想，今天有看到嗎……？」鞋販子露出回想的表情，很快地說，「對不起啊，我不記得了。」

「這樣啊，我才抱歉，打擾你收拾了。」

愛夏向鞋販子道謝，離開攤販前。

（好了，這下該怎麼辦？）

太陽已逐漸隱身山後，廣場上，家家戶戶拖出蒼藍的陰影。

本來就像大海撈針——這樣的念頭沉沉壓上心頭。

愛夏嘆了口氣、準備上馬時，背後有人叫她：「香使大人。」

回頭一看，那裡站著一名衣衫襤褸的老人。是個老乞丐，愛夏偶爾會看到他向廣場的過客乞討。

「香使大人在找稻草商人嗎？」

「是啊，你有看到嗎？」

老人咧嘴一笑。「看到的話，有什麼賞嗎？」

愛夏定睛看著老人，回答：「如果知道你不是為了討賞而胡謅，就給你一枚銅幣。」

老人收起了笑，說：「我看到了，是真的。那個稻草商是這村子的人，老媽子住這兒，他每次來都會給他媽幾個錢，是個孝子啊。他媽一定很欣慰吧，只要那小子回來，我去向他媽乞討，都一定能討到東西。」

愛夏從斜背袋裡掏出銅板，老人的眼睛亮了起來，伸手過來，但愛夏捏著銅板說：「告訴我他家在哪，就給你兩枚。」

老人笑容滿面。「沒問題！跟我來。」

老人把愛夏帶到一棟小房子前。房屋的窗戶嵌著玻璃，現在窗戶打開了一些；屋內飄出來的煙味，聞得出不是山村人用的獸脂蠟燭，而是城裡販賣的昂貴蠟燭。

還有披夏糕的香氣。

愛夏按捺著不讓湧上心頭的喜悅浮現在臉上，將三枚銅板遞給老人。

目送老人喜形於色地折返廣場後，愛夏敲了敲那戶人家的門。細微的應門聲傳來，片刻後屋門打開。開門的是名嬌小的老婦人，披夏糕的香氣變濃了。

「請問是哪位？」老婦人一臉困惑地問。

「抱歉在這個時間打擾。我是香使，想要請教一些事。」

愛夏說著，出示香使證明的手環。

老婦人臉上的困惑更深了。「……是，請問有何貴幹？」

「聽說令郎是稻草商人。」

「是……」

愛夏說出情急之下想到的說詞：「我出於一些必要，正在調查代替稻草收購的東西，想要和令郎談談，他在家嗎？」

老婦人搖搖頭。「不，那孩子住在藩都，不在這裡。」

「啊，這樣嗎？不過我聽人說今天在這裡有看到他……」

老婦人微笑。「啊，是啊，今早他來過。因為不是他平常回家的日子，我還嚇了一跳呢。他說他剛好路過，帶了一些披夏糕來給我。」

「啊，披夏糕嗎？那很好吃呢。」

「對啊，很美味，我最愛吃披夏糕了。我兒子知道我愛吃，每次經過這裡，就算只能停留一會，也一定會帶披夏糕來給我。」

愛夏一時間想不到該如何應對，只能看著老婦人。

「……令郎真是孝順。」

她勉強說，老婦人開心地眉開眼笑點點頭。

「真的，那孩子實在孝順，我真是幸福啊。」

這個孝順的兒子，八成是「歐戈達曉光」的成員。繼續看著笑吟吟的老婦人讓愛夏覺得難受，她匆匆詢問：「我想跟令郎見個面，請教一些事，方便請教他在藩都的住址嗎？」

老婦人臉上驀地浮現不安，愛夏見狀擠出笑容。

「不用擔心，不是什麼會給令郎造成困擾的事。」

老婦人鬆了一口氣，表情放緩，說了一條叫「阿索羅街」的馬路。

「我是沒去過，不過我兒子交代過，如果有事非要找他的話，只要去阿索羅街，有座停了好幾輛貨運馬車的廣場，一看就知道了。妳知道阿索羅街在哪嗎？」

愛夏點點頭。「知道，我走過那裡。」

「那是怎樣的地方呢？一定是條大馬路吧。」

「是啊。」

愛夏對仍意猶未盡的老婦人頷首，禮貌地致謝後道別了。

愛夏折回繫著馬的廣場，被難過的情緒折磨著。

憑販賣稻草的收入，根本不可能讓母親家裡安裝昂貴的玻璃、日常使用城裡販賣的蠟燭，也不可能每次回來都送披夏糕給母親。他一定是為「歐戈達曉光」從事蒐集情報的地下工作，獲取報酬。如果被發現與「歐戈達曉光」有關，罪責不輕。想到那名老婦人，愛夏實在不忍心把她兒子送上審判場。

四下已落入深青的夜黑中，馬匹的身影也只能看見朦朧的輪廓。向晚的涼風中，摻雜著家家戶戶飄出來的晚飯香氣。歸巢的鳥兒啼叫著，飛越仍殘留一抹淡黃的天空。

愛夏忽然陷入深沉的疲累，停步望著陰暗的廣場。她好想回到藏匿處，窩在爐邊的椅子上。抓起馬的韁繩時，香使的手環碰到馬具，敲出清脆的一聲。瞬間，歐拉姆的臉浮現眼前，愛夏驚覺回神。

想到錯綜複雜的背景，愛夏對於找到歐拉姆感到遲疑，所以也許她心中某處一直在尋找可以不必行動的理由，好說服自己。

愛夏用力握緊韁繩，跨上馬。

似乎又開始起風了。她迎著風掉轉馬頭，朝向藩都。

五、生擒

愛夏雖然習慣騎馬走夜晚的山路，但抵達藩都也已是深夜時分。大馬路仍有一些酒肆還開著，透出燈光也傳出人聲，但阿索羅街沉浸在夜色中，不見人影。愛夏騎馬走進那條路，幾隻貓被馬驚嚇，跳上圍牆逃走了。

她很快就找到了貨運馬車場。

這條路她以前走過一次，但當時完全沒把馬車放在心上，因此這是她第一次仔細觀察馬車場。

門內並排著約十幾輛馬車。上面蓋著遮雨布，在黑夜中看起來就像大型動物蹲踞在那。一下馬落地，愛夏差點哀叫出來。不只腰腿，連背部都痠痛極了。香使的工作必須騎馬移動，但今天的行程著實太漫長了。馬也一臉疲態，汗味濃重，真是太折騰牠了。愛夏小聲向馬道歉，摸了摸馬脖子，把轡繩綁在圍牆上繫馬的地方。

馬車場的入口沒有門板，只扣上一根粗大牢固的橫棒。馬車很大，因此若是出不了這道門就偷不走，即使只是一根粗壯的棒子，也能有效防盜吧。

愛夏安撫著疼痛的腰腿，蹲身穿過代替門板的橫棒。接著她閉上眼睛，慢慢穿過並排的馬車之間。強風吹拂下，蓋在馬車上的遮雨布如呼吸般一鼓一癟，劈啪作聲。

馬車散發出各種氣味，愛夏聞著這些氣味往前走，感覺就好像在聆聽每輛馬車一整天勞動的回憶。

來到第三輛的時候，愛夏驚訝地停下腳步。

有披夏糕的味道——還有另一個別的氣味。

（……歐拉姆大人！）

那輛貨運馬車的貨台上散發出歐拉姆的味道。雖然跟落葉及堆肥的氣味混合在一起，但就是歐拉姆的味道不會錯。

一陣激動席捲心頭。循著披夏糕的氣味這如蛛絲般的線索一路追尋，真的把她帶到歐拉姆身邊。

這輛貨運馬車還有其他紛雜的氣味。不光是貨台，車輛本身也散發出許多氣味。愛夏閉上眼睛細聞，在氣味的刺激下，清晰的景象逐一在腦中浮現又消失——一個意外的景象浮現腦海，愛夏忍不住睜開雙眼。

是一棵巨大的奇阿撒樹沐浴在午後陽光下，閃閃發亮的景色。

（藩國總務廳？）

帝國接收了舊歐戈達王國的君王別墅，充當藩國總務廳的官廳，帝國派遣的官員則在此統領歐戈達的官員，執行藩國總務。周邊保留的庭園，據說過去是歐戈達國王一族的休憩之地。帝國派遣的官員經常因業務需求而拜訪此地，愛夏也常去。

貨運馬車的車輪氣味喚醒腦中的景象，那是被風吹動樹梢的奇阿撒樹，以及另一頭的倉庫群。奇阿撒樹下種著會結出紅色果實的小樹托姆其，這時期被風吹落的紅色果實，會夾雜在奇阿撒的樹葉中，覆蓋地面。如果只有奇阿撒樹的話，其他地方也有，但這幕景象會鮮明地浮現腦海，是因為奇阿撒的樹葉氣味中，還摻雜著托姆其的果實香味。

（……難不成……）

歐拉姆被囚禁在藩國總務廳後方的倉庫群中嗎？

（但……）

那裡可是官廳，有許多帝國官員進進出出，更有許多人認識歐拉姆。愛夏實在不認為他們會把歐拉姆囚禁在那種地方。

不過氣味很新，讓她介意。氣味如此清晰，表示應該是今天才沾上去的。

（在這裡想這些也沒用。）

愛夏回身小跑步穿過馬車之間，回到馬路上。

藩國總務廳附近也有一戶藏匿處。愛夏跨上馬匹，打算讓馬在那裡休息，徒步去總務廳看看。

「麻煩你再加把勁了喔。」

愛夏輕聲說。馬兒發出嘆氣般的聲音，甩了一下頭，邁出步伐。

月亮微微照亮河面與岸邊的道路。

沿著藩國總務廳的圍牆，愛夏走在流經總務廳後方的河邊，眼睛半張，不停地嗅聞吹來的風中氣味。

三更半夜的，不可能進入總務廳，但如果歐拉姆被囚禁在總務廳後方的倉庫中，風向對的話或許可以聞到他的味道；即使聞不出是在哪一座倉庫，只要確定歐拉姆在那裡，明天白天就能找理由進入總務廳，從更近的地方調查他在哪一座倉庫。

風很強，因此當風從圍牆裡吹來，可以清楚聞出牆內的氣味，但風向不穩，碰到物體就會轉向。要是能盡量靠近倉庫、在沒有遮蔽物的地方嗅聞就好了，但也無法事事如願。

（……啊，是奇阿撒樹。）

風帶來奇阿撒的樹葉氣息——正當愛夏這麼想，卻嗅到意想不到的氣味，驚愕停步。

（歐洛奇大人？）

錯不了，牆內傳出犬師歐洛奇的氣味。但他的愛犬的味道很淡，身邊應該沒有帶著狗。

（原來歐洛奇大人也在找歐拉姆大人。）

安心感擴散到全身。歐洛奇是搜索高手，既然他都找到這裡來了，表示消息已經傳到馬修那裡了。

（……可是……）

隱田並沒有歐洛奇的氣味，也沒有聞到狗的味道，而且來時一路上絲毫沒有他們的氣味蹤跡。也就是說，他們是循著其他線索過來的嗎？

風勢變強，樹葉磨擦聲變大了。當這陣風觸碰臉頰，愛夏的臉僵住了。

風拂過即逝，但一瞬間她腦中浮現許多人影，還有劍與弓箭的氣味，以及帶著油臭味的網子氣味。

愛夏凝神閉目，一心一意嗅聞氣味。

要在變化無常的風中捕捉位置很困難，但人影等就像搖曳的畫像般浮現腦中。圍牆另一頭一定潛伏著數名武人。不過，歐洛奇的氣味卻感覺不到劍拔弩張的緊張感。換言之，那些武人是歐洛奇安排的同伴，是來救助歐拉姆的嗎？

（……不對。）

如果要救人，根本不需要網子；會動用網子，是捉人的時候——他們的目標是歐洛奇。而歐洛奇沒有發現。

光是知道這些就不需要猶豫。愛夏深深吸氣，使盡全力吹響手笛。那是警告夥伴「快逃」的暗號。

口笛聲響劃破黑暗，圍牆內頓生緊張，瞬間出現許多動靜。

一條鉤繩飛扣在眼前的圍牆上方，緊接著牆上冒出人影。雖然牆上嵌滿了用來防盜的尖釘，但那人影以織入鐵片的手套靈巧地掃去尖釘，一眨眼便翻牆跳了下來。

人影正是歐洛奇，他跳到河岸道路看過來，發現是愛夏，露出驚訝的表情。但兩人無暇交談。

有兩名男子立刻和歐洛奇一樣翻牆而出，跳到這一側。

愛夏從腰帶抽出投擲用的小型「打刃」朝男人們擲去。「打刃」插中逼近歐洛奇背後的男子右肩，男子就像右肩遭到毆打般，失去平衡。

愛夏見狀往前跑，擦身而過之際，對歐洛奇細語：「快逃！」

歐洛奇轉身，片刻間還想應戰，但一看到好幾名男子站在牆上，便對愛夏留下一句「抱歉」，頭也不回地往前衝去。

如果留在這裡打鬥，兩人都會遭殃。論腳程，歐洛奇快多了。

愛夏擋在兩名男子面前，聽著歐洛奇的腳步聲逐漸跑遠。

她沒有絲毫恐懼或其他情緒，只有困獸般沸騰的緊迫感。男子們節節逼近。歐戈達的武人慣用短刀，刀刃在黑暗中隱隱散發寒光。

武人逼近，氣味近在咫尺。

愛夏抽出短劍，大喝一聲，和武人交手了兩三回合。武人的臂力驚人，刀劍相交，震得愛夏手都麻了，但她依然眼花繚亂地持續出招，滿腦子只有一個念頭：必須盡量拖住他們。幸好岸邊道路狹窄，一側是圍牆，另一側是陡坡，因此愛夏與武人纏鬥期間，其他人無法去追歐洛奇。

不過武人刀法凌厲，愛夏漸漸招架不住了。汗水讓手握不住短劍，擋下武人砍過來的一刀時，短劍從手中滑脫。

武人的眼睛一亮。

要被殺了！這時，一道聲音響徹黑暗：「……不要殺她！活捉起來！」

瞬間，眼前的武人將手中的短刀一轉，用柄頭撞擊上來。愛夏反射性地想撥開，但武人的動作快如閃電，她無法完全擋下，刀柄撞進心窩。

體內彷彿有什麼破裂了。愛夏癱軟在地，蜷著身體拚命想呼吸，這時有人抓住了她的雙臂，把她拖了起來。

「那小子呢？」

「猶吉去追了，但可能被溜了。」

這些聲音傳入耳中，但愛夏沒有餘裕思考，她痛苦難當。

有股令人厭惡的氣味逼近眼前。散發可厭氣味的布碰到臉的瞬間，愛夏昏厥過去。

六、歐戈達藩王母

黑暗斷斷續續，形形色色的氣味造訪又消失。有披夏的味道，還有歐拉姆的味道。

身體不停地喀噠搖晃著。耳朵上方撞到硬物，很痛，但愛夏無法徹底清醒過來，痛楚也漸漸淡去、消失。

沒多久，搖晃的模式改變了，她全身徐緩地搖擺著。是從未經驗過的搖擺方式，愛夏很不舒服，但似乎連這都發生在夢裡。

不知過了多久，終於真正清醒後，她首先感覺到的是從未聞過的腥臭味。

「……還好嗎？」

聲音響起。溫暖的手觸碰肩膀，愛夏醒了過來。

是歐拉姆。背後好像有窗戶，逆光讓他的面龐一片陰暗，但還是感覺得出來歐拉姆在擔心她。

一看到歐拉姆的臉，愛夏的呼吸漸漸好些了。

「……我、沒事。」一出聲，心窩處便一陣劇痛，愛夏的臉忍不住扭曲。

「哪裡會痛嗎？」

「心窩、有點痛。挨打了。可是我沒事。」

愛夏想要起身，歐拉姆伸手扶她起來。她注意到腳莫名沉重，望過去一看，發現腳被上了鐵腳鐐。腳鐐連著鎖鏈，鏈在柱子上。歐拉姆也同樣繫著腳鐐。

高處有窗，光束從那裡斜斜地射入空蕩蕩的大空間裡，光線中塵埃慢悠悠地飛舞著。有各種氣味。

最突出的是不曉得是什麼的腥臭味，以及魚乾的味道。

「這裡是乾貨倉庫還是什麼嗎？」

「似乎是。現在好像沒在使用了。」

歐拉姆說，他變換姿勢，盤腿而坐。

「我們是昨天來到這裡的，妳果然都不記得了嗎？」

愛夏驚訝地反問：「昨天嗎？」

「對……果然不記得了啊。妳醒來好幾次，在監視的女人陪同下去了廁所，也喝了湯和飲料。」

愛夏眨眨眼，她毫無印象。

「……我完全不記得。」

「我想也是，我也是這樣。有人說我在這裡醒來之前，醒過好幾次，但我毫無記憶。真是古怪的藥。」

聽到藥，愛夏想起自己昏迷前被散發可怕氣味的東西蒙上鼻子。

「歐拉姆大人也是被那種藥迷昏的嗎？」

「嗯。被抓的時候被蒙了布，整個人一下就迷糊了。妳每次醒來都被灌了某些東西，或許我也一樣，被灌了別種藥。」歐拉姆說，嘆了一口氣。「話說回來，我在這裡醒來，發現妳也在，真是大吃一驚。妳是在哪裡——應該說，妳怎麼會被抓？」

不能說因為我在找大人，愛夏一時想不到藉口，沉默以對。歐拉姆似乎以為愛夏有某些不能讓身為新喀敘葛家香使的他知道的苦衷，寬慰道：

「啊，如果是不能告訴我的理由就算了。抱歉，我不該問的。」

「感謝大人體諒。」愛夏行禮後，抬頭看著歐拉姆說，「我不知道能不能問，但歐拉姆大人怎麼會……？」

歐拉姆沒有立刻回答。

愛夏正以為他不會回答的時候，歐拉姆的眼中浮現立下決心的神色。

「我想拜託妳。」歐拉姆低聲說，「就算我獲救無望，妳或許能保住一命。如果妳能離開這裡，請妳稟告尤吉爾大人，說出大事了。」

歐拉姆滔滔不絕地說了起來——在雅拉村旁邊發現隱田，儘管田地就在歐阿勒稻的種植地旁邊，卻能栽種約吉麥。

「怎麼有辦法做到這種事？如果歐戈達藩國發現了這樣的技術，這可是驚天動地，有可能撼動整個帝國……」

稍早前，愛夏就感覺到有人靠近的氣息。

她想叫歐拉姆別說了，但這又必須說明她怎麼會知道有人來了。就在遲疑間，背後傳來開門聲，三名魁梧的武人和一名女子進來了。

兩名武人在門邊拔刀戒備，另一名隨著女子走近。走過來的武人將出鞘的刀擱在歐拉姆肩上，擺出隨時都能讓他人頭落地的架勢，向女子點點頭。

女子手裡拿著鑰匙。她跪下來，迅速解開歐拉姆和愛夏的腳鐐。接著說：「雙手併攏伸出來。」

愛夏照做，女人以熟練的動作，在歐拉姆和愛夏的手上了手銬上完手銬後，女人放下掛在肩上的繩索，套到歐拉姆和愛夏的脖子上。在門邊待命的兩名武人見狀，走過來牽起兩人的繩子往前走。

風從敞開的門吹了進來。愛夏全身迎著那風，忍不住停下腳步。

「不要停！」

她被厲聲催促，腕上的繩索也被用力拉扯，愛夏往前走去。

一走出門外，洪水般的強光隨即籠罩全身。

「……！」

眼前是一片生平首見的風景。一直到視野盡頭，都是蔚藍的水面，而水面就像被掀起來一般，朝這裡湧近。

（……波浪？）

愛夏知道這是波浪，但水面翻騰高高隆起，又撲湧上來的情狀，讓她深知在湖泊等地看過的波浪完全無法與這處的威猛匹敵，景象極為異樣。

「這、這是什麼？」愛夏忍不住問歐拉姆。

歐拉姆驚訝地看愛夏。「什麼？」
「我眼前的這是什麼？」
「啊，」歐拉姆回應，「這樣啊，妳還沒看過啊。這是海。」
「海……！」
聽到說明，她便覺得合情合理。以前只聽過描述，如今第一次親眼看到海，讓她感受到無以名狀的震撼。
香使不會出海去島嶼。
雖然歐阿勒稻耐寒也不怕病蟲害，卻抵擋不了海風，即使在島嶼種植也會枯死。帝國版圖內的島嶼既然無法栽培歐阿勒稻，也就不需要香使的指導或監視。
烏瑪帝國本土也有一些地區面海，但近海沒有能住人的島嶼。在帝國的領土中，擁有能住人的島嶼的，就只有歐戈達藩國。
與歐戈達相鄰的馬扎力亞王國也有大島，但馬扎力亞並非烏瑪帝國的藩國，而且歐戈達領地內的島嶼缺少平地，沒有地方不受海風影響、可供種植歐阿勒稻。
因此沒看過海的不止愛夏一人而已，其他香使應該也有人沒看過吧。
「喂，快走！」
武人粗魯地拉扯繩索，愛夏差點往前栽倒，開始往前走。
自大海吹來的風，有種不同於魚乾的腥味，聞起來卻也讓人感到舒爽。
腳下是白色的沙地，一路延伸到遙遠的彼方。陽光反射在白沙上，耀眼刺目。嚓、嚓，愛夏不停地走著，以腳底感受著沙子鬆軟地崩散的觸感。

他們被趕上沙丘，站在丘頂，眼下是一片街道。家家戶戶的牆壁都是白色的；屋頂平坦，因此看起來就像星羅棋布的白色小盒子。沙丘和街道間種植著翠綠的樹木，但這些樹全都倒向街道，就像彎腰駝背的老太婆。

離街道稍遠的地方，有一座城堡。

看見城塔上招展的旗幟，歐拉姆低聲道：「……是吉拉穆島王旗。」

「這裡是吉拉穆島嗎？」

愛夏的知識沒有歐拉姆淵博，但還是知道吉拉穆島在何處、領主是怎樣的人。一團暗雲在心中擴散，愛夏望向歐拉姆。歐拉姆的眼中也浮現相同的思緒。

朝王城走去的時候，一股奇異的氣味撲面而來，讓愛夏一陣驚悸。

一聞到那股氣味，強烈的恐懼便貫穿全身，就好像有隻巨大的手用力捏緊她的心口，那是無以言喻的恐懼。在突如其來的恐懼蹂躪下，愛夏踉蹌了。

「妳還好嗎？」歐拉姆關心。

「……我沒事。」

愛夏只能勉強應聲。她用力抿緊嘴唇繼續走，終於踏入城內。

從明亮的戶外進入城內，片刻間她什麼都看不見。

黑暗中，那股駭人的氣味就像一條煙帶，起伏飄盪而來。

或許是感受到愛夏的步伐變得拖沓，武人不耐地拉扯繩索，愛夏加快了腳步。

沒多久，兩人被帶到一道門前。

「人帶來了。」

武人一出聲，門扉便從室內緩緩開啟。

瞬間，那股氣味一下子變得濃烈。

裡面是一間明亮寬敞的房間。房間左側整面對著戶外，大窗毫不吝惜地鑲嵌著昂貴的玻璃，午間艷陽燦爛照耀，但也許是因為玻璃很厚，看不清楚外面的景色。

窗邊佇立著一名嬌小的貴婦人。

「帶過來這裡。」貴婦人以婉約的嗓音說，武人們俐落地聽命。

愛夏被帶到不至於離貴婦人太近的地方。

被粗魯地抓住肩膀站定後，貴婦人慢慢轉了過來。

儘管看到旗幟的時候就明白了，但在近處看到那張臉，寒意依然擴散全身。

「……妳就是……」歐拉姆開口。

貴婦人回應：「沒錯，我就是『歐戈達曉光』的母親。」

貴婦人露出若有似無的微笑。

「既然見到我，得知了這個事實，已經無法活著走出去了。你們一定這麼想吧？」

貴婦人──彌莉亞・歐戈達一頭半白的髮絲高雅地挽起，僅別了一只素雅但昂貴的髮飾。她就是吉拉穆島的領主，亦是歐戈達藩王阿哥亞的母親。

歐戈達由許多島嶼構成，各島都有自己的領主，彼此爭奪霸權。最後彌莉亞的父親馬拉哥亞統一了歐戈達。

入贅的丈夫死後，彌莉亞將兒子阿哥亞養育得出類拔萃，並輔佐著成為歐戈達王的他。在歐戈達成為帝國藩國的現今，她仍對藩國事務具有強大的影響力。

「別擔心，我並不想取你們的性命。這裡是座美麗的島嶼，作為下半輩子的居處，絕對算不上差。」

彌莉亞向武人使了個眼色，武人上前，取下愛夏和歐拉姆脖子上的繩索。

「雖然也想拿掉手銬，但萬一你們想拿我當人質，大鬧一場，那就麻煩了，所以暫時先這樣吧。」

眾武人守在愛夏和歐拉姆背後，沒有將出鞘的劍收回去。

歐拉姆再次開口：「我想妳非常清楚……」聲音微微沙啞，但鎮定如常，「擄走香使會有什麼後果，為何仍要做出這樣的愚行？」

彌莉亞滿不在乎地回答：「當然是因為有這個必要。我一直在尋找擄走上級香使的機會，但抓到發現隱田的你，真是求之不得的幸運。」

歐拉姆蹙眉。「幸運？危害香使，等於是意圖謀反的大罪啊！帝國一定已經開始盡全力尋找我們的下落，身為藩王生母的妳做出這種事，歐戈達——」

「你們的下落啊？」彌莉亞沒有聽完，直接打斷歐拉姆的話，「你們應該祈禱他們不會找到這裡來。我們也不是瞎子或聾子，消息靈通得很。如果感覺帝國就要找上門來，也只好請你們葬身海底了。」

彌莉亞高貴的臉上浮現笑容。

「我們是海民，大海是我們的道路，哪裡流著怎樣的海流、又會如何變化，都在我們的指掌中。我們丟進海裡的東西，絕對不會再次漂流到岸上。」

窗外的光線傾瀉而下，將彌莉亞的髮飾照得一片燦白。

「只要找不到你們，任憑帝國再蠻橫，也證明不了是我們擄走了香使。」

「……」

愛夏幾乎沒在聽兩人說話。

那股氣味從窗外不斷飄進來。那與其說是氣味，更像是一條厚重的毯子，緊緊蒙住她的臉，讓她幾乎呼吸不過來。

可能是注意到愛夏臉色有異，彌莉亞問：「妳還好吧？」又補充，「又不是現在立刻就要殺了妳，可別嚇昏了。」

愛夏眼神迷茫地望向彌莉亞，反問：「……什麼？」

彌莉亞挑眉。「咦，是藥效還沒退嗎？」

愛夏搖搖頭。

她已經知道窗外有什麼了。既然都來到這裡了，她也能想像得到，為何這裡會做這樣的事，只是，她不明白這怎麼可能。

愛夏注視著彌莉亞，將心裡的話說出口：

「妳會組織『歐戈達曉光』，是為了拯救歐戈達的人民嗎？」

這唐突的問題，讓彌莉亞以探詢的眼神看了愛夏片刻，但她很快回答：「沒錯。」

「怎麼救？」愛夏問。

彌莉亞定定注視著愛夏，接著忽地回過身，走近大窗，用力推開窗戶。

目睹窗外那片景色，歐拉姆倒抽一口氣。

（下集待續）

中日名詞對照表

人物

尤吉爾・喀敘葛　ユギル＝カシュガ
伊西里侯　イシリ侯
伊萊娜　イライナ
伊爾・喀敘葛　イール＝カシュガ
托亞魯　トアル
米季瑪・奧爾喀敘葛　ミジマ＝オルカシュガ
奇塔爾　チタル
拉戈蘭　ラガーラン
拉利哈　ラリーハ
拉歐・喀敘葛（拉歐老師）　ラーオ＝カシュガ
（ラーオ師）
拉穆蘭　ラムラン
拉諾修・喀敘葛　ラノーシュ＝カシュガ
阿拉塞侯　アラセ侯
阿哥亞　アグア
阿莉姬　アリキ
阿萊爾　アライル
阿彌爾・喀敘葛　アミル＝カシュガ
哈爾敦・洛伊・拉馬爾　ハルドゥーン＝ロイ
＝ラマル
約修　ヨシュ
庫莉納　クリナ
烏努恩　ウーヌン
烏來利　ウライリ
烏洽伊　ウチャイ
烏傑拉侯　ウゼラ侯
馬其亞・喀敘葛　マキヤ＝カシュガ
馬拉哥亞　マラグア
馬修・喀敘葛　マシュウ＝カシュガ
馬萊奧侯　マライオ侯
馬達爾　マダル
悠馬・喀敘葛　ユーマ＝カシュガ
莫拉多　モラド
喀蘭王　ケルアーン王
猶吉　ユギ
萊娜　ライナ
塔庫　タク
奧多　オド

愛夏・洛力奇　アイシャ＝ロリキ
愛夏・喀蘭　アイシャ＝ケルアーン
鳩庫奇　ヂュークチ
瑪拉　マアラ
瑪琪雅　マキヤ
赫拉姆老師　ホラム師
歐伊拉　オイラ
歐拉姆　オラム
歐洛奇・穆阿　オロキ＝ムア
歐莉耶　オリエ
歐爾蘭　オルラン
歐德森　オードセン
穆茲赫　ムズホ
彌洽・喀蘭　ミルチャ＝ケルアーン
彌莉亞・歐戈達　ミリア＝オゴダ

植物

尤卡吉花　ユカギの花
尤吉樹　ユギの木
尤馬草　ユマクサ
仙座紅（花）　仙座紅
卡奇那　カッチナ
伊奇草　イチクサ
托姆其　トムチ
托撒拉　トッサラ
艾那拉樹　アイナラの木
西奇迷　ヒキミ
西爾馬草　シルマクサ
希夏草　シシャ草
那普　ナプ
奇阿撒樹　チアサの木
波可　ポコ
青香草　青香草
約吉麥　ヨギ麦
約吉蕎麥　ヨギ蕎麦
約奇草　ヨチクサ
冥草　冥草
凍草　凍草（ヒリン）
馬奇花　マキの花
淚花　涙ノ花
雪歐米樹　雪オミの木
喀夫爾（樹）　カフル

菈杞　ラッキ
撒拉雅樹　サラヤの木
歐希可（花）　オシク
歐奇諾草　オキノクサ
歐拉吉爾　オラギル
歐阿勒稻　オアレ稲
歐夏奇的果實　オシャキの実
歐席庫的花　オシクの花
濟世稻　救いの稲
羅蜜果　ロミの実

動物

大約螞　オオヨマ
天爐蝗蟲　天炉のバッタ
血臭蜘蛛　血臭蜘蛛（チラキア）
西薩　ヒシャ
赤毒蛾　赤毒蛾（リチヤガ）
帕里夏　パリシャ
阿爾夏伊鳥　アルシャイの鳥
約螞　ヨマ
香毒蛾　香毒蛾（ハルチヤガ）
斑蛾　斑蛾（ムチヤリ）

地名／國家

大崩溪谷　大崩渓谷（トオウラ・イラ）
天爐山脈　天炉山脈
尤他山地　ユタ山地
尤吉山莊　ユギノ山荘
尤吉拉　ユギラ
尤馬奇平原　ユマキの原
牙卡　ヤカ
卡西馬地區　カシマ地域
伊阿馬大河　イアマ大河
吉拉穆島　ギラム島
吉哈那種植地　ギハナ栽培地
托多馬平原　トドマの野
托馬里山地　トマリ山地
托馬里種植地　トマリ栽培地
米修拉山丘　ミシュラの丘
米席亞山丘　ミーシアの丘
西坎塔爾藩國　西カンタル藩王国
西馬立基郡　西マリキ郡

利奇達村　リキダ村
辰傑國　辰傑国
里格達爾藩國　リグダール藩王国
奇拉馬種植地　チラマ栽培地
屈達河　チダ河
屈達種植地　チダ栽培地
拉帕地方　ラパ地方
拉馬爾　ラマル
東坎塔爾藩國　東カンタル藩王国
東馬立基郡　東マリキ郡
長嶺山脈　長嶺山脈
阿加波伊　アガボイ
阿吉拉村　アギラ村
阿利阿那島　アリアナ島
阿索羅街　アショロ通り
阿馬亞濕地　アマヤ湿地
青之溪谷　青ノ沢
青香草泉　青香草の泉
洛亞工房　ローアの工房
洛奇塞山　ロキセ山

祈禱之岸　祈りの岸辺
約格塞那　ヨゴセナ
風香塔　風香ノ塔
席馬撒拉種植地　シマサラ栽培地
席達拉種植地　シダラ栽培地
庫吉村　クジ村
烏瑪帝國　ウマール帝国
神鄉歐阿勒馬孜拉　神郷オアレマヅラ
納吉島　ナギ島
馬扎力亞王國　マザリア王国
馬古里山丘　マグリの丘
馬烏里山丘　マーウリの丘
雪歐米森林　雪オミの森
提拉　ティラ
雅拉村　ヤラ村
溫暖的窪地（里洽伊）温い窪地（リイ・チャイ）
瑪納斯大河　マナスの大河
撒達馬郡　サダマ郡
歐戈谷　オゴ谷
歐戈達山脈　オゴダ山脈
歐戈達海域　オゴダル海域

歐戈達藩國　オゴダ藩王国
歐拉尼村　オラニ村
諸神之口　神々の口
黎亞農園　リアの菜園
優伊諾平原　ユイノ平野
彌加蘭島　ミガラン島
彌涅利種植地　ミネリ栽培地
朧谷　朧谷（ホウ・イラ）

著作

《香君正史》　『香君正史』
《香君異傳》　『香君異伝』
《旅記》　『旅記』
《神國創世紀》　『神国創世記』
《庶民記》　『庶民記』

其他

千騎長　千騎長
口傳人　語り部
山民　山地民
五峰軍　五峰軍

仙逝　神去り
再臨　再来
利塔蘭　リタラン
快耳　早耳
赤寶酒　赤宝酒（チエカ）
里馬氏族　リマ氏族
奇普　チプ
披夏　ピシャ
披夏糕　ピシャル
拉奇　ラチ＝藩
阿札勒（族）　アザレ一族
青稻之風　青稲ノ風
幽谷之民　幽谷ノ民（マキシ）
洛伊（族）　ロイ
祈願鴿　祈願の鳩
送魂儀式　魂送りの儀
馬其希語　マキシ語
馬塔爾　マタル
鳥糞石　鳥糞石（チチヤ）
善者　善き者
尋靈儀式　御霊探し

菜師　菜師
萌芽的祕密　芽生えの秘密
視察官　視察官
達多烏拉　ダドウラ
漏稻　零れオアレ
歐戈達曉光　オゴダの暁
靜謐之道　静かな道
蟲倉　虫ノ倉
醫術師　医術師

國家圖書館出版品預行編目資料

香君．上：來自西方的少女 / 上橋菜穗子著；王華懋譯. -- 初版. -- 臺北市：春光出版, 城邦文化事業股份有限公司出版：英屬蓋曼群島商家庭傳媒股份有限公司城邦分公司發行, 2024.05
面； 公分
譯自：香君. 上, 西から来た少女

ISBN 978-626-7282-67-0（平裝）

861.57 113004988

香君．上：來自西方的少女

原著書名／香君 上 西から来た少女
作　　者／上橋菜穗子
譯　　者／王華懋
企劃選書人／何寧
責任編輯／何寧

版權行政暨數位業務專員／陳玉鈴
資深版權專員／許儀盈
行銷企劃主任／陳姿億
業務協理／范光杰
總　編　輯／王雪莉
發　行　人／何飛鵬
法律顧問／元禾法律事務所　王子文律師
出　　版／春光出版
台北市 115 台北市南港區昆陽街 16 號 4 樓
電話：（02）2500-7008　傳真：（02）2502-7676
部落格：http://stareast.pixnet.net/blog E-mail：stareast_service@cite.com.tw
發　　行／英屬蓋曼群島商家庭傳媒股份有限公司城邦分公司
台北市115台北市南港區昆陽街 16 號 8 樓
書虫客服服務專線：（02）2500-7718 /（02）2500-7719
24小時傳真服務：（02）2500-1990 /（02）2500-1991
服務時間：週一至週五上午9:30～12:00，下午13:30～17:00
郵撥帳號：19863813　戶名：書虫股份有限公司
讀者服務信箱E-mail: service@readingclub.com.tw
歡迎光臨城邦讀書花園 網址：www.cite.com.tw
香港發行所／城邦（香港）出版集團有限公司
香港九龍九龍城土瓜灣道86號順聯工業大廈6樓A室
電話：（852）2508-6231　　傳真：（852）2578-9337
E-mail : hkcite@biznetvigator.com
馬新發行所／城邦（馬新）出版集團　Cite（M）Sdn. Bhd
41, Jalan Radin Anum, Bandar Baru Sri Petaling,
57000 Kuala Lumpur, Malaysia.
Tel:（603）90578822 Fax:（603）90576622 E-mail:cite@cite.com.my

封面設計／木木 Lin
內頁排版／芯澤有限公司
印　　刷／高典印刷有限公司

■ 2024 年 5 月 30 日初版一刷
Printed in Taiwan

售價／450元

城邦讀書花園
www.cite.com.tw

ISBN 978-626-7282-67-0

廣　告　回　函
北區郵政管理登記證
臺北廣字第000791號
郵資已付，免貼郵票

台北市 115 台北市南港區昆陽街 16 號 8 樓

英屬蓋曼群島商家庭傳媒股份有限公司
城邦分公司

請沿虛線對折，謝謝！

愛情．生活．心靈
閱讀春光，生命從此神采飛揚

春光出版

書號：OG0037　　　書名：香君．上：來自西方的少女

請於此處用膠水黏貼

讀者回函卡

謝您購買我們出版的書籍！請費心填寫此回函卡，我們將不定期寄上城邦集
最新的出版訊息。亦可掃描 QR CODE，填寫電子版回函卡

姓名：________________

性別：□男　□女

生日：西元________年________月________日

地址：________________

聯絡電話：________________ 傳真：________________

E-mail：________________

職業：□ 1. 學生 □ 2. 軍公教 □ 3. 服務 □ 4. 金融 □ 5. 製造 □ 6. 資訊

□ 7. 傳播 □ 8. 自由業 □ 9. 農漁牧 □ 10. 家管 □ 11. 退休

□ 12. 其他 ________________

您從何種方式得知本書消息？

□ 1. 書店 □ 2. 網路 □ 3. 報紙 □ 4. 雜誌 □ 5. 廣播 □ 6. 電視

□ 7. 親友推薦 □ 8. 其他 ________________

您通常以何種方式購書？

□ 1. 書店 □ 2. 網路 □ 3. 傳真訂購 □ 4. 郵局劃撥 □ 5. 其他 ______

您喜歡閱讀哪些類別的書籍？

□ 1. 財經商業 □ 2. 自然科學 □ 3. 歷史 □ 4. 法律 □ 5. 文學

□ 6. 休閒旅遊 □ 7. 小說 □ 8. 人物傳記 □ 9. 生活、勵志

□ 10. 其他 ________________

請於此處用膠水黏貼